诺贝尔文学奖名著全编

（导读版）

中部·1936—1974

吴丹◎著

·北京·

图书在版编目（CIP）数据

诺贝尔文学奖名著全编（导读版）中部 / 吴丹著 .
北京：中国经济出版社，2014. 10
ISBN 978-7-5136-2866-2

Ⅰ. ①诺… Ⅱ. ①吴… Ⅲ. ①诺贝尔文学奖—作品综合集 Ⅳ. ① I11
中国版本图书馆 CIP 数据核字（2013）第 303111 号

责任编辑　彭　欣
责任审读　贺　静
责任印制　巢新强
封面设计　九品轩

出版发行　中国经济出版社
印 刷 者　北京市媛明印刷厂
经 销 者　各地新华书店
开　　本　710mm × 1000mm　1/16
印　　张　16
字　　数　194 千字
版　　次　2014 年 10 月第 1 版
印　　次　2014 年 10 月第 1 次
定　　价　36.00 元
广告经营许可证　京西工商广字第 8179 号

中国经济出版社 网址 www. economyph.com　社址北京市西城区百万庄北街 3 号　邮编 100037
本版图书如存在印装质量问题，请与本社发行中心联系调换（联系电话：010-68330607）

序言

PREFACE

"当年华已逝，你两鬓斑白，沉沉欲睡，坐在炉边慢慢打盹，请取下我的这本诗集。"

一年前的春天，万物复苏，我坐在图书馆的窗前，望着蔚蓝的天空，忽然就想起了叶芝为茅德·冈写的诗作《当你老了》。

突然间发现，随着时代的变迁，我们的脚步忙碌了起来，再也没有时间去用心品味那一首首触动心灵的诗作，再也没有力气去跳动那一丝丝为文学而生的灵魂，再也没有时间去品味那一篇篇小说中的深情。

每个文学家都存在着一个华丽而不安的灵魂。待我发现之际，便决定用自己渺小的思维去体会他们华丽而不安的灵魂。为了能让更多的读者认识文学，了解文学，我认为有必要写下这部关于诺贝尔文学奖作品的导读，与各位读者共勉。

当你用心地去阅读这些文学家的作品，便会发现这里是另一个万千世界，散发着超乎常人的人生观和宇宙观。无论是苏利·普吕多姆代表的帕尔纳斯派、米斯塔尔崇尚的浪漫主义，还是罗曼·罗兰所坚持的人道主义，魏尔纳·海顿斯坦姆创新的瑞典唯美主义流派，又或是彭托皮丹热爱的现实主义，赫尔多尔·奇里扬·拉克斯内斯主张的超现实主义……都纷纷把我带入他们所掌控的世界。

是的，每个作家都能创造世界，他们的世界在笔尖上诞生、延续着。他们怀着一种对世俗淡远、对文学向往的人生态度，为我们谱写下数篇旷世之作。让我们有幸在伟大的著作中体会那风起云涌和新旧西方文化所带来的美学思维。

本书收录了诺贝尔文学奖几乎所有作品。其中1914年、1918年、1935年、1940年、1941年、1942年、1943年因为战争原因，瑞典学院未颁奖；1908年、1927年、1950年分别因其为学术著作而未被收入本书；1953年温·丘吉尔获得诺贝尔文学奖，但因其作品政治性比文学性强，本书并未选录其作品；2000年高行健获得诺贝尔文学奖，因其作品在大陆不予发行而未被收录；而1904年、1917年、1966年、1974年皆因瑞典学院将文学奖颁发给两位作家，因而分别收录当年的两篇文学作品。

要想了解诺贝尔文学奖获得者们的作品，就必须了解其生平和思想，为了拉近读者与这些文学家的距离，本书每部作品均由六个部分组成：原文经典语句引用、获奖理由、名人小记、内容梗概、精彩赏析、名家点评，全面综合了获奖者们及其作品的各种资料，引导读者们用最短时间，了解其精髓，深入浅出，熟识作者与作品。

笔者自知水平有限，用心可能也不能将他们所有的理念传递给读者，在此深表歉意。但对他们产生了一种情不自禁的崇拜使我不得不继续写下去。

假如能在阳光普照的午后，拿起这本算不上大作的“名著之作”，希望你也能像叶芝笔下的茅德·冈小姐，内心变得温柔而华贵。

目录

CONTENTS

琼斯皇帝

1936 [美国]

I am an emperor? The emperor can lawlessness .Listen, Smithers. You is the thief, I am doing is a thief. The thief come into the prison, and thieves can be emperor, still can place in famous stadiums after death. The only thing I learned is you and I speak the truth, when I have a chance to use the road, I finally climbed to the emperor's throne in two years.

我是不是皇帝？皇帝无法无天。听着，史密瑟斯。你干的是小偷的勾当，我干的是大盗的行径。小偷免不了进监狱，大盗则可以当皇帝，死后还可以在名人馆里占有一席之地。我学到的唯一东西就是我和你讲的这个道理，当我有机会运用这个道理后，我终于在两年内爬上了皇帝的宝座。

【获奖理由】

表彰作者所创作的富有生命力的、诚挚的、感情强烈的、烙有原始悲剧概念印记的戏剧作品。

尤金·奥尼尔（1888—1953）

美国剧作家尤金·奥尼尔被誉为“美国戏剧之父”。只有他，才能三次获得普利策文学奖，只有他才能开创美国戏剧的先河。所以，当1936年瑞典学院宣布获奖者是尤金·奥尼尔时，谁也没有惊讶。

他的出身并不普通，不是富裕的阶级家庭，也不是贫穷的农民家庭。1888年十月十六日，他出生在纽约百老汇大街附近的旅馆中，父亲杰姆斯·奥尼尔是当时著名的演员。奥尼尔从小就和母亲、哥哥跟随着父亲的剧团走南闯北，过着居无定所的生活。他的童年是在旅馆、排练场和戏院的后台度过的。

中学毕业之后，他顺利考入普林斯顿大学。但是不到一年的时间，他就因为闹事被学校开除了，从此过上了颠沛流离的生活。他在非洲和南美洲做过水手，还当过演员、新闻记者、公司职员等。他长期生活在社会的底层，饱尝了人间的冷暖，亲眼目睹了人世间的不公平。

有时候，他憎恨高高在上的资本家、政治家；有时候，他同情生活在水深火热中的平民百姓；有时候，他也苦闷居无定所的自己。1912年，圣诞节前夕，本该是和同伴们庆祝的日子，他却患上了肺结核不得不被送到康涅狄格州的一家疗养院。在那里的六个月，对于他来说，是改变命运的六个月。

在安静的疗养中，他第一次认真地思考了未来与人生，感受到了命运赋予人类的力量。他研读了希腊悲剧以及莎士比亚、易卜生、斯特林堡等著名戏剧大师的作品。他非常喜欢现代戏剧家斯特林堡，在他的创作中，一直受到斯特林堡无形的鼓励。他在致答辞中说道："这份诺贝尔奖金象征欧洲承认美国戏剧时代的来临，我趁此良机，怀着感激和自豪，向你们和瑞典人民鸣谢：我的工作受惠于一切现代戏剧家中最伟大的天才——你们的斯特林堡。"

当春风吹过时光，吹过记忆，奥尼尔便开始了创作生涯。那个时候，他一定没有想到会有那么一天，在发表关于获奖的言论时说："我骄傲地揣想，或许他的幽魂在沉思今年的诺贝尔文学奖，露出略微满意的微笑，感到这位门徒多少还配得上他的导师。”

总有一天，所有为文学做出贡献的大师会存留在后人心中，鼓励着谁进步，影响着谁努力。但是，正是因为他们留下永恒的价值，才有了我们为了文学奋斗的动力。到时候也让他们露出满意的微笑，觉得我们配得上那位伟大的导师。

布鲁托斯·琼斯是个怎样的人呢？他是一个在美国出生的黑人杀人犯？不，如果仅仅是这样，那他倒没什么可写的。他是个越狱的杀人犯？不，还有很多比这更精彩的故事。

瞧，他正坐在皇宫宽大的御座上。对了，他是皇帝，琼斯皇帝。他从监狱逃出来后，在一座西印度洋的小岛上，利用从白人那里学来的狡猾手段，欺骗了当地无知善良的黑人，爬上了皇帝的位置。

但是，他的小心思还是被当地村民发现了。当地人民揭竿起义，吓得琼斯到处躲藏。最后，在原始森林里，他带着恐惧、紧张、悔恨等复杂的心情把自己吓死了。

说起来，他也真是个有趣的人。在残害了那么多无辜的人之后，居然被吓死了。这是不是上帝对他开了个玩笑？

【精彩赏析】

《琼斯皇帝》是一出共八场的表现主义戏剧。学者们分析这是一部布鲁托斯·琼斯从一个黑人杀人犯获得原始部落皇帝位置，最后又被当地人民推翻的悲剧。看过这部戏剧的观众都有这样的感受：并没有觉得为剧中的人死去而伤心，反而为当地居民起义成功大声叫好。但是当你清晰地看到莱姆和史密瑟斯对付了琼斯，就会发现当地的人们并没有取得胜利。他们只是从一个陷阱走了出来，又走进了另一个更大的陷阱——当地居民由被狡猾的琼斯利用变成被奸诈的莱姆、史密瑟斯利用。

如果，哪一天史密瑟斯受到同样的遭遇，也许还不如琼斯知道忏悔呢！但是，社会就是这样，最悲剧的还是百姓，这才是真正的悲剧之作！

西印度群岛的某个小岛，由于尚无自决权，当地仍处于帝制。

戏剧的第一幕，黄昏近，天空朦胧，周围一片寂静。皇宫的议事大殿，琼斯皇帝坐在宽敞、巍峨的御座中央。

几分钟前，一位老妇人走了进来，被一位声名狼藉的白人皇侍抓住了。她说皇宫里的仆役全都不见了，外面到处是嘈杂的枪声，看来是要叛乱了。

皇侍史密瑟斯急忙到大殿向皇帝禀报这件大事，但是他打心眼里不喜欢这位皇帝，甚至迫切希望仆役们起义成功。

“你来了，史密瑟斯先生，有什么事情要禀报？”琼斯从容地坐在大殿上，做作地说。

“您难道没有觉察到今天的异样吗？”史密瑟斯回道。

“能有什么异样？”

“哦，这么说你还不像我想象得那么狡猾。你的臣民已经不由你束缚了。你说我破坏了法律，哼，你一边制定法律，一边犯法。早就把那些法律触犯了。”史密瑟斯突然狠狠地说。

琼斯一听，裁判似地说道：“我是不是皇帝？皇帝就应该无法无天。史密瑟斯，你干的那是小偷的勾当，我做的是大盗的行径。小偷免不了进监狱，大盗就能当皇帝，死后还能在名人馆里占有一席之地。”

“你只是凭靠运气而已。”史密瑟斯冷冷地说。

“你说谁幸运？运气那是我自己的本事。莱姆雇来的凶手没有打中我，而我把他打死了。我当时说什么来着？那群傻瓜黑人当场就给我跪下了。从那以后，他们就变得唯命是从了。”说着，琼斯大笑起来。

“你当时说，你有一种魔力，铅弹打不死你。必须用银弹才能打死你。不过，为了表明我是你的朋友，好心提醒你一句，你这个皇帝马上就当不成了。”

琼斯吃了一惊，马上摇铃呼唤仆役们，但是没有一个人来。他知道自己的好运到头了。但是粗俗做作的他却说：“这么说，革命已经开始了。我这个皇帝就辞职吧。”然后，他便大摇大摆地走出了皇宫。

这时，远处传来鼓声，有节奏的鼓点，就好像正常的脉搏一样。这是黑人们在打战鼓。琼斯若无其事地吹着口哨向外走去。

第二幕是在原始森林中，琼斯躲藏的地方。那是草原与森林的交接处，前面是一片平坦的沙地，周围还点缀着矮小的灌木。

琼斯仍然吹着口哨，快步走到林边停了下来，眼睛向周围不停地打量。这时，天已经黑了，他又饥饿又疲倦地叹气道：“我真不明白，他们这是要敲个没完啊！听上去鼓声更近了呢，难道他们已经来追我了？”

在黑暗中，有一群无形的恐惧正向琼斯靠近，那些闪闪发光的小东西只有琼斯看得见。“走开，不然我打死你！”琼斯凶狠地对那些小东西说道。

森林中的树上长满了苔藓，相貌狰狞，

琼斯在极度恐惧之下，终于开枪了！一道闪光划破黑夜，一声鸣响扰乱了空气。紧接着，那些恐惧的小东西好像退去了，但是黑人们肯定听见了枪声。他们一定知道了这里，琼斯迅速地向森林深处躲去。

第三幕时，丛林被初升的月亮照得惨白，发出一种诡异可怕的微弱亮光。琼斯躲在丛林里，倦乏地说："我这是在丛林里逃窜了多久？现在我一定没有什么帝王相了。"又传来了鼓声，黑人们更近了！"我还是快走吧！"说着，他又向前迈了一步。突然，他听见有什么东西在作响，到底是谁呢？当琼斯看清楚那个人时，惊呆了！"杰夫，怎么是你？你不是已经死了吗？你难道是鬼魂？"他狂怒地抽出了手枪，望着依旧机械性地掷骰子的杰夫说道："我都已经杀过你一次了，难道还怕第二次吗？"枪声过后，杰夫消失了，琼斯却吓得直打哆嗦。

第四幕上场时，月亮已经高悬在上空了，把路面照得朦胧，有一种阴森的可怕。琼斯筋疲力尽地躺在地上，大口大口地喘着粗气，不一会就火冒三丈地自言自语道："太热了，这该死的衣服就像囚衣。"说着，他就把上衣脱下来扔掉了。他深吸一口气说道："我终于摆脱皇帝的装饰了，跑起来轻松多了。"

远处一小队黑人来了，他们穿着囚衣，光着头。狱卒带着他们在琼斯面前停了下来，狱卒命令琼斯走到他的队伍中去。但是琼斯却说："愿上帝惩罚你的灵魂下地狱，我迟早要找你算账的。"可是，那狱卒不但不害怕，反而凶神恶煞般向他走了过来，还举起了手中的鞭子，狠狠地抽在琼斯的背上。琼斯急忙拔枪，给了狱卒一枪。突然，丛林开始从两面合拢，土地和囚犯已经消失，鼓的声音又大了起来，节奏也更快了。

第五幕开始时，琼斯从左边的丛林中逃了出来。他跪在地上，痛苦地哀求着：“上帝啊，我是个罪人，知道错了。杰夫用灌了铅的骰子欺骗我，我一怒之下就把他杀了。狱卒用鞭子打我，我也把他杀了。来到这里，那些黑人推选我为皇帝，我却偷他们的钱，无恶不作。我知罪了，求您饶了我吧！”

正在这时，他猛地抬起头，却看见拍卖商开始指着琼斯让种植园的主人们好好看看，主人们伸出手指给出价钱。正当拍卖商打算落锤时，琼斯猛地拔枪打死了拍卖商和买主。

在第六幕中，琼斯逃到丛林的空地上，焦急地躺着。因为他的子弹还剩下一颗，这可怎么办啊?

裤子已经被磨得面目全非了，他直挺挺地趴在地上，身后出现了一批黑人，他们动作一致地摇晃着，发出一种低沉的声音。琼斯趴在地上，不敢看这景象。最后，为了赎罪他也加入了合唱。鼓声越来越响，但是他的声音却越来越轻。

第七幕的大河岸边，琼斯正躲在酷似祭坛的圆石旁边。他颤抖地说：“啊，我害怕这个地方！”但是他的话音刚落，一位刚果巫医就从树后出现了，用魔杖指了指圣树、远处的河流，最后是祭坛、琼斯。这是要把琼斯当成祭品给贡献出去。琼斯害怕极了，他连连叩头。巫医突然跳到河边，召唤出一个巨大的鳄鱼头，它眼睛发绿，望着琼斯。鼓声疯狂地敲打着。他拿出最后一颗子弹，杀死了自己。

第八幕，终于迎来了黎明，一切都恢复了平静。莱姆和史密瑟斯等人露出了满意的笑容，士兵们依旧毫无生气。

一个残暴的统治者死去了，不代表生活从此美好。他走了，还会有许许多多这样的“他”出现在这里，除非人们从心里明白，统治者本身的价值和意义。这既是戏剧本身的悲剧所在，也是现实生活中悲剧的体现。

名家点评

《琼斯皇帝》作为一个艺术创作，依靠自身魅力站住了脚，剧作家也通过这个剧本，获得了莫大的声誉。

蒂博一家

1937 [法国]

Leon figure, and the snow also immersed in the happiness, he pulled the snow, the charm of the smile free and free from vulgarity off their feet. But he is often awkward, like hiding anything. She wants to travel in Congo, locating past lover. Leon tuba teary-eyed, watched the ship away, their love died.

昂图瓦纳和拉歇尔也沉浸在幸福中，他被拉歇尔那无拘无束的微笑和超凡脱俗的魅力所倾倒。但他常常是欲言又止，似有难言之隐。原来她要远行刚果，追寻昔日的情人。昂图瓦纳泪眼朦胧，目送着轮船渐渐远去，他们的爱情夭折了。

【获奖理由】

表彰作者的长篇小说《蒂博一家》所表现的强而有力的艺术性与真实性。透过这些，他描绘了人性的冲突，以及当代生活的若干基本层面。

名人小记

罗歇·马丁·杜伽尔（1881—1958）

“谨以《蒂博一家》献给亲如手足的好友彼埃尔马尔·加里迪。他于

1918 年 10 月 30 日在军事医院逝世，这使他纷扰而又纯净的心里已经孕育成熟的巨著未能问世。”杜伽尔满怀深情地在这部书的献辞中这样写道。

杜伽尔给我们留下的印象并不清晰，甚至很多人都不太了解他。但是谁也不能忽视他带给法国文学界的贡献。很多人都喜欢拿他同法国著名作家罗曼·罗兰作比较。的确，在罗曼·罗兰的《约翰·克利斯朵夫》出世以后，法国便出现了一种新体裁的小说——长河式小说，即篇幅达到百万字以上的小说。而杜伽尔所创作的《蒂博一家》也在当时掀起了不小的风波，成为了继罗曼·罗兰的《约翰·克利斯朵夫》之后又一部风靡全国的长篇小说。所以，说杜伽尔比得上罗曼·罗兰确实也不为过。

杜伽尔生活在十九世纪八十年代，生于法国，他的童年在拉斐特别墅中度过。他有个邻居曾把自己的诗剧借给他读，这件偶然的事情成就了杜伽尔。成年以后他说：“这个让我激动了一辈子的写作需要，我认为是在一个春天的傍晚，受到我的朋友让的戏剧作品的魅惑而后产生的。”

从此，他对文学产生了浓厚的兴趣，开始刻苦练习写诗和创作短篇小说。有一次，一位神父借给他看托尔斯泰的《战争与和平》，这使他在艺术上深受托尔斯泰的影响。他在 1920 年开始酝酿《蒂博一家》，当时他就想模仿《战争与和平》，但随着小说构思的深入，使他脱离了这一想法。

毫无疑问，托尔斯泰成为了他文学道路上最重要的人物之一。他说：“不用说，发现托尔斯泰是我青年时期最重要的事件之一，他无疑对我成为作家的未来产生最持久的影响。托尔斯泰对我的文学修养、小说家的禀赋，以及后来我的全部作品，甚至是一生有着决定性的、巨大的和持久的影响。”

第一次世界大战爆发后，杜伽尔到卢昂服兵役，直到战争结束。1919 年，他复员回到巴黎，与戏剧家一起从事戏剧活动。1920 年初，他决定写下这部寄托了自己与好友感情的小说。为了能更好地发挥自己的灵感，他还特意独自居住了三个多星期。“作品还没有写出一行字，整个情景已经出现在我的眼底。”

其实，这就是人生中的美好，写自己的小说，并赋予自己的灵魂在其中。

人生真正的价值不存在于美好之中，而是隐藏在悲剧之中。这是杜伽尔要通过文学告诉世人的。他擅长写悲剧，写命运的悲剧。“长篇小说的主要目标就是表现出生活的悲剧性、个人生活的悲剧性，一个正在形成的命运的悲剧性。”

《蒂博一家》讲述的是一个悲剧性的故事。一个大资产阶级的慈善家蒂博先生，他拥有两个儿子昂图瓦纳和雅克。蒂博先生一心想培养两个儿子继承自己的家业，成为一个社会活动家。但却没想到，正是他精心安排的生活让两个儿子远离了原本的轨道，一个成了年轻的医生，另一个成了叛逆的典型。

【精彩赏析】

蒂博先生家的二儿子离家出走了！这可急坏了蒂博先生，他一边同大儿子往校舍走，一边生气地说道：“这一回太过分了！”

蒂博先生的大儿子昂图瓦纳正在攻读医学，是个有才华、有毅力、开朗的人。离家出走的二儿子雅克才十四岁。这种行为对于一向威严、独断专行的父亲来说，无疑是极大的侮辱，也是一次无声的挑战。来到校门口，蒂博先生急切地跺着脚对门房说："去把你们的比诺神父找来！"这位前省议员，儿童道德教育联盟副主席，社会防罪事业协会创始人、主席，巴黎教区天主教慈善事业部司库等众多身份于一身的蒂博先生发怒了！

神父告诉他，雅克其实是受到了一个很危险的同学影响。在学校里的时候，他们经常读一些类似《岩石上的童贞女》《忏悔录》之类可疑的书籍。雅克还同一个叫达尼埃尔的学生交往密切，这次出逃就是同达尼埃尔一起逃走的。

两个懵懂的少年从巴黎逃到马赛，那种激动又紧张的心情终于平复了下来。此刻，已经是深夜了。他们谎称是两兄弟，在车站的小旅馆住了下来。第二天，他们又像幽灵一样离开了旅店。在逛遍了整个马赛之后，他们决定搭船去突尼斯。

他们请求一个长得并不高大的船员让他们搭船，但是这位船员识破了他们的谎言，要把他们两个抓住，雅克和达尼埃尔慌忙逃散。

午夜，疲惫不堪的雅克一头栽进了路边的箱子中睡着了；达尼埃尔也靠在工厂的墙上睡着了。两个人就这样失散了。

第二天中午，达尼埃尔在一家咖啡馆大门口遇到了雅克，他们就像见到亲人般，相拥在一起，夜里，他们又以兄弟的名义在一家旅店投宿，早上起来却被带到了警察局，这两个少年的计划破灭了。

蒂博先生把雅克关进了自己创办的儿童教养学校。他以为这样能让雅克更听话一些，但是事实却不是如此。

九个月后，昂图瓦纳偷偷地去看望了弟弟雅克。院长殷勤地接待了他，昂图瓦纳看到这里都是铁栅栏，周围摆着乱七八糟的床，墙上还有一些不文明的涂鸦。在小教堂的门前，他见到了弟弟雅克。雅克的变化很大，几乎都快认不出来了。作为这里的“特殊”学生，雅克住在一间很干净的房间里，屋子里放着漂亮的衣柜、舒服的软椅和桌子。但雅克的精神并没有因此而振奋起来，他目光呆滞、彬彬有礼，一点也不像以前的他。

昂图瓦纳大吃了一惊，他带着弟弟去城里游玩，雅克在人行道上盯着一堆点心不动，等待着昂图瓦纳买来给他吃。回教养学校的路上，雅克紧紧地靠着哥哥，恋恋不舍。

回到家之后，昂图瓦纳心疼地对父亲说：“雅克不能再待在那种地方了，我看到了悲惨的事情发生，请您尽早把他从那儿领回来。”蒂博先生对昂图瓦纳私自去看弟弟的行为十分愤怒，但在神父的帮忙之下，他还是决定让雅克回家。

雅克回家不久，就迷恋上了家里的女仆——德国女郎利斯拜茨。他们把脸贴在一起，相互搂抱着，抚摸着。但其实利斯拜茨早已爱上了昂图瓦纳，她没有勇气告诉雅克，也没有必要告诉他，因为她马上就要离开蒂博先生家了。

几年过去了，雅克凭借自己的聪明才智，以第三名的成绩考入了名牌学府的高等师范学院。他非常激动，似乎血液要迸发出来。但是他又觉得这是个陷阱。达尼埃尔从小绘画就很有天赋，几年下来，他成了一个小有名气的画家。在庆祝雅克成功考上大学的夜晚，哥哥昂图瓦纳作为一名医生去抢救被车撞伤的小女孩，从此结识了护理伤者的拉歇尔小姐。她美得让人心里发慌，那鲜艳的肌肤、丰满的躯体都深深地吸引着他。小女孩脱险后，昂图瓦纳搂住拉歇尔小姐的腰，他们在一起了。

夏天到了，出来运动的人也多了起来，雅克在网球场上与达尼埃尔的妹妹珍妮相遇了。其实，珍妮以前并不喜欢雅克，因为雅克总给人一种叛逆、粗暴的印象。但在那个时候，珍妮对他也已经有了一丝感觉。现在，他们的相遇给了两人相互了解、谈诗、谈哲学的机会。慢慢的，雅克发现自己爱上了珍妮，两个人沉浸在了短暂的幸福中。

昂图瓦纳同拉歇尔也沉浸在热恋当中，但是拉歇尔却在这个时候告诉昂图瓦纳要去远方。虽然嘴上说是去非洲办点事，但其实拉歇尔早就计划好去找往日的情人。

拉歇尔和昂图瓦纳默默地穿上衣服，假装着平静。他帮她关上了装得太满的手提箱，跪在地上转动钥匙。一切准备就绪，他没有再说过多的话，也没有过多的动作。她也已经带好了旅行帽，扣好了面纱，扣好了手提包，正在等待马车的到来。她坐在一张矮椅上，不禁打了个寒颤。他不知道说什么好，不敢走近她。待她听到外面拿行李的伙计的脚步声时，她猛地抬起头，朝他看去，那眼神显露出极度的绝望、柔情。

昂图瓦纳再也看不下去了，他张开了双臂，对她说："亲爱的。"但是在这时，门被打开了，人们涌入了房间，拉歇尔打算好好同他告别，她迈了一步，靠在昂图瓦纳的身上。可是，悲伤的昂图瓦纳不想拥抱她，因为怕再放开，他也不想松开手臂让她动身离开。最后，拉歇尔低声说了句："再见，我的小猫咪。"结束了这场纠缠的爱情，只留下他在那里愕然失措。

雅克考上的那所学校开学前，雅克就已经失踪了，而且一失踪就是三年之久。蒂博先生也病入膏肓，他觉得雅克可能已经死了，深情地怀念着雅克，悲伤地对昂图瓦纳说："如果我还有话要说，就是雅克这个可怜的孩子的死，你说我对他尽到义务了吗？"

其实，雅克并没有死，这是昂图瓦纳通过一件事情印证的。一天，昂图瓦纳收到一封写给雅克的信，信中说："我读了您的小说，那种浪漫的风格和我传统式的教养、个人绝大部分的喜好是格格不入的，但是我借用一句音乐大师的话：'赶紧拿走吧，不然我就要对它们发生兴趣啦！'"看到这封信，昂图瓦纳吃惊地两腿一直抖，他心中又对找回雅克燃起了希望。

经过几番周折，他终于打听到了雅克的确切地址：瑞士洛桑的卡麦尔辛公寓。于是，他立刻赶往了那里。昂图瓦纳来到瑞士，发现雅克正和十几名流亡的瑞士知识分子在一起。雅克正在说着什么，语气很热烈，没有一丝拘束。看样子，雅克很受这些知识分子的认同。

雅克也见到了昂图瓦纳，得知父亲病重，决定回去看看。尿毒症正肆无忌惮地折磨着蒂博先生，雅克一点也认不出父亲的模样，他弯下腰，深情地拥住了不断抽搐的身体。蒂博先生不久就去世了，雅克没有继承任何财产，又回到了瑞士那群知识分子中间。他为《明灯报》撰稿，参加革命者的辩论，他倾向于那些宣教者，认为不管是什么主义的有志青年在一起，他们都梦想着建立一个公正的社会。

当欧洲战争激烈地进行时，革命者都在争论着如何去阻止战争的爆发。雅克坚守和平主义，反对血腥暴力。他说："你们所宣扬的这种暴力，我非常清楚地觉得它同时威胁着精神领域。"

当奥匈帝国皇储费迪南大公及夫人在波斯尼亚首府被刺杀的事件发生时，雅克奉命去了巴黎，考察法国左派的动向。他停在了自己出生的家宅前，家里已经变得认不出来了。哥哥昂图瓦纳利用父亲的遗产发展事业，在当地开了一个研究中心。两个兄弟见面之后，雅克才突然发现自己与哥哥之间存在着不可逾越的鸿沟。

达尼埃尔的父亲自杀了，珍妮闯进了昂图瓦纳家中，却意外见到了回来的雅克。珍妮原谅了雅克当年的不辞而别，两个人和好如初。

在政治的驱使下，昂图瓦纳终于参与到战争之中，同弟弟一起保卫和平，反对暴力。昂图瓦纳作为军医入伍了。与哥哥离别时，雅克又回想起他们的童年，共同生活过的独一无二的家庭，心中难免有些感伤。

雅克这次去瑞士决定带着珍妮，他还是希望能靠自己的努力阻止战争的发生。但是，珍妮的母亲却舍不得珍妮，珍妮经过痛苦的抉择，最后决定留在母亲的身边。雅克知道，他再也见不到自己心爱的珍妮了。最终，雅克在进行反战计划的登机前，掏出笔记本，撕下一页，飞快地写了一句话："珍妮，我一生中唯一的爱。我最后思念的就是你。"但是，他没想到这场反战行动是他一生的结尾，当他飞到高空上时，只觉得天旋地转，他的身体就像是要被撕成碎片。

战争还在继续，当他在睡眠中醒来才发现自己已经满身疮痍，一个士兵为了壮胆，向重伤的雅克扣动了扳机。

四年转眼过去了，昂图瓦纳重新回到故居，却因为中毒而使生活成了无休止的养病。他走进自己的家门，感觉这已经不是自己的家了。珍妮为雅克留下了蒂博一家唯一的血脉——让·保罗。珍妮的哥哥达尼埃尔在战争中失去了一条腿。这段时间，昂图瓦纳的病情反反复复，这让他十分疲倦。他的日记大部分都是写给让·保罗的，他几乎把所有的爱全给了这个唯一的后代身上。他希望让·保罗能成为一个有用的人。

在最后的岁月里，他写道："我们过去的所有希望，我们本来该有的所有愿望，我们没有完成的一切，都要你去实现，我的孩子。"他安静地给自己打了一针吗啡，结束了自己不到四十岁的生命。

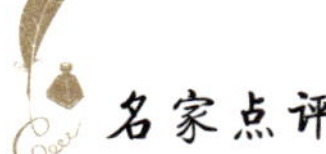

名家点评

这不是一个平静的时代，随着机械文明的发展，而使生活的速度加快，也扰乱了生活的平静、安详，然而文学形式的发展反而走向相反方向，并获得了人们的欢迎，这真令人不可思议！小说为忙碌的人们提供了一个幻想的世界，以心理学的术语而言，这是一种诗的补偿作用。但这部小说的作者，却花了很多的时间和言辞，去揭露并强调现实的悲痛与不安。

大 地

1938 [美国]

Brothers standing on both sides of Wang long, each grabbed one of his arms took him by the hand, and his hands tightly holding warm and loose soil, they bother to comfort him: "don' t worry, dad, don' t sell the field." In the old man' s head, however, both of them is to look at, and slightly smiled.

兄弟俩站在王龙两旁，每人抓住他的一个臂膀，挽住他的手，他的手里紧捏着温暖而松散的泥土，兄弟俩连声安慰他："放心吧，爹，地不卖了。"然而他俩在老头子的头上却对看了一眼，微微地笑了。

【获奖理由】

为了表彰作者对中国农村生活所作的丰富而生动的史诗般的描述，以及她的传记性著作。

珀尔·塞登斯特里克·布克（1892—1973）

1938年，中国第一个统一战线晋察冀根据地建立。海外华侨、港澳同胞和国际力量共同开展抗日斗争。抗战期间，中国共产党实行各民族一律平等、团结抗日的民族政策，台港澳、海外华侨也纷纷参与到抗日救亡的活动。

这一年，战争让全世界认识了中国的顽强和团结。这一年，文学同样让全世界看到了中国的进步和觉醒。诺贝尔文学奖获得者珀尔·布克以“对中国农村生活所作的丰富而生动的史诗般的描述，以及她的传记性著作”在各国文学大师角逐中获得了最终的胜利。

看到这里，很多人会有疑问：美国作家珀尔·布克怎么会以这样的理由赢得诺贝尔文学奖呢？其实，大家可能对珀尔·布克这个名字不太熟悉，但是对“赛珍珠”这个名字一定有所耳闻。

赛珍珠是珀尔·布克的中文名字，她生于美国西弗尼亚州，父亲安德鲁和母亲凯瑞都是美国基督教的传教士，在赛珍珠出生四个月的时候，就被美国基督教长老会派到中国了。可以说，赛珍珠是在中国长大的，她非常喜欢中国，直到十七岁的时候才回到美国攻读心理学。但是，她热爱着中国的土地和人文，毕业之后又回到中国，在母校镇江崇实女校讲授英文。1922 年在南京大学和金陵大学任教。

1931 年，她出版了举世闻名的小说《大地》，立即成为各地的畅销书。赛珍珠也因此获得了普利策文学奖。不管是因为她的身份，还是因为她所创作的题材，抑或是她所表达的感情，都是唯一的。

对于战争，赛珍珠非常同情身处灾难中的中国人民。抗日期间，她多次声援中国。新中国建立之后，中美关系一直处在微妙的状态之中。赛珍珠在这样敏感的政治关系中，并没有畏惧，她多次营救过中国旅美的革命人士。

1972 年，中美关系缓和，她不顾八十岁高龄，坚持主持专题节目“重新看中国”，并且积极准备随尼克松总统访问中国。她曾经给周恩来总理写信，表达了自己期待五月份的访问。但是，由于当时中国内部正处于“文革”时期，她的申请未获得批准，这让她的精神受到了很大的刺激，不久就生了一场大病，于第二年去世了。

她的离世同样带给了我们痛惜的感觉，仿佛一位为世界和平、文学界付出贡献的中国人去世一般。美国总统尼克松在她的悼词中写道："她是一座沟通东西方文明的人桥，一位伟大的艺术家，一位敏感而富于同情心的人。"

王龙是一个地道的农家汉。田里的黄土就是黄金，他带着虔诚、敬畏的心情去耕耘，把所有的心思全部都放在这上面。后来，黄土真的变成了黄金，他从农夫变成了老爷，家族却始终回不去原本朴实的生活。

【精彩赏析】

这天，是王龙迎亲的日子。为了让老父亲在这喜庆的一天喝上一杯好茶，一大清早他就开始忙活了。等水沸起来，他就舀了一碗开水给老父亲端了上去，里面飘着十多片茶叶。他把其他的开水舀进木盆里，打算好好洗个澡。老父亲看着碗里的茶水，说话了："你怎么这般糟蹋，吃茶叶就好比吃银子，要是稻田里有这么多水也该熟了！"

"今天可是个好日子。"王龙连忙解释道。老父亲吃完玉米粥，王龙便换上蓝布长衫，带上个小荷包就上路了。他要迎娶的是黄家大院的丫鬟阿兰。今天是个好日子，王龙狠了狠心把头发剃了，还修了修脸。他又到市场上买了两斤猪肉，半斤牛肉，一些豆腐和几炷香。

这是王龙第一次进大户人家，他的脸红得像烧过一样。他低着头去见黄家太太。太太吩咐丫头："去叫阿兰出来。"不一会儿，王龙就看见一个二十多岁的女人走了出来。她的头发很整齐，个子不矮，胖胖的。她长得并不美丽，一张横阔的老实脸，两个眼睛小小的，尖尖的大鼻子，大大的嘴巴。王龙想起老父亲对他说话："我们种庄稼的人，用不着标致的女人，谁听见过有钱人家标致的丫头还会是处女呢？讨个丑的真比讨个美的好多了。"王龙不禁觉得有些欣喜，只是有些遗憾她的脚没有缠过。

当晚，王龙和阿兰在旧房里成了亲。第二天，勤快的阿兰很早就起床了，她要替公公送上白开水，王龙特意告诉她不要放茶叶。这个在大户人家干活的丫头倒是什么活都会干：烧饭、打柴、拾粪、纺纱、种田。她很少说话，只知道从早到晚地干活。

几个月后，阿兰怀孕了。第一个男孩降生之后，阿兰没有娇气地坐月子，而是直接去收割麦了。

正月初二，王龙带着阿兰和打扮得漂漂亮亮的孩子打算去拜见黄家太太。他们听说这家大户人家已经败落了，五位娇生惯养的少爷把钱当泼水一样花了出去，老爷每年还要添几房姨太太，而黄太太每天的鸦片烟就得花去满满一盒子洋钱。黄家决定卖田。王龙像捡到宝贝一样，惊喜地叫道："黄家的田我要了！"

他和阿兰攒的钱足够买一块长 300 步、宽 120 步的一片小田地。这片小田地让王龙在秋天收获了高出自己田地两倍的收入。然而，旱魃又出来肆虐。当阿兰生下第二个孩子的时候，干旱的气候让大地裂出了缝，王龙只能收获少量的豇豆。村民们吃光了种子、树叶、耕牛、家禽，就连树皮、草根都吃了，甚至还有了吃人的传闻。

王龙的叔父带着一群城里人来买田，想在灾荒之际，低价买田。但是王龙对他们尖叫道："我要将田地里的泥土，一块一块地掘给孩子们吃，待到他们死了，我就将他们都埋在这块田地里。还有我和我老婆、老爹。我们都要死在这块生我们养我们的田地上。"

没有卖掉田地，王龙一家就把桌子、床、被褥、锅都卖了换了两块大洋。拿着这些钱，他们带着一家老小加入了南下的逃荒人流中。

无奈到了南方的一座县城，没有落脚的地方，王龙就用余下的钱买了六张席子，搭了一个简易的棚屋，然后阿兰教两个男孩："你们一会每人拿个碗，这样托着喊：'好老爷、好太太，发发慈悲吧，做些好事，摔个铜板给快饿死的孩子吃些东西吧！'"她将刚出生不久的女婴抱在裸露的胸前，带着两个男孩和老父沿街乞讨。王龙在人力车出租的地方，租了一辆车。一天下来，阿兰他们讨到了 61 个铜板，王龙付掉人力车的租金，还剩下不到 5 个铜板。

有一天，王龙拉车来到夫子庙前，一个青年人正在高台上演讲："中国必须来一个革命，反对可憎的外国人。"王龙心里不禁一惊，仿佛自己就是那个"外国人"。因为他觉得自己与大城市的环境格格不入，也不理解这些人所呼吁的自由、改革是什么。

苦日子终于迎来了转机，这天，王龙抱着婴孩在棚屋里，忽然听到外面一阵天崩地裂，还有人喊着："敌兵要攻破城门啦！"坐在邻近棚舍的老头对王龙说道："你还坐在里面干吗？富贵人家的大门正为咱们打开，我们进去吧！"王龙迷迷糊糊地放下婴孩，跟着一群平民在街上游走，他看见人们涌入富贵人家，抢着衣物、财物。他从来没有拿过别人的东西，所以什么也没有抢。

一群人在洗劫过后就走了，留下王龙在空荡荡的房间里愣神。这时，他发现了一个不知道从什么地方爬出来的胖子。他披着紫色的缎袍，对王龙说：

“饶命啊，我给你钱，很多的钱。”王龙一听到钱，忽然想到可以回到家乡了，就对胖子说：“那就给我，多给我些！”

王龙拿着胖子给的钱，带着一家人回到了朝思暮想的田地。他们用钱买了良种、耕牛、家伙、家具等生活用品。剩下的钱也够一家人在收获前过日子了。不久，地里长出了新鲜嫩绿的新芽。

一天，王龙在阿兰的两乳间摸到了一袋拳头大小的东西，阿兰只好打开了从颈上摘下来的布袋，王龙惊呆了：这里面竟然是一堆红得像西瓜瓤、黄得像麦穗、绿得像嫩叶、白得像瀑布一样的宝石！

王龙拿着这些宝石又在落败的黄家买了很多田地，还雇了六个佃农，请了邻居金氏做管家，他自己带着两个孩子也到田地劳作。王龙收获了大量的谷物，再也不怕荒年了。

村子里又开始闹水灾了，但是王龙再也不怕了。因为他有的是钱和粮食。地里不需要干活，他闲来无事，便打算去逛逛茶馆。开始，他只是在一旁默默地喝茶，端看壁上的美女。

一天，一个标致的女人拍了他的肩膀一下，这个女人是黄家与王龙谈卖田交易的丫头，名字叫杜鹃。他在杜鹃的怂恿下，终于踏上了茶馆妓院的楼梯。在那里，他迷上了身子如竹子般细软、皮肤如牛奶一样的荷花。大把大把的洋钱从他的手里流了出去。

就在王龙几乎把所有的洋钱都花到茶馆妓院这个无底洞时，王龙的叔父一家突然回来投奔他。为了讨好他，张罗王龙纳了妾，娶了荷花为妻。这使他花去了不少钱，但是荷花让王龙得到了满足，不再去茶馆妓院了。

蝗虫让整个庄稼地笼罩上了一层黑色，他们去城里买来香烛祭告也挡不住蝗灾。在这些肆意妄为的蝗虫面前，人总是显得那么无力。就连王龙家的庄稼也只保住了一部分。

大儿子成亲那年，阿兰去世了。王龙买了五个丫头服侍一家人，过了几天，又买回一个娇美的七岁小女孩，给她取名为梨花。长大以后，梨花成了王龙的小妾。其实，王龙的三儿子爱恋着梨花。这位年轻人受到了刺激，决定离开这个地方，从了军。

王龙已经是富甲一方的大地主了。他觉得没有什么值得争取的东西了。但是大儿子还不满足，他对王龙说："黄家的老房子现在还没有卖掉，咱们租过来住吧。"王龙第一次有了进大户人家住的打算，于是买了下来。

然而，随着王龙的年纪越来越大，渐渐没有什么追求了。他只是每天望着那片田地。有一天，他听见两个人在偷偷地商量关于卖田的事情。他怒火中烧，冲了出来说道："不许卖我的田地。"说着，他俯下身去，抓起一把泥土放在手里。

两兄弟站在王龙的两边，每人抓着他的一个臂膀，挽着他的手说："放心吧，我们不卖田。"然而，兄弟俩却相互对视，微微地笑了。

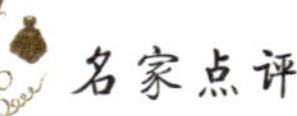

名家点评

她一直写中国人的生活，并与之同甘苦共命运，既经历了一个个丰年，又度过了一年年饥荒；既闯过了一个个血流成河的动荡革命时期，又度过了一段段"乌托邦"式的扑朔迷离的光阴……总之，她是始终怀着一颗深沉而温和的心去看待人生的，并以纯粹客观的态度将生活融入于她的知识之中，撰写出了这部闻名于世的农民史诗——《大地》。

暮 年

1939 [芬兰]

he couldn't feel the body is more and more support, but unexpectedly, not long, a bundle of hay will tumble. He looked up at the old woman to have no, good to help him carry on the shoulder, but she didn't come.

他感到身体越来越支撑不住，但没多久，一捆牧草就归拢好了。他抬起头看看老太婆来了没有，好帮他扛在肩上，可她没有来。

【获奖理由】

为了表彰作者对本国农民的深刻了解和他在刻画农村生活、农民和大自然的关系时所运用的精湛技巧。

名人小记

弗兰斯·埃米尔·西兰帕（1888—1964）

1939 年，第二次世界大战的硝烟四起，地球几乎全部沦为战争的场地。在这样一个特殊的年代，没有谁可以专心地享受生活，而不受到任何外界的干扰。弗兰斯·埃米尔·西兰帕也一样，但作为 1939 年诺贝尔文学奖获得者，他却拥有自己的魅力。

尽管西兰帕的生活一度负债累累且未能交出出版商希望的新小说，但是这并不能否定他对文字的驾驭能力。他的写作技巧是不容置疑的，甚至在多国翻译之后，他的淳朴、简洁、真实清新的风格依然得以体现。

他拥有这样的文学修养要归功于他的学习。1888 年出生在芬兰的西兰帕是在佃农的家庭长大的。他的家庭生活条件艰苦，父母常年受到当地移民的种种刁难。原先生了几个孩子也因为这艰苦的环境而夭折了，西兰帕是唯一活下来的孩子。

西兰帕从小就聪明好学，虽然家里的生活窘迫，善良的父母却没有让他退学，而是省吃俭用地供他上学。西兰帕最终没有让家里人失望，以优异的成绩考上了坦佩雷中学，随后又考入芬兰最高学府赫尔辛基大学攻读生物学。遗憾的是，在西兰帕大学的最后一年，由于家里的生活状况日趋窘困，再也无力供他读书了，他被迫辍学回家。闲暇之余，他就创作一些文章来打发时光。

1914 年开始，他的短篇小说出乎意料地在赫尔辛基的报纸上发表了。这给了西兰帕极大的鼓励。1916 年，西兰帕发表了第一篇长篇小说《人生与太阳》，为西兰帕打下了良好而坚实的基础。

1920 年开始，西兰帕已经成为芬兰最具影响力的作家之一，却因为受到家庭经济危机的干扰，影响了这段时期的创作。直到 1929 年出版商出资才渡过难关。

他的故事讲述起来，简单平实，却都是贫穷带来的悲剧。不知道这是不是与他的生活相关，但是他创作出来的小说的价值已经不单单是为了体现他生活的窘迫了。

可能，他曾经因为贫困而躲在角落难受、心疼。但是万幸的是，他的心并没有因此慢慢退缩。就算他的主人公几乎全是同贫穷和恶势力抗争却不得善终的悲剧，他也希望能像主人公一样和命运拼搏一次。

最后他赢了，成了世界文学奖的大赢家。这就是对那些看过他的悲剧的读者的最大安慰。

贫穷一直没有离开过西兰帕，在他的小说当中，主人公几乎全是被贫困所局限的人。“贫穷”和“死亡”似乎没有什么关系，但又好似有着某种联系。

两个善良、勤劳但是年老体衰的老人，面对生活挣扎着、努力着却始终没有对抗过命运，他们唯一的财产竟是一只山羊。如此的悲剧只能在西兰帕笔下生辉。没有人明白西兰帕整天都看些什么、思考些什么，但是他所创作的悲剧却有一种魔力，教我们不哭不喊不气愤，只是在心中默默地心疼。

【精彩赏析】

这是一个平淡的清晨。七月末的早上，一缕东升的光芒照耀在这片寂寥安静的大地上。它是在提醒人们夏天将去，秋天将至。

秋天将至，小麦又该黄油油的了，这收获的季节让人心中油然生出一股幸福感。

此时此刻，在一幢简陋的矮茅舍里，尽管时针已经指到四点了，但是床上仍然传来了一阵阵带着节奏的鼾声。屋子里有两张床，一张床靠在门口的右侧，蜷缩在被子里的那个男人就是这个家的主人。他的脸上有了岁月留下的明显痕迹，倔强略带刚毅。床后的墙上是一扇六格窗扉，窗台上摆着花瓶、眼镜和一本赞美诗。它们就像在这里沐浴了几十年阳光的懒散的小人儿，显得和煦安详。在昏暗的屋子的另一个角落，一位老太婆正熟睡在那里。家里虽然布置得整洁、清爽，但是这并不能掩盖贫穷所带来的窘困。家具、墙壁、窗户都显得那么陈旧。

这间房是老两口辛苦了一辈子所留下的茅屋，屋子里散发着一股老人特有的气味。许多地方都已经出了裂缝，仿佛在诉说这里已经有足够多的年头了。

老太婆起床了，她的老头却还在床上一声不响地躺着。老太婆熟悉地走到厨房，习惯性地拿出咖啡壶往里面灌水，然后又将壶放在炉子上生起火来。然后把咖啡豆和咖啡磨从老地方拿出来磨咖啡。几十年如一日地煮咖啡，她没有去叫醒老头。

她又想起了过去。那个时候，他们还都是年轻、充满活力的青年，一起憧憬着未来美好的时光和争气要强的精彩。当时，她还是儿子的妈妈，每天清早第一件事就是把儿子在梦中伸出被子的手脚重新放回被子。等到咖啡煮好了，她就开始和丈夫谈天论地，尽管贫困，但也算得上幸福。那个时候，丈夫已经习惯了妻子在耳旁叽叽喳喳地说个不停。但他的心中想得更多的是今天要做的事。喝完咖啡，他们就出门劳作了。床头会放上面包和牛奶，等到他们的独生子醒来自己吃。

恍惚间，老太婆还以为儿子又回来了。当她正要兴奋地叫出来时，那幻影又离她而去了。是啊，他们的儿子成年后就离开家去外面闯荡了，当了军官，老太婆还以儿子是军官而自豪了好一阵子。但是 1918 年芬兰国内战争的时候，儿子阵亡了！想到这里，她的眼泪又开始蠢蠢欲动了，仿佛这件事情就发生在昨天。她有些迷茫了，自己年迈体衰了，等到自己和老头子去世，有谁会来送葬呢？

原先想好的生活，根本没有来到。什么美好的生活、什么幸福的时刻、什么奋起的精彩……奋斗了几十年，家境却一时不如一时，到了最后，老两口唯一的贵重财产竟然是一只山羊！

如此沉闷的生活，她不知道还要过多久，每天带着对儿子的思念，默默地受着命运带来的冷酷。国家是什么？祖国又是什么？她根本就不知道，因为她从没有离开过这片狭窄的土地。但是她想不通，儿子就这样为了一件连她都不明白的事牺牲，是不是像别人说得那么光荣？

厨房里，再也没有那么多整整齐齐的柴火了，盐也快吃完了。死神仿佛在门外等了很久了，她恐惧、悲伤。这时，咖啡已经煮好了，她不再想念去世的儿子，而是把桌子摆好，咖啡倒在杯子里，同过去的每一天一样，老太婆走到摇椅右边，靠着老头床边的窗户那儿戴上了老花镜。她打开那本赞美诗，翻到用她儿子寄来的贺年卡做书签的那一页，开始做祷告。

她知道，老头已经醒来了，他在听自己祷告，他的心中同样也是不平静的。祷告结束之后，老两口就开始喝咖啡，又一天劳碌的日子要开始了。

他们的生活真的很清苦，但是也没有到无法维持的地步。很多生活阔绰的人对他们的生活很不理解。因为他们并没有向政府申请过救济，他们有足够的马铃薯吃，还有一只山羊。他们从来没有囤粮也不做生意，这对于一些人来说确实不可思议。山羊的饲料是农庄主给的，至于牧草，老头每天去田野里、小土丘、灌木丛中割些来。不过，这确实是一件很费力气的活儿。

因为积攒这些牧草需要花上一两个月的工夫，而且，每天还得起早贪黑，用镰刀把草割下来之后要有经过几次翻晒，才能用绳子背回家。对于老头这样年纪的身子骨来说，做这些事情有些吃力了，但他也没有别的更好的办法了。到目前为止，老头对自己的工作还算满意，因为今天的草割得还算顺利，不过他的笑容被劳累所代替，成了一种凄惨的喜悦。眼下，冬天又快来了。

战争结束后，老头就处处不顺心。这年夏天的时候，他就有一种强烈的预感，死神就在近处注视着他，等待着趁他不注意袭击他的机会——他的身体越来越虚弱了。

有一天，他在地里割草，不小心摔了一跤，把腰给扭到了。从此，老头干活的时候更吃力了。但是他不敢对老太婆讲，所以只好默默地忍受。老太婆问他的时候，他也只是说脚上有些疼。日子仿佛过得很慢，这让他们越来越觉得煎熬。由于没有借到马匹，老两口居然破天荒地没有去教堂做礼拜。

今早老太太起来的时候，其实老头已经醒来了。他从老伴的神情当中看出了她在想念死去的儿子，他有些不忍心丢下她撒手人寰。他心里想着："我要是撒手归天了，就只剩下可怜的她一个人了，那个时候，她一定不需要坐在那里煮咖啡了，想吃的东西还没有钱去买。今天又是个晴天，我一定要多割点草，中午的时候，我去把那片草地都割完。"

中午，老头从田里回到家里吃饭，尽管他很想休息一下，可是，为了明天能去做礼拜，他今天必须收回一大堆牧草。他的内心有些沮丧，所以一直在默默地吃饭。这时，外面乌云突然升了起来。老头子一下子担心起来，一会儿一定会下雨的，要是今天收不完，明天就去不成教堂了。想到这里，他一阵伤心，流下了失望的泪水。

尽管身体不适，尽管死神一直跟在他的身边，但是他还是决定要把牧草收回来。老头子站在台阶上，正好撞上了老太婆，她问他要不要她去帮忙。

老头子心里乱得慌，没有说话，但是老太婆还是告诉他一会儿就去帮他。

他觉得身体越来越支撑不住了，但是没一会儿，一捆牧草就归拢好了。这时，他开始期盼老太婆来帮忙。他抬起头，却怎么也看不见她。他试着一个人把一大捆牧草扛在肩上，但是牧草实在是太多了。他又试着背了一次，结果一下子摔在了地上。

老太婆终于来了，看见老头躺在地上，吓得不敢说话。老头挣扎地爬了起来，在妻子的帮助下，终于把牧草背在了肩上。没走几步，老头就跌倒在地。老太婆觉得大事不妙，吓得哭出了声。

老头子的脑海中还在幻想着明天去教堂、牧草如何长得更快、冬天该怎么过、儿子还没有尽孝道等事情。他望着天空，乌云在天上翻滚，仿佛死神铁青着脸看着他。

最终，他温柔地看了看妻子，慢慢地闭上了眼……

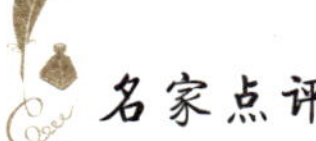

名家点评

作者的语言那么单纯、简练、客观，没有丝毫做作，像泉水般清澈，反映出一个艺术家的慧眼所捕捉到的事物。他在选择主题时，最为细致或者说以如履冰薄的心境去面对直接的美。作者想从日常性的事物中创造出美，而达到这个目标的方式则是他的秘密。

安恩与奶牛

1944 [丹麦]

"It is a so lone cow" to expose the truth she said, "my little there is only so a head of cattle on the farm, and it with other rare animals fit in, so I just thought of than take it to the market, can do it at least with the same kind together, make it a bit for fun."

“它是一头那么孤零零的奶牛”，她吐露了真情说道：“我的小农庄上就只有这么一头牲口，而它又难得同别的牲口合群，所以我就想倒不如把它带到集市上来，这样做它至少可以跟同类相聚一番，让它略微散散心。”

【获奖理由】

表彰作者具有罕见的力度和极为丰富的诗一般的想象力，以及与这样的想象力结合在一起的睿智的探奇心和大胆的、生机勃勃的创作风格。

名人小记

约翰尼斯·延森（1873—1950）

经过了十八次提名，约翰尼斯·延森终于在二战尾声获得了这项国际大奖。

战争的缘故，从1940年到1943年都没有颁发诺贝尔文学奖，然而，诺贝尔又在遗嘱中规定：如果五年之内没有颁发此奖，那么捐款人的法定继承人有权利控告基金会。所以，1944年是个不得不颁发诺贝尔奖的一年。这一年，瑞典和丹麦的边界还完全被封锁着，不方便举行颁奖仪式。延森的颁奖又被推迟到了1945年12月。

延森能有这样的成就，除了他自身的天赋外，与他父亲的熏陶是分不开的。1873年，延森出生在安徒生的故乡丹麦。他的父亲是一位德高望重的兽医，平常热爱研究植物并且善于绘画。

由于父亲的影响，延森从小就对艺术产生了浓厚的兴趣。进入哥本哈根大学医学院后，延森经常想方设法挣些额外的钱来维持自己的生活和学习。在此期间，他开始写一些散文并尝试着投稿。他每个月可以收入稿费45克朗。

1896年，他出版了第一部长篇小说《丹麦人》，得到了文学界不错的评价。第二年，他放弃了一直热爱的医学，专心地从事文学创作，为报纸写文章、专栏、报道等赚取稿费。为了增加自己的阅历以便写出更好的文章，他上船打工，开始在各国旅游。十年的时间里，延森几乎游遍了欧洲大部分国家，还远渡中国、新加坡等亚洲国家。广泛的旅行带给他的不仅是丰富的写作素材、开阔的视野，还有逐渐形成在脑海中的世界观。

延森的想象力令人惊叹，他的《神话》对丹麦文学做出了重大的贡献，并且在丹麦也形成了一种新型的文学体裁——充满诗情画意的散文故事。他说："把故事情节撇在一边，全神贯注于照亮人和世间的某些事物的精髓的短暂的一瞬——神话便出现了。"

很多人拿延森的《神话》与安徒生的故事相比，说前者是后者的延续。这个说法不完全正确，延森曾经这样解释："这种形式是我所创造的。起初我创作时，并没有受到安徒生的影响……但是如果说是安徒生的延续，那么形式上有了这样的变化，也是可以想象的。”

他也是十九世纪著名的诗人，他的诗写得像散文，散文又写得像诗。他追求自己的风格，与注重辞藻华丽的丹麦诗背道而驰。

所谓文学，就是不管经历多少年，那种从文字中流露出的情感依然能将人召唤进去，完全为之所动。延森，他不光研究文学、哲学世界观，还掌握了人世间所充盈的各种情感。我们就是那群被召唤的人，为他的作品所动。

在丹麦作家延森的短篇小说集《希默兰的故事》中，《安恩与奶牛》的故事讲述得十分有爱。

集市上有一位老妇人和一只奶牛，很多人都想要买这头品种优良的奶牛，却遭到老妇人的拒绝。这究竟是为什么呢？众人议论纷纷，最终在大家的询问下，老妇人终于说出了她不卖奶牛但是又带着奶牛来集市的原因……

【精彩赏析】

瓦尔普集市牲口交易市场上，停留着一位老妇人和她的奶牛。她同那头听话的奶牛站成一道孤独的风景，没有人认识她，只是猜想她在卖牛。

或许是因为太过于腼腆，她一直低着头织着毛袜，也不看路人。她的身上穿着一件干净但样式落后的旧衣服，一条散发着土味儿的蓝色褶裙，一块棕褐色的绒线披肩交叉地叠放在她干瘪瘪的胸上，头上还戴着一块褪色的头巾，脚上穿的木屐显得干净利索，这是因为抹了油的缘故，事实上，这双木屐的后跟都磨平了。她那双干枯的手正飞快地织着毛袜，还有一个毛线针插在她灰白色的头发上。

她就那样站在那里，任凭耳边呼啸过去的是风还是杂货铺叫卖的声音，或者是飘来的几首好听的音乐曲子。偶尔，她也会抬起头来观望一下熙熙攘攘的人群和买卖交易的牲口。但是，不管周围多么嘈杂、动物怎么乱叫、小贩如何吆喝、小丑如何摇摆叫喊、马戏班如何敲鼓，她都不会过去凑热闹，只是站在那里晒着温和的太阳，打着她的毛袜。真是惬意极了，倒也旁若无人，悠闲自得。

跟在她身旁的奶牛一直蹭着她的胳膊肘，表情枯燥厌烦，腿脚僵硬地站在那里，嘴唇不断地反刍。这是一头上了年纪的奶牛，但是行家一看就知道这是一头非常好的牲口。因为它的毛色鲜亮，就连半根杂毛都没有，一定是出身真正高贵的纯粹良种。假如非要在它身上找些缺点的话，那么只有它的臀部到脊梁上长了一溜肉瘤。它浑圆的乳房胀得很鼓、软绵绵地垂在肚皮底下。它的身上是黑白相间的美丽的花纹，牛角上也点缀着几条环状的花纹。

这是头结实健壮的母牛，它曾经产下小牛犊，却连看它们一眼、舔它们一下的机会都没有。然而，它是一头好奶牛，尽管吃着粗粝的草料，还是心甘情愿地把牛奶奉献出来。然而，现在它已经到了供人宰杀的地步了。

不一会儿，它就吸引过来一个打算买牛的人。那人摸着它被刷洗得干干净净的皮毛，问道："这头母牛多少钱，老婆婆？"他露出挑剔的眼光在奶牛身上转了又转，最后回到安恩的身上，似乎已经做好了讨价还价的准备。

“它不是卖的。”安恩依然自顾自地打着毛袜，为了表示谦恭，她还特意把毛线针放下，使劲地擦着鼻孔。那个男人迷茫起来，一时间竟然不知道该如何应对了。他在踌躇了一阵之后，终于走了。不过，临走时，他的目光仍然恋恋不舍地盯着这头奶牛。

一个精明利索、脸上刮得干干净净的屠夫也被吸引了过来，他用藤杖敲了敲牛角，又用肥硕的大手摸了摸母牛身上光滑的皮毛，问道：“喂，这头母牛多少钱啊？”

“它不卖的！”安恩爱怜地看着自己的奶牛，不屑地瞥了一眼那根藤杖，然后就将脸转到了别处，似乎发现了让她感兴趣的东西。

屠夫听了这话，扬长而去。接着，又来了一个人，他非要谈成这笔买卖，死缠烂打地说要买了这头母牛。但是安恩还是依然摇摇头说：“这头牛不是卖的。”她已经打发走了许多主顾了，这件事理所当然地激发了大家的好奇心，甚至有人开始对她说长道短来。有个人已经来过一次了，遭到拒绝后再次回来，企图花大价钱买这头母牛。但是安恩还是用非常坚定的口吻回答了他们：“不！”

“您的意思是说它已经卖出了是吗？”那个人问道。

“当然没有，我说了这头母牛是不卖的。”

那个男人刨根问底地追问道：“是吗？那为什么一直站在这里？难道光是想让这头奶牛出出风头吗？这是你自己的奶牛吗？”

这头奶牛一直是属于她的，从它还是小牛犊的时候开始就是。“当然是呀！”

“那你站在这里难道是为了拿大伙开心吗？”

这句话好像“当头一棒”打在安恩的头上，她决定不再打毛袜了，从牛角上解下拴牛的绳子，准备回家。这时，她睁着大大的眼睛盯着刚才那个人，说道："这头牛实在是太孤单了！"

在临走之前，她吐露真情："我所在的小村庄只有这么一头奶牛，可是它又没有办法和其他的牲口待在一起。所以我就想，倒不如把它带到集市上来，这样至少可以让它和同类相聚在一起，散散心。我们来到这里并不是为了做生意的。不过，既然已经弄成这样了，我们只好回去了。不过，我刚才应该讲一句'对不起，我很抱歉。'再见，谢谢你的关照。"

《安恩与奶牛》是延森最著名的短篇小说之一。故事单调平实，没有过多的人物、场景，也没有过多的情节转变。然而，就是这样单调而朴实的风格，才让读者从中体会到亲切与温馨。他让读者觉得故事就发生在身旁，精彩就在眼前。这就是延森短篇小说的魅力所在。

名家点评

他把原始的、魅惑的、感受丰富的人类本性，置于此地熏陶。于是，狂暴的力量转为柔顺的爱情，他以强烈的对比，达到艺术的巅峰。他的作品刻画出活生生的语言和强烈的表现，通篇充满力量，令人体会到宛如微风拂过大地般清爽宜人。

绝 望

1945 [智利]

I don't take your call, because you have left, I bare feet to run, but you have stalled.

我不再把你呼唤，因为你已离开人间，我光着脚继续奔跑，你却止步不前。

【获奖理由】

为了表彰作者那富有强烈感情的诗歌，使她的名字成为整个拉丁美洲理想的象征。

名人小记

加夫列拉·米斯特拉尔（1889—1957）

那个男人是贪心的，所以死去了。但是她不忘旧情，整整十年生死两茫茫！自从遇见他的那天起，她的心就不再属于她自己。她热爱约会，喜欢爱情，她越是害怕，命运越是喜欢和她开玩笑。

“抒情女王”——加夫列拉·米斯特拉尔，1889年4月7日出生在智利首都圣地亚哥市以北的艾尔基河谷。对于她来说，一生只有三件大事：祭奠永远逝去的爱情、从事神圣的儿童教育、亲身体验战争带来的痛苦。其中，诗人对爱情的难以忘怀深深地打动了我们，以至于许多人读起这些带有悲情色彩的诗“脸上挂满泪珠”。

诗人加夫列拉·米斯特拉尔原名卢西拉·戈多伊·阿尔卡亚加，三岁时，父亲弃家出走，不知所踪。她自小过着清贫的日子，从来没有像其他孩子一样有完整的家庭、富裕的生活环境和踏进学校的机会。幸运的是，同父异母的姐姐埃梅丽娜是小学教员，常常教米斯特拉尔学习认字。

米斯特拉尔从小就喜爱书籍，尤其是俄国文学作品。外国的文学熏陶，无疑是她创作诗篇坚实的基础。在姐姐的指导下，米斯特拉尔又爱上了教育事业。十七岁的米斯特拉尔天真无邪，笃信上帝，虽然没有进过学校读书，但是凭借自己的聪明才智，已经成为了一名乡村小学的女教师。她也曾对前途无限憧憬，对爱情无限期盼。

她心有所爱，那是当地的年轻铁路职员。初恋带给人们的总是痛并快乐着。在她对未来充满信心的时候，他却背叛了她。在她还苦苦强忍着痛苦的时候，突然得知了他自杀的消息。米斯特拉尔又怎么能不恍惚人世间呢？

十年过去了，米斯特拉尔为情所受的伤终于愈合了。但她终究还是介怀那段未果的爱情，怕再次受伤害，决定一辈子不嫁！她把对爱情的渴望全部转换成了对儿童教育的事业上去，几年下来颇有成就。

米斯特拉尔亲身体验了一战和二战的残酷，她开始从一个人道主义者转向保卫世界和平、反对法西斯的战士。但这些都已经是米斯特拉尔暮年所做的事情了，难免有些力不从心。

1957 年 1 月 10 日，她在纽约病逝。

《绝望》是我们认识米斯特拉尔的首部作品集，也是她的成名作。这里面包含着诗人早期受到的爱情煎熬，有些诗篇已经发表过了，有些是从未发表过的。在出版这部诗集时，米斯特拉尔已经三十多岁了，似乎已经度过了那段痛苦的日子。但是假如让她再次触碰这些看似没有生命的文字，她依然泪流满面。

她说："在这一百首诗中，留下了一个淌着血的痛苦的过去，那时连诗歌都淌着血，用以减轻我的痛苦。"然而，幸福是回不去的。该过去的总有一天会过去，绝望也会变成希望。

【精彩赏析】

没有他以后，诗人一个人到处旅游。仿佛过去的日子是一场梦，在心中久久不能平静，但是谁也没有能力回到从前。

那时，她喜欢爱情，如同孩子喜欢蜜糖、女子喜欢鲜花一样。可情缘似流水，覆水难收。想起从前，她还执著地认为那是"天意"，不顾他人的反对和冷眼相待。"自从你与我订下了婚姻，世界变得多么美丽动人。当我们靠着一棵带刺的树，相对无言，默默倾心，爱情啊，像树上的刺儿一样，将我们穿在一起。"可是，树下再也没有了他身影的凝聚，任她怎么呼唤都无动于衷。只有她自己知道那个时候是多么的倾尽全力去爱，为了他患得患失地颠覆了自己的世界。

她像每位恋爱中的女子一样，开始怀疑心爱的他，怕他抛弃自己，就像一个怕黑的小孩子，无助、恐惧。她诉说着："怕你将我抛弃，终日里胆战心慌，面色苍白，我时时在问你：'还与我在一起吗？别把我丢在一旁！'"

她清楚地知道“面对可怕的幻觉，忧心忡忡的人不敢睁开眼。”

可是，命运就是这样爱开玩笑，越是恐惧的事物越喜欢靠近你，就像她所忧虑的一样——那个男人轻易地爱上了别的姑娘。当诗人看到这一幕的时候，已经不知道是该可怜自己还是恨他。“他和别的姑娘在一起，我亲眼看见他们走过去。风儿依然柔和，路依然寂静。可是我那双可怜的眼睛啊，却看见他们走过去！”那些海誓山盟算什么？怎么能在一瞬间就崩塌，那歌颂了上百个世纪的爱情又是什么？怎么能不明不白地毁灭？

在小路上遇到了赋予她幻想的男人，他没有任何难过的意思。他根本就不在乎米斯特拉尔的快乐和难过，而她只是想要简简单单的爱情。流水没有惊扰到他的思绪，玫瑰也还没有开放，但诗人的心灵被惊恐打动了。一摊心中的水晃来晃去，一不小心涌出了眼眶。相爱是那样的不容易，幸福也只有那么一次！

“漫不经心的嘴角边，他带着一支轻快的歌，看见了我，这支和调的歌竟变得严肃。”原来一切对于爱情的美好都是自己想象出来的！他哼唱着轻快的歌曲没有一丝愧疚感，只是在看见诗人的时候，情绪有些被压抑了。很明显，他不想见到诗人。可是，她想不通啊，自己明明那么渴望这份爱情，他为什么要逃避？她望着这条小径，突然发现这件事奇异得像是在梦境一般。可是，她望着如宝石般的曙光，仍然忍不住地流下了眼泪。

“他唱着歌继续走，也带走了我的目光。在他的身后不再有蔚蓝的天，高昂的草。”他都走了，又何必再苦苦地追寻呢？就算他的身后永远是哀切的目光，永远是乌云密布，又和他有什么关系呢？还不是一场空吗？“既然无动于衷，我的渴望，也难刺痛他玉簪花的胸。”她清楚地明白，只要他不再爱她，就算是用利器刺他的心脏，也不会使他感到疼痛。

米斯特拉尔不甘心，她不想让自己的期盼变成虚幻，于是决定最后一次挽回！“他看着我，我看着他，久久没有说话。目光呆滞像丢了魂魄，面色惨白在惊恐挣扎。经过了这样的时刻，一切都成了虚话。”他看到诗人已经没了神，到底有多么不想见到她，连话都不说了。诗人心中翻腾着那些想要吐露的话语，却不知道从哪里说起。面对他呆滞的表情，诗人知道说什么都没用了。

她仿佛掉进了一个很深很大的陷阱，上不去出不来。但是还没等她反应过来，就听到了他自杀的消息。原来，这个男人新结识的姑娘抛弃了他，为了挽回面子，在村口自杀了。那天，他的口袋里装着寄给米斯特拉尔的明信片，也许是有意要复合吧。好事还没来临，他却先走了一步。

现在，就连焦急地等待都不再有任何意义。徒劳的等待啊，他不会再回来了。站在每天经过的小路上，“我忘了你轻快的脚步已变成沉重的泥土。”最怕当他离去，自己还停留在原处不肯走。当她站在那里时，看着他曾经踩过的泥土，抚摸过的花朵，她还以为他会回来相见。“跟以往美好的日子一样，我到小路上去和你会晤。”

你听，那山谷、平原、河流里寂寞在唱着歌，充满了哀愁啊，怎么才能让它们停下来呢？歌声那么残忍地刺痛心灵，那“残阳似罂粟花瓣，纷纷枯槁飘落，流苏般的雾气在哆嗦，我在旷野里多么孤独！”秋风吹过树叶，苍白的枝丫沙沙作响，她害怕了。她在心底召唤：“亲爱的，脚步加紧！我心里又爱又怕，亲爱的，快些来吧！”可是，“我忘了你已不闻不问，听不到我的呼唤，我忘了你已经不能出声，我忘了你脸色已经惨白，你的手毫无生气，已经不能把我的手抚摸。”

夜幕降临，可她还在这里等待着，明知这是徒劳的等待，可还是愿意在这漆黑的小路上守候。“猫头鹰张开可怕的翅膀，阴森地掠过小路。我不再把你呼唤，因为你已离开人间，我光着脚继续奔跑，你却止步不前。”他死去了，在诗人张开的胳臂里，不会再出现他凝聚的形影。

夜里，她在悲伤里沉睡，苦苦想念着他。“我梦见一个简朴的陶杯出现在眼前，它将你的骨灰装殓，杯子的壁就是我的面颊。”把他的骨灰装进自己的心中，用自己的脸颊贴着他。这也是一种温暖吧，别人又怎么能够了解？她在这杯中取出一捧土，“它像一丝泪水从指缝里无声地流去”。

这般失魂落魄的情绪无处发泄，只好凝聚成了一首首痛彻心扉的诗篇。《死的十四行诗》正是这一时期的经典之作。她的爱已经成为了无限占有欲，她想要把他的骸骨挪到阳光和煦的地面上来，没人会知道他们躺在一起，在泥土里共枕同眠。她还想把他的骸骨放在月光照耀的地面上，让土地接纳这个苦孩子的躯体，那也许会变成温存的摇篮。

“我要撒下泥土和玫瑰花瓣，月亮的薄雾缥缈碧蓝，将把轻灵的骸骨禁锢。”凄美的爱情几乎要把理智所吞没。她几乎疯狂地唱着歌，带着一种无法言说的心情离开。她说：“没有哪个女人能插手这隐秘的角落，同我争夺你的骸骨。”那个曾经背叛她的男人如今再也不会背叛她了，乖乖地躺在她的身边，一动不动。

她开始想，如果生不能在一起，那么就等死去做一对吧！当有一天，她觉得灵魂不再想被躯体拖累，自己也会埋在那有他的世界。这样他们就可以窃窃私语，直到永远了。“只有那个时候你才明白，你的肉体还不该来到深邃的墓穴。”但是已经晚了，你必须待在地下长眠。因为“命运的阴暗境界将会豁然明亮，你知道我们的盟约带有星辰的印记，山盟海誓既然毁损，你就注定死去。”

看来无论怎样都无法留不住他了，当他离开纯洁的童年，邪恶就已经掌握了他的命运。诗人怜悯他、爱恋他，她向上帝祈求："上帝啊，快让他解脱，要不就让他在长梦中沉沦！"总之，诗人在他的身上浪费了太多的感情、太多的精力了，却依然不能将他唤住，也不能随他同行。"让他回到我怀抱，要不就让他年轻轻地死掉。"可是，就算是死去了，又能怎么样呢？还不是整日整夜地为他流泪。"难道我不懂爱情，难道我没有怜悯？"

这次，米斯特拉尔伤得够深够彻底，只有那审判的上帝，知道这一切痛楚！

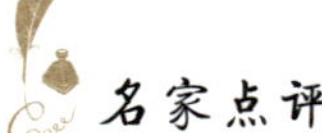

名家点评

诗人用她那慈母般的手为我们酿制了饮料，使我们尝到了泥土的芬芳，使我们的心灵不再感到饥渴。这是来自艾尔基山谷的米斯特拉尔的心田里的泉水，它的源头永远不会枯竭。

荒原狼

1946 [瑞士]

He used this despair eyes not only see through the speaker personal love vanity, and pierced the we whole era, pierced the all busy, putting on AIRS, all steep profits, all vanity, everything is vain and shallow surface of the intelligence game. It is at the inner world of all humans; spoke to the life of a thinker dignity and meaning all doubt.

他用这种绝望的目光不仅看透了爱虚荣的讲演者个人，而且刺穿了我们整个时代，刺穿了一切忙忙碌碌、装腔作势，一切追名逐利之举、一切虚荣、一切自负而浅薄的智力的表面游戏。它直指一切人类的内心世界，说出了一个思想家对人生的尊严和意义的全部怀疑。

【获奖理由】

作者充满灵感的作品既具有高度的创意和深刻的洞察力，也为崇高的人道主义理想和高尚的品格提供了一个范例。

赫尔曼·海塞（1877—1962）

二战带来的痛苦景象还历历在目，多少人在战争中妻离子散，多少人又在战争中失去生命。作为战败国的德国正面临来自世界各地的谴责和憎恨。1946年，原籍德国，后转入瑞士籍的赫尔曼·海塞成为了诺贝尔文学奖的获得者，这一消息一经传出，惹得世界瞩目。

海塞以富有哲理性的心理分析塑造人物，幻想、夸张，形成了自己独特的风格。他的作品几乎在一夜之间风靡了美国，小说《荒原狼》更是在一个月之内销售了三十万册，成为当今世界上拥有最多读者的现代德语作家。正因为如此，专门研究"海塞"的专著和评论文章更是数以千计，一股"海塞热"感染全球。

事实上，海塞生活在一个传统的宗教世家。父亲和外祖父都是虔诚的信教徒，曾长期在印度传教，对东方文化颇有研究。母亲出生在印度，也是一个信教徒。海塞在这样一个具有浓厚的宗教气氛的家庭中成长，从小就开始接触较广泛的各类文化。他不但对欧洲文化有深刻的了解，还对印度和中国的古老文化产生了兴趣。

少年时期的海塞就梦想着做一名诗人，他说："要么是个诗人，要么什么都不是。"1891年，在父亲的命令下，他被迫进入了毛尔布隆神学院学习。在学校里，他亲身感受到了神学院对青少年身心的残害。他实在无法忍受神学院把班上的一件小事变成了全校的审讯，使他丧失了对一切尊师重道的敬仰，内心涌起一阵风暴，导致他逃离神学院，受到了紧闭和开除学籍的严重处罚。半年后，他又逃离了神学院。

1894年开始，他去了一家工厂当学徒。一年以后，海塞转到图宾根一家书店当学徒，在这段期间，他读了大量关于德国乃至世界的文学作品和哲学著作，并且开始尝试写作。1904年，海塞的第一部长篇小说《彼得·卡门青德》问世，受到了读者的一致好评，成为了他的成名作。海塞也因此走上了职业作家的道路。

德国在1918年爆发的“十月革命”惨败，这件政治事件在战争即将接近尾声的时候出现，让整个德国陷入了社会混乱，民不聊生的局面。一直呼吁和平、文明的海塞对这个国家完全失望了。1923年，他放弃了德国国籍，转而入了瑞士国籍。对于这件事，他说：“当我在第一次世界大战后看到整个德国是那样几乎一致地去破坏它的共和国时，我接受了瑞士国籍。”

但这并不意味着海塞是在逃避现实，寻找安逸的去处。在法西斯统治期间，他多次发表批评性的文章，希望得到人们的重视，但是遭到了众多攻击。

他一生获得的荣誉无数，赢得了世人的尊重。晚年的他在瑞士南部的蒙达哥拉住所，全心编辑、出版以前的作品。他用书信与全世界保持着联系。1962年8月8日，海塞听完了莫扎特的钢琴协奏曲后，与世长辞。

他是一头充满野性和人性的荒原狼。博学多才却不知道该如何去生活，憎恨战争却经常做一些让人难以理解的事情，厌恶资产阶级的说辞却在银行有存款。人性与狼性在哈立·哈勒一个人身上体现着。

怪诞、分裂让这部小说成了无与伦比的作品，欲望与理智的激烈冲突成了主人公特殊的精神状态。现实社会和道德观念的冲突，幽默、辛辣，使这部小说难能可贵。

【精彩赏析】

荒原狼是个年近五十岁的男人，原名叫哈立·哈勒。他的个子不高，走起路来却昂首阔步，假装是个大个子。他在不到一年前租下了我姑妈家的阁楼，那时，他身穿一件舒适的冬大衣，胡子刮得干干净净，头发很短，白发也稀疏可见。他的脸上充满了智慧，表情丰富却很少交谈。就像他自己形容的那样：他是个孤独的，充满野性的，对世界陌生又胆怯的荒原狼。

假如他交谈时能撇弃那生疏而体现他特有的个性，那么我们马上都会为他心悦诚服的。他虽然不爱交际，但想得却比别人多，常常对事物进行客观冷静的分析。他深思熟虑，拥有可靠的知识修养却没有虚荣心，不希望闪光。

我能从他的目光中读出一些东西。比如上次当我带着他去听一位著名的历史哲学家兼文艺评论家的报告时，荒原狼就向我投来了一瞥目光，那种目光似乎在告诉我那位名人简直一文不值。可他的目光又告诉我，他并不是在讽刺那位名人，而是对这个爱慕虚荣的演讲者的绝望和伤心。

他的目光穿透了我们整个时代，穿透了正在忙忙碌碌、装腔作势、追名逐利、妄自菲薄的一切。它直指人们的内心世界，道出了一个思想家对人生的尊严和意义的全部怀疑。

我从一开始就从荒原狼身上发现了特别之处，我觉得他有病，某种精神病或者忧郁症。我能觉察到他的心灵在孤寂中日渐死亡。这种悲观不是用来对抗人世而是用来鄙视自己。他把所有的尖刻、批判、厌恶和憎恨都对着自己。但是对待他人和世界，他又始终勇敢而严肃地去尝试去热爱。

自打他搬来以后，起居室里就挂上了照片，贴上了画。书柜里放满了书籍，写字台上、沙发上、椅子上、地板上都是书，书里还经常夹着纸签。除了这些，屋子里到处都是烟蒂和烟灰缸，还有一些酒瓶子。我实在接受不了这种毫无规律的生活。

但是他也有吸引我的地方，就像我们第一次接触就使我难以忘怀。那天，我下班回家，在楼梯上遇到他，他邀请我去他的房间里看书里的一句话。他从书堆里抽出一本书，翻找着。他对我说："您听听这句话'应当以痛苦为骄傲——每一次痛苦都使我们想到我们的高等地位。'在尼采之前 80 年就有人说出这样的话！但我说的不是这句话，请您稍等。"

我在一旁静静地等着他能尽快给我找出那句话。"好了，找到了。'绝大多数人在会游泳之前都不愿意游泳！人是为大地降生的，不是为水而降生的。他们当然不愿意思考，因为他们是为生活而诞生的，不是为了思考而诞生的！不错，谁要是在思考，谁要是把思考当成重要的事情，他当然可以在这方面有所成就，但同时他也就把土地和水的位置相互替换了，那他有朝一日终将被淹死。'"

他的话紧紧地抓住了我的心，我对他产生了兴趣。我发现他就是一只迷路而跑进城市、群居生活世界的荒原狼。他那种表现出怕见世面的孤独、野性、不安、思乡之情和那无家可归的命运，都印证了这一点。他是在过着一种绝望、孤独和自由的生活！

直到有一天，他在付清了所有欠款之后，突然不告而别地离开了这座让他孤独的城市。我再也没有了他的任何消息。他留下来的东西就只有送给我的手记。我从手记中发现哈勒并不是精神病或者什么的。他只是有着这个时代特有的通病，这本手记是名副其实的穿越内心世界的混乱的记录。它时而充满了恐惧，时而又勇气倍增，它决心要对抗这混乱，与厄运战斗到底。

哈立·哈勒手记（以下第一人称均为哈立·哈勒）：

这一天，就像往常一样过去了。我每天都是这样慢悠悠地把时间消磨掉。花了几个小时的时间写东西，翻了翻过去看过的旧书，难受了两个小时，吃了点止疼药疼痛又止住了，洗了个热水澡，做个几次呼吸运动，散了一个多小时的步。这样的生活我每天都在过，既无痛苦也无欢乐，对于别人来说这是一件美事。但是很遗憾，我就受不了这种平静的生活，我总是燃起对生活强烈的渴望，我想要毁掉什么东西！一个百货商店也好，或者一个大教堂，我自己也可以。我深深地憎恶与世无争、健康舒适、中产阶级所推崇的乐观。

夜幕降临，我带着这种低落的情绪打算出去走走。穿上大衣，在昏暗和雾霭中向城里走去，到饭店去喝点什么吧。路灯在阴冷潮湿的昏暗中让我想起了那些忘却的青春岁月。那时，我多么喜爱阴暗、忧郁的夜晚。可是一切都过去了，今天，面对这种建筑、这种商业交易、政治人群，我就是一只荒原狼。

我走在古老的城区，看到城墙上面隐约发出亮亮的光芒，上面还有彩色的字母在闪烁：魔术剧——限制入场。忽然，那字母没有了，我在泥泞的路中站了很久，这些彩色的字母落到泛光的水泥上：只供狂人观赏！我站在那里好一会儿，想看看还有什么东西，结果什么也没有发生。我只好离开那里。

那似乎是另一个世界带给我的问候，我进了一家小酒店，在喝了几杯酒之后又离开了。我想起了那串摆弄着舞姿的闪光字母，决定买票进去。可是，城墙大门紧闭，我向城墙微笑地点头致意，打算继续往前走。这时，突然一个人从漆黑的胡同里窜了出来，吓了我一跳。他步履疲倦，头戴便帽，身穿蓝色制服，肩上还扛着一根广告牌的棍子，肚子前挂着一个打开的箱子。

我叫住他，才看清广告牌子上写着：无政府主义晚会——魔术剧——限制入场。我高兴地叫了起来："嘿，我正要找您呢！你们的晚会在哪里举行？"他一边往前走，一边面无表情地对我说："限制入场。"我追过去叫住他："请等一下，您这箱子里装着什么，我想向您买一些。"那人机械地从箱子里抽出一个小册子递给我。我迅速接过来，准备给钱，他却已经拐弯走掉了。

我觉得自己非常疲倦，于是加快脚步回到了家中。脱下湿淋淋的大衣，从口袋中抽出一本小册子，坐在靠背上，戴上眼镜，惊奇地读着这个标题为《论荒原狼——仅供狂人阅读》的册子，更让我惊奇的是里面的主人公也叫哈立。

文章中说：从前有个叫哈立的人，号称自己是荒原狼。他用两条腿走路，身上穿着衣服，像个人，但事实上他是一只荒原狼。荒原狼有两种特性：一种是人性，一种是狼性。这种命运在人身上体现得并不多。因为哈立身上的狼性和人性似乎互不协调，不仅不能互有补益，还经常互为死敌。当一个灵魂里存在两个对立面时，生活就会非常痛苦。

文章中还说，从来没有一个人像荒原狼一样迫切渴望热烈的独立。他越来越独立，自由而独立。但是很快他就意识到自由其实就是死亡，世界让他陷入了寂寞，就连他自己也与自己无关了。

荒原狼其实是一个远超中产阶级标准的人，他既懂得沉思也懂得憎恨，蔑视法律、道德、理智。但他又同时是中产阶级的俘虏，并且想极力逃脱这个阶级。

这本小册子毫不掩饰地道出了我的人生，郁郁寡欢、难以忍受。这样的荒原狼必须死去，进行新的自我演变。

有天，我在城郊遇到了一个殡葬队，发现那个扛广告牌子的人也在里面。他告诉我，要是需要消遣就去黑鹰酒店。深夜，我来到城郊一个不太熟悉的地方，走进一家酒店，门牌上写着“黑鹰酒店”。大厅里，舞曲声强烈刺耳。我一眼就看见一位穿着舞衣的漂亮姑娘坐在长凳上，她见我走过去还给我让了个位子。她似乎很了解我，我的事情她好像都知道。我跟她说我为生活操够了心。她却说活着是再容易不过的事情了，还叫我跟她一起跳舞。临走的时候，我和她约好下次再见。

她的名字叫赫尔米拉，她让我对生活有了新的兴趣。我们星期二在一家酒店见面，赫尔米拉还给我介绍了一位叫玛利亚的姑娘，她说我该学会恋爱。几天后，我和她们去参加一个化装舞会。舞会之后，我找不到赫尔米拉，有人告诉我她在“地狱”，我进入地下室，看到很多房间，每个房间都代表着人类灵魂的侧面。在最后一个房间里，我看到了赫尔米拉和一个男人赤裸裸地躺在一起。愤怒之下，我杀死了这个刚刚爱上的姑娘赫尔米拉。

在光秃秃的院子里，检察官判我永生，剥夺了我进入魔术剧场的权力 12 个小时，还罚我被耻笑一次。因为我荒唐地把美丽的形象与现实混为一谈了，我用镜子里的刀子把镜子里的姑娘杀死了。

面对这个世界所存在的荒谬和怪诞，我们只能以微笑和幽默来应对。生活戏剧就像这十万个形象棋子，装在我的口袋里。我猜到了这件事情的意义。我愿意重新开始这样一个游戏，再次尝尽痛苦，游历我内心的地狱。

我总有一天会把这形象游戏玩得更好些，我总有一天能学会笑。

名家点评

海塞的作品对我们特别具有吸引力，让人中心追随的是其许多的变幻性特质。海塞有激烈的反抗倾向，一旦他认为神圣的东西受到威胁，就会由梦想家变成斗士。如果忽视这一点，可以把他当成浪漫派诗人。

背德者

1947［法国］

Her spirit is tired, evening go to bed early. I looked at her to sleep, sometimes I also lie down, and listened to her breathing grew even, reasoned that she fell asleep, I crept back up, dark dress, sneak out like a thief.

她精神倦怠，晚间早早就寝。我看着她入睡，有时我也躺下，继而，听她呼吸渐渐均匀，推想她进入了梦乡，我就蹑手蹑脚地重新起来，摸黑穿好衣服，像窃贼一样溜出去。

【获奖理由】

作者的作品内容广博且艺术意味深长。这些作品以对真理的大无畏的热爱和敏锐的心理洞察力而表现了人类的问题和处境。

名人小记

安德烈·纪德（1869—1951）

纪德，一个在法国文学中占有特殊地位的名字。他被称为是“二十世纪前半期统治文坛”的作家。纪德一生就像梦一场，却在这场梦中创造出了伟大的文学殿堂。

1869年出生在巴黎的纪德从小就接受清规戒律，父亲是巴黎大学法律学教授，加尔文教派的信徒。父亲去世以后，纪德就跟随母亲来到了外祖父家中。浓厚的宗教气氛、家教的严厉约束，让他早年的生活一直处在紧张而忧郁的状态之中。

十四岁时，他对大他三岁的表姐产生了纯洁的爱情，但是母亲极力反对，纪德只好将对表姐的爱收进心里。为了摆脱生活给他带来的束缚和困扰，他踏进了文学创作的大门。1891年，他的第一部小说《安德烈·瓦尔德的记事本》完成了。这是一本映射他内心的日记体小说，描写了一个渴望爱情的少年，因为表姐的出嫁而受到精神伤害的故事。

后来，纪德结识了象征主义诗人瓦莱里、路易和马拉美。这对他的文学创作影响颇深。《人间食粮》散文诗集的出版奠定了纪德在文学界的地位，人们称这是一本“拿在手里发烫的书”。他说：“当我写这部书的时候，文学界有一股非常强烈的造作与封闭的气息，我觉得迫切需要使文学重新接触大地，赤着脚随便踩在地上。”

他的主张十分特殊——个人自由、尽情享受极端利己的非道德观念。这一主张很长时间都不被人理解。1895年，他的母亲去世，他与表姐结为夫妇。但是婚后并不幸福，感情随即破裂。这为他多变如梦境的一生添上了一笔荒诞。

纪德的梦境是不断蜕变的，每一个清晨他都要重生于一个新鲜的生命，开始新的旅程。有时候纪德的多变让人们感到迷惑，可是仔细一想，他是在用自己唯一的生命去体验不同的人生。从一个极端跳向另一个极端，这是对生命的完美利用，不是谁都可以学得来的。

他不是不爱自己的妻子，只是不知道该如何宣泄自己孤独的感情。他承认自己是多情的。可是，他也承认自己与妻子之间有一道无法逾越的鸿沟。有一种情绪犹如蚂蚁爬在自己的心头上，痒痒的，麻麻的，想驱赶却找不到任何方法。

米歇尔想放弃那些不知打哪儿来的欲望，可是过于文静的妻子没有给他机会，他只好收起对妻子的爱。他迷恋那些小男生，漂亮、英俊的小男孩。不过，也许他自己也不知道这是羡慕还是发自内心的喜爱。

总之，命运给他带来的是找不到自己。就像他说的那样："令我恐慌的是我依然年轻，我常常觉得自己的真正生活还没有开始，现在把我从这儿带走吧，赋予我生存的意义，我再也找不到自己了。"

【精彩赏析】

米歇尔这样的人在生活中不是少数，更多的人像他一样找不到自己，也不明白生存的意义。可是，我们活着，不就是为了寻找生存的意义吗？假如，一生下来就清晰明了地知道自己要做什么，所有的心情和爱恨情仇全部安排好，那人生才真正没有了意义。

米歇尔刚出生来到这个世界上，他所看到的就是"文明"所粉饰过的社会。母亲对他严加看管，给了他加尔文教派严肃的宗教法规，向他灌输了许许多多关于信仰的原则。在懵懂的少年时代，他也曾专心致志地遵守这些规定，那样严肃的生活作风也确实传递给了他。

十五岁开始，他的父亲就把他带进了故纸堆。故纸堆就是指数量很多的陈旧的书籍，他就在这些古文字、旧文学中度过了一生中最重要的青春。二十五岁时，他已经成为了一个不懂生活，不懂情趣，更不懂得积极面对的灰色人物。那些儿时被熏陶的文明守则也在枯燥乏味的生活中消磨掉了。就连身体机能也开始不断地下降，最终身体已经衰弱到弱不禁风的地步。此时的他，不知道该如何度过下半生。

他遵照父亲的命令，和玛丝琳在奄奄一息的父亲床边举行了订婚仪式。他不了解妻子，妻子也不了解他。但是不抵抗、不争取的性格让他接受了这场婚礼。米歇尔明白自己并不爱她，至少不是那种令人悸动的爱情。

新婚旅行对于每一对新婚燕尔的人来说，都是非常浪漫而温馨的。可是，米歇尔因为自己羸弱的身体，在旅行当中大病了一场，差点丢了性命。善良的玛丝琳一路上照顾他、扶持他、鼓励他。这让两个人的关系逐渐融洽起来。

旅行回来，他的身体康复得很快，这场疾病反倒成了米歇尔生命中的转折。他多年来柔弱的身体变得强壮，这也使他的心情有了大的转变，改变了过去行尸走肉般的生活方式，投入了大自然的怀抱。

他发觉自己的妻子是个非常好的女人，发誓要好好照顾她一辈子。在那段快乐的光阴，他常常和妻子玛丝琳外出，沐浴阳光，呼吸新鲜空气，感受大自然带来的恩赐。很快，他变成了一个充满生机和喜悦的强壮青年。

有一天，他与妻子玛丝琳再次结伴出游。那是阳春三月天，阴雨天已经过去，杏花悄然开放，一大早米歇尔就去了西班牙广场。农民们已经把田野里的如雪般白的杏花枝剪了下来，装进了卖花的篮子里。他非常喜欢那些俏皮的杏花，于是买了很多回去，由三个人帮他拿着。他喜出望外地把整个春意搬回了屋子。花枝搭在门上，花瓣正好像雪花一样落在地毯上，玛丝琳恰好出去了，他决定给她一个惊喜。

他把花瓶摆得哪里都是，然后又在上面插上花，整个客厅纯洁而美丽。他想：她见了一定会高兴的。

她进来了，没有预想的尖叫，却听到了她失声痛哭。

“你怎么了？我亲爱的玛丝琳？”他赶紧过去，用温柔的语气抚慰她。

可是，她却道歉般地对他说：“我闻到花的香味难受。”

那其实只是一种淡淡的、隐约可以闻见的香味。这时，他没有了刚才的喜悦，只有愤怒，他一把抓起那些纯洁细嫩的花枝，抛了出去。心中却无比苦闷地感叹：哎，就这么一点春意，她就受不了了！

两个人在一起，没有共同的快乐。当米歇尔感到喜悦时，玛丝琳已经受不了这快乐而哭泣了。米歇尔认为：强者有强烈的快乐，而弱者只有文弱的快乐。两者达不到基本共识，弱者容易受到强者的伤害。玛丝琳就是这样的弱者，只能承受微不足道的乐趣，欢乐再强烈一些，她就承受不住了。而米歇尔恰恰是不愿安分的性格。

四天之后，他们去了索伦托。在这里，最让米歇尔失望的便是气候的寒冷。万物都在瑟瑟发抖，冷风刮个不停，这让奔波而来的玛丝琳十分疲惫。过去，他们来过这里，正是在这里，他们的爱情才得到了印证。

订了原来住过的那间房，却望见外面阴霾昏昏，整个景象失去了原有的魅力，一片死气沉沉，就连花园也没了生气。米歇尔和玛丝琳有些惊奇，想当初这里的花园可是游玩休憩的最好去处，它曾是那么迷人。

他们听说巴勒莫的天气很好，于是决定走海路去。这一段时间，米歇尔终日陪在玛丝琳的身边。她精神疲倦，晚上早早地就寝了。米歇尔有时候也会躺下来陪着她一起睡觉，等到她睡着了之后，他就蹑手蹑脚地重新站起来，穿好衣服，像窃贼一样在黑夜里溜出去。

来到户外，他终于得到了自由，却不知道该做些什么。他既无目的也没有情欲，只是想用一种新的视角来看看这个世界。

他们在巴勒莫住了五天，又来到了塔奥尔米纳，那是一个坐落在很高山腰上的村子。车就停在海边，马车将他们拉回旅馆，又拉到车站，以便取回行李。米歇尔站在车上和年轻的车夫聊天。车夫是一个来自卡塔尼亚城的西西里孩子，在米歇尔眼中，他就像一首诗一般清秀，像果实一样绚丽。

“您太太长得真美啊！”孩子望着远去的玛丝琳说道，就连声音都是那样地动听。

“你也长得很美啊，我的孩子。”说着，米歇尔就忍不住把孩子拉了过来，亲吻他。孩子只是咯咯地笑，任由他又亲又抱。

“法国人全是情人。”孩子开着玩笑。

“意大利人可不都是个个这么可爱。”米歇尔也笑着回道。

后来的几天，米歇尔一直在找那个孩子，却怎么也找不见了。而这时，玛丝琳知道了丈夫米歇尔爱恋男童的事情，心头就像招来一片乌云，不肯离去。她的身体状况也开始急剧下降，病情严重恶化，很快便抑郁而终。

米歇尔成了一个背离道德的罪人，在玛丝琳死后，他总是在责怪自己为什么会这样。明明有了很幸福的家庭，干吗还要去招惹是非？然而，此时此刻，他已找不到自己的路在何方，不知道生存的意义何在了。

名家点评

不论在小说、散文、旅行日记或对时事的分析中，纪德都一直提供给我们异乎寻常且不断变换的观点，但不管他的观点如何变化，我们始终从中可以见到丰富的智慧，对人心普遍而深刻的了解，而其语言既达到了传统的明晰程度，又具有丰富的变化。

荒 原

1948［英国］

You only know a heap of broken, under the hot sun. Dead no shade trees, their chirps can bring comfort to people.

你只知道一堆破碎的意向，承受着烈日的鞭打。枯死的树没有阴凉，蟋蟀的叫声也不能给人带来安慰。

【获奖理由】

表彰作者对于现代诗的先锋性的卓越贡献。

托马斯·斯特恩斯·艾略特（1888—1965）

在《兰斯劳安特罗斯》的序言里，艾略特公开声称："政治上，我是保皇党；宗教上，我是英国教徒；文学上，我是古典主义者。"作为"但丁最年轻的继承者之一"，艾略特是开创了英美诗歌这一诗风的先驱，他用自己博学的知识修养作诗，表达了当时浮夸的西方社会里人们精神上的毁灭。

艾略特出生在一个富有文化修养的富贵人家里。祖父是华盛顿大学的创办人兼校长，父亲是殷实的商人，母亲夏绿蒂·施特恩斯出自新英格兰名门，是当地有名的诗人。艾略特从小深受新英格兰政治、宗教和文化传统的熏陶和影响，学习成绩名列前茅，个人素养也十分高。

中学时代的艾略特就爱上了诗歌，经常趁闲暇时间偷偷地写诗。早些年的这些诗在《诗和戏剧全集》中一齐发表了出来，里面多数充满了浪漫主义情怀。

1906 年，艾略特进入哈佛大学专修哲学专业。在此期间，他还选修了法文、德文、拉丁文、希腊文。1910 年，艾略特去巴黎大学学习哲学和文学，接触到了很多著名作家。1911 年，他重返哈佛大学研究印度哲学以及梵文。1914 年，在德国求学的艾略特因为第一次世界大战而中途辍学。1915 年定居英国伦敦，在牛津大学学习希腊哲学，1916 年完成了哲学博士论文。他被称为“当代最博学的英国诗人”。

1914 年，艾略特在伦敦与当时已经成名的庞德相遇。在庞德的大力推荐下，艾略特的作品被越来越多的人所知。第二年，艾略特与英国姑娘维芬·海沃特结婚，但是这场婚姻并不幸福，维芬作为艾略特最早的崇拜者，对丈夫格外用心。她身体娇弱，精神衰弱，常常令艾略特苦恼。

第一次世界大战给艾略特带来了极大的痛苦，一股悲观和怀疑的色彩涌上他的心头，艾略特在一封信中这样写道：“每个人的个人生活都被这场巨大的悲剧所吞没，人们几乎不再有什么个人经验或感情了。”

维芬的神经疾病愈发严重，艾略特自己的身心也处在崩溃的边缘，直到他去了瑞士一家疗养院。在这里，他创作了《荒原》的大部分内容，出院后，艾略特把初稿交给了庞德，经过庞德的修改，删去了一大半内容。《荒原》的问世，在文坛产生了巨大的影响，更是为艾略特的现代派诗歌确定了稳固的地位。

他对生活和社会敏感而饱含深情，但当他认识到自己常常对生活绝望时，决定要寻找一条出路。1927 年，他放弃了美国国籍加入英国国籍，不久便成了英国宗教虔诚的教徒。五年以后，他与已经疯了的维芬离婚，二十五年之后娶了秘书法莱丽。在他最后的八年里，一直是法莱丽对他无微不至的照顾，这让他第一次找到了生活中的幸福。

1965 年，艾略特在英国伦敦辞世。

二十世纪的西方出现了种种危机，第一次世界大战给人们带来了严重的伤害。毁灭、死亡、离别、抑郁等字眼频繁地出现在人们的视线里。这期间，因为单纯的信仰没能改变命运而变得不值一提。从开始的争取到最后的无所谓，人们经历了一个希望—绝望—麻木的过程。为了能短暂地摆脱社会带来的痛苦，人们开始沉醉于娱乐、消遣甚至“性开放”。工业化与商业化所谓的迅速发展逐步导致了人性的扭曲，人们之间不再有人情味。这样的灾难也同样给了大自然惨痛的伤害，战争使用的枪支炮弹污染了河流与空气，过度的开采和利用也使资源慢慢匮乏。

西方文明遭到了前所未有的危机，人们更是彻底迷失在这地狱般的世界中。西方，已经进入了“荒原”的地步。

【精彩赏析】

艾略特实在不忍人们在这荒原般的世界中迷失，却又不知道该如何去拯救一群麻木、封闭的人。他说：“一种独特的诚实，在吓破了胆而再不能诚实的世人面前是特别可怕的。它就像是整个世界都阴谋反对的一种诚实，因为它是令人不快的。”

确实如此，当那些残酷地伤害了我们的事情发生了之后，本能反应就是去逃避，只有躲开了，才能不触碰那些伤口。可艾略特偏偏要在“伤口上撒盐”，他要写一篇充满真理的诗，希望能刺痛一些人、惊醒一些人。

“荒原”只是暂时的，待他唤醒那些有志青年，荒原也能变沃土。“是的，我自己亲眼看见古米的西比尔吊在一个笼子里。孩子们在问她：‘你要做什么，西比尔？’她回答：‘我要死。’”希腊神话中，古米的西比尔是女预言家，当年爱过她的太阳神阿波罗赐予了她预言的能力。可是她却忘记了向阿波罗索要永恒的青春和健康。她得到了永生，不会死，但不代表不会衰老。当韶华流逝，她不再年轻、不再招摇。躺在瓶子里，忍受着老而不死的痛苦，她违背了生与死的交替规律，她得到了永生不死的愿望，如今却生不如死。她经常绝望地渴望死亡。“我要死”不是她说的气话，也不是讲给谁听的，她是真心诚意地想去死。

西方社会中的每个人都是“西比尔”，在这个生不如死的世界，还不如麻木地对待一切罪过，包括死亡和放纵自我。艾略特通过西比尔对自身处境的不满，表达了人们对生存现状的不满和厌倦。

诗篇中的荒原是通过一个渔王的故事展开的。在西方神话、宗教传说中，神必须死去，然后才能复生，给大地和人民带来恩惠。“我坐在岸上钓鱼，枯干的平原在我的背后。”诗人利用这部书里渔王的传说，暗示了荒原的根本。

渔王的土地遭到了诅咒，田地严重缺水而变成了荒原，渔王受了伤生了病，失去了生殖能力，他的子民也同样失去了生殖能力。缺失的水是生命之水，同样也是情欲之水，生命成了荒原，精神也成了荒原。

“四月是最残忍的一个月，荒地上长着丁香，把回忆和欲望掺合在一起，又让春雨催促那些迟钝的根芽。”第一部分：死亡葬仪中提到的一切，来自于另外一个《埃特伯雷故事集》：“当四月的春雨浸透了三月干裂的土壤，雨水沐浴着每棵草木根茎，百花获得了盛开的力量。”这残忍的一个月意味着死亡，同时也意味着重生。冬天浓厚的雪把大地覆盖，让我们一点也记不起它，可是当春天来临，一场骤雨过去，它便会意外地开出花朵。那时，脚下踩着的不再是荒原，而是迷人的田野。

“并无实体的城，在冬日破晓时的黄雾下，一群人鱼贯地流过伦敦桥，人数是那么得多，我没想到死亡毁了那么多人。”这座城市原本就很虚幻，就像是谁寂寞地勾勒出的幻影，摸不着、看不见。在冬季破晓前的黄雾中，那么一群人死气沉沉地走过伦敦桥，犹如丢失了灵魂般。他们亲眼看见了死亡，亲身体会了战争。那些原本以为死亡不足为惧，战争不过如此的人们开始不断地回忆杀戮带来的伤痛。谁也没有想到一场战争，会毁掉牺牲者的生命和存活着的灵魂。人们都已丢了灵魂和斗志，只是无意识地看着脚下前面的路，在精神的土地上，那已是荒原。

法国著名作家波德莱尔在《恶之花》写过这样一句话：“骚动喧嚣的城，噩梦堆积的城，幽魂在光天化日下拉扯行人。”但丁在《神曲》中说：“这样长的一队人，我没想到竟毁了这么多人。”这便是以上诗句的原型。

第二部分：对弈。克里奥佩特拉说：“妖术与美貌的相互结合，再用淫欲加强它们的魅力。”宗教中，性爱只能是为了繁衍后代而存在的。但是处在荒原里的人们发生性行为只不过是单纯的不计后果的纵欲，没有什么道理可言。“请快些，时间到了，明天见！”主人公与丽尔勾搭在一起，没有感情地勾搭在一起却没有任何廉耻之感。告别之际，丽尔还跟主人公谈起了自己服军役的丈夫，门外的服侍也急切地催促着他们离开。

当爱情丧失在纵欲间，男女之间的性欲就成了疏离的对弈，貌似匹配的一对性伴侣却与繁衍后代无关。性欲泛滥、混乱的性关系变得空虚而荒淫，可他们不在乎，因为在他们心上，一团欲念之火正熊熊燃起在荒原般的心底。这是社会腐败、道德沦丧的品质，庸俗而无趣的人生，然而这就是现状。从主流的上层社会到悲惨的底层人民都无一幸免。不知道是不是只有在淫欲中，才能找回过去那一丝快乐？

第三部分：火的说教。“她回头对镜照了一下，全没想到还有那个离去的情人；心里模糊地闪过一个念头：‘那桩事终于完了，我很高兴。’”淫欲支配着人们，竟真的能换来人们一丝欢笑。但是这不是生命的意义，这些卑贱的人，让空虚和虚空所支配，不被理解却也不被阻止，只有一场大火能将欲望浇灭。“在马尔门的沙滩上，我能联结起虚空和虚空。脏手上的破碎指甲，我们这些卑贱的人，无所期望。于是，我来到迦太基，烧啊烧啊烧啊烧啊，主啊，救我出来，主啊救我，烧啊。”呼唤着，可是主没来，火也没出现。

第四部分：水里的死亡。“那腓尼基人，死了两个星期。他忘了海鸥的啼唤，深渊里的巨浪，利润和损失。海底的一股洋流低语着腐食着他的骨头。就在一起一落的时光，他经历了青春和苍老的阶段，之后进入旋涡。”死亡代表着消亡，忘记所有。只需要一瞬间，人类便可经历青春与苍老。这位死去的腓尼基人，经历了这一切，没有留下一丝痕迹。但是，他曾经风光过，活着的时候，一定如同所有人一样风光。“想想他，也曾像你们一样漂亮而高大。”

不光是他，所有人都只有一世而已。

第五部分：雷霆的话。“雷说话了：我们给予了什么？我的朋友，血激荡着我的心，一刹那果决献身的勇气，是一辈子的谨慎都赎不回来的。我们靠这，仅仅靠这而活着。”当人们迷茫的时候，头顶的雷霆就犹如上帝，给了人们一条明路。它提示人们要舍己为人，要充满勇气，要懂得克制自己。

全诗围绕着欧洲神话展开，诗中强调生老死亡的循环。“荒原”从一开始就指战争毁掉的整个欧洲。诗人清楚地明白战争比任何具有破坏力的事物都严重。当人们活在毫无生气的世界中时，会自然显露出人类的本性，暴露出欲望。这就是毫无爱情可言的性行为。《荒原》是一种讽刺，也是一个黑暗时代的痛苦象征。

瑞恰兹说：“在艾略特手里，典故成了一种技巧，《荒原》在内涵上相当于一部史诗，没有这种技巧，就得用十二本著作来表达。”这样的赞誉一点不虚假。艾略特在《荒原》这部诗中，运用了七种语言，引用了五十六种前人著作，利用蒙太奇的切换手法，将故事、哲学运用自如。

1948 年诺贝尔文学奖颁发给艾略特，实至名归！

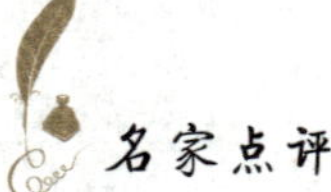

名家点评

他的诗带有强烈的责任感和非凡的自制力，毫无陈腐的情感，着意于事物本质的探求，严峻、坚实、淳朴，不时地会被永恒的具有创造奇迹和启示的宇宙所放出的光芒所烛照。

喧哗与骚动

1949［美国］

Father said that once upon a time people according to a person's collection to determine whether or not he gentleman; today, people are judged by what books he borrowed don't also.

父亲说，从前人们根据一个人的藏书来判断他是不是上等人；今天，人们根据他借了哪些书不还来判断。

【获奖理由】

作者对当代美国小说在艺术表达上做出了强有力且无与伦比的贡献。

名人小记

威廉·福克纳（1897—1962）

他又喝醉了。对于福克纳来说，醉酒是家常便饭，就算是去瑞典参加颁奖仪式，他也能喝得找不到金牌。

关注诺贝尔文学奖的人们都知道，1949 年并没有颁发这项奖，而是在 1950 年颁发了两届诺贝尔文学奖。本来，1949 年 11 月，瑞典学院举行了一年一度的投票仪式。这一年的候选者相当有实力，包括海明威、斯坦倍克、加缪等伟大的文学家。在艰难的选择过后，委员们选出了丘吉尔、拉格尔克奎斯特和福克纳三位作家。但最终投票的结果出现了不统一的现象，所以这一年的文学奖并没有宣布。

1950 年，福克纳在众多亲朋好友的劝说下，租了一套正式的礼服，飞到斯德哥尔摩领奖。领奖时紧张的他竟惊慌得站在原地不动，直到仪式完毕，他才松了一口气。

福克纳酗酒与他的家庭有很大的关系，福克纳太太也嗜酒，而且两个人的感情并不好。福克纳太太从来不相信自己的丈夫是世界一流作家，她从来不读福克纳的作品，甚至将福克纳的手稿扔到汽车外。

从这件事情上可以看出，福克纳的内心实际上是非常孤独的。除此之外，经济问题也使他的生活压力很大，他不光要维持一家的生计，赡养寡母，还要接济弟媳妇一家。福克纳只好在好莱坞为电影公司写脚本。然而，多年下来，他不仅没有因为生活所迫而失去与生俱来的文字天赋，反而创作出了多部优秀作品。

这位出生在美国密西西比州北部的作家，甚至虚构了一个属于他的“天地”——密西西比州北部的约克纳帕塔法县。福克纳精心地爱护着这片土地，还精心地画出了密西西比州约克纳帕塔法的地图。他一共写了十九部长篇小说和七十多部短篇小说，大多数作品都是发生在这个约克纳帕塔法县。人们还给他这部分的作品起了一个“约克纳帕塔法世系”的名称。据统计，“世系”中人物出场 600 个，时间上的跨度从 1800 年至第二次世界大战结束。

“约克纳帕塔法世系”不仅仅是历史的真实写照，也是福克纳内心的写照。

内容梗概

在小说艺术上，福克纳独创性地运用了意识流。《喧哗与骚动》以扑朔迷离的叙述方式和混乱的时间顺序勾画了一幅色彩单调、凄凉落寞的南方晚景。故事以四个人物，班吉、昆丁、杰生和迪尔西的视角以意识流的方式叙述了一个贯穿全文的女主角凯蒂堕落的故事。

家族落没、道德沦丧、悲惨命运，在福克纳笔下被刻画得淋漓尽致，康普生一家是南方社会典型的处在崩溃边缘的资产阶级家庭。通过这部小说，也表达了作者对资本主义价值体系的批判以及对南方社会的怀疑态度。

【精彩赏析】

“人生如痴人说梦，充满喧哗与骚动，毫无意义。”莎士比亚在《麦克白》中说：“人生不过是一个行走的影子，一个在舞台上指手画脚的拙劣的伶人，登场片刻，就在无声无息中悄然退下。”福克纳所创作的《喧哗与骚动》就源于此。

①班吉

1928 年 4 月 7 日，班吉三十三岁生日。栅栏上盘绕花枝，班吉就在栅栏这边看着他们打球。

“班吉，你哼哼得多难听！”年轻的黑人看护勒斯特说：“都三十三岁了，还是这副样子。”勒斯特打算晚上去看演出，希望能在高尔夫球场找到丢失的五分钱硬币。班吉顺着栅栏走了回去。勒斯特在后面喊道：“那边咱们不是找过了吗？咱们上河沟那边找找。”

班吉停止了哼叫，他是康普生家的小儿子，天生是个白痴。平时由黑人勒斯特看护着他，也只有黑人勒斯特才会对他好点。走到水边，他忽然回忆起了小时候和姐姐凯蒂在水沟里玩水的情景。

那时，他才三岁。他认识那个人，是罗斯库司走上前来对姐姐说："凯蒂，去吃晚饭吧！"姐姐说："还没到吃晚饭的时候呢！"她的衣服都湿了，她把衣裙脱下，扔在岸上，身上就只剩下背心和衬裤了。

刚想到这里，勒斯特走过来说道："上这边来，别去那边。凯蒂的女儿昆丁小姐和她的男朋友在那边的秋千上，要是往那边走，昆丁小姐是要发火的。"

秋千又让班吉回想起了凯蒂的过去。原本秋千上坐着凯蒂和她的男朋友查利，班吉出现在那里，凯蒂急促促地跑过来拉住班吉，她用胳膊搂着班吉，班吉不敢出声，只是拽着她的衣服想把她拉走。坐在秋千上的那个人走了过来，班吉还是努力地把凯蒂拉走。

查利不屑地说："看管他的黑小子呢？干吗让他到处乱跑。"说着，查利就把手放在凯蒂的身上。"别这样！"凯蒂说。查利还是不放过凯蒂，两个人的呼吸都急促起来。最后，查利让凯蒂把班吉支开。凯蒂拉着班吉就往厨房里跑，打开厨房的灯，凯蒂拿着厨房的肥皂到水池边使劲地搓洗自己的嘴唇。

"我不是叫你别去那边吗？"勒斯特的声音把他唤回了现实中。坐在秋千上的昆丁和男朋友匆匆地站了起来，小昆丁恶狠狠地骂了班吉。班吉顺着栅栏一直走到大铁门那边，有很多背着书包的姑娘从这里路过。

"你往那边去做什么？"勒斯特在身后叫他。可是他的思绪早就飞回了过去。也是在这里，有人对他说道："凯蒂小姐早就嫁人了，离开你了，你从大门里往外瞧有什么用啊？"班吉看着姑娘们背着书包从这里走过去，他突然很想说说话，可是没人理会他，只管往前走。班吉就沿着栅栏跟着她们。班吉拉着铁门，她们停住了脚步把身子转了过来。他想对她们说话，一把抓住了一个人，她却尖声大叫了起来。班吉一个劲地想说话却说不出来。最终，班吉被误认为是企图强奸被送去医院做了阉割手术。班吉忽然脱下自己的裤子，看了看自己然后大哭了起来。

勒斯特说："你找它又有什么用呢？它早就不在了。"说着，帮班吉穿好了衣服。班吉不出声了，他看到一个黑影从昆丁小姐的房间里爬了出来，顺着树干逃跑了。

②昆丁

1910 年 6 月 2 日，康普生家的大儿子昆丁望着爷爷留下来的那块表，时间是夜晚七点多。他听着表滴答滴答地响着，父亲留给他的时候说："昆丁，这只表是一切希望与欲望的陵墓，我现在把它交给你了，你靠着它，很容易就能掌握证明所有人类经验都是谬误的归谬法。"昆丁到梳妆台拿下那块表，把表摔碎的玻璃放进烟灰缸，表芯还在走着。他换上了一套新西服，把表放进衣袋，把另外一套西服和剃刀、牙刷等用品放进手提包。他还写了两张简短的字条放在信封中分别寄了出去。吃了早饭，他买了一支雪茄。这确实是女人出嫁的好月份，可是他不能忍受自己的妹妹凯蒂失身与他人，而且已经结婚了。他是爱着凯蒂的，但是他什么也给不了也不能给。可是，

想念很痛，思念在纠缠。

他总是想起妹妹失去贞操的那晚的谈话，还是与妹妹凯蒂共同进入地狱吧。漫无目的地闲逛了一天，惹了一场麻烦，待麻烦解决掉，又在与同学野餐的时候发生了争执。“最后一声钟也打响了。我穿着背心，在镜子里看不出血迹。我穿上外衣，却发现自己的帽子忘戴了。不过我没有必要去打开旅行袋了。”这是昆丁自杀前说的最后一句话。他离开了这个世界，带着苦闷的遗憾，说不出哪里不对劲地就这么离开了。

③杰生

1928 年 4 月 6 日杰生和母亲照看着姐姐凯蒂的私生女儿小昆丁。杰生总是对母亲说：“天生的贱坯就永远是贱坯。”这是在形容小昆丁，她总是逃学，十七岁了，母亲已经管不了了。

杰生在邮局取回了信件，他将车子停在后院，拆开凯蒂寄来的信，里面有支票。信中这样说道：“我曾去信提起昆丁的复活节新衣服，但未收到回信。衣服收到否？我也没有收到她对我上两次去信的回信，虽然第二封信中的支票和第一封信中那张一样，都已兑了现。她有没有生病？盼立刻示知，否则我就要亲自来探望她了。”

这下可不好了，杰生因为家庭生活所逼，私自拿了小昆丁的生活费。这使他十分惊慌，长时间来，他对小昆丁都是粗暴无礼的。午饭期间，他和母亲谈起了家庭艰难的现状，表示自己想去北方找个工作。母亲听了号啕大哭，想着自己唯一的希望，不舍得杰生离开。

下午，杰生在店门口遇到了小昆丁，她大白天的都在后街小巷盯别人的梢。不一会儿，小昆丁就和戏班子里那个戏子跑没影儿了。

④迪尔西

1928 年 8 月 4 日，迪尔西站在门口，对着阴雨的天空扬起了她被无数皱纹划分的脸。“勒斯特，你敢不抱着一堆柴火就进屋子里去？”这时，勒斯特在厨房里听到康普生太太与杰生谈话的声音。“我真不明白，那个窗子是怎么打破的。”康普生太太问道。“昨天打破的。”杰生说道。

小昆丁的房间打开着，地板上扔着一件穿脏的内衣，一只长筒袜子从衣柜里掉了下来。杰生急忙回到自己的房间，他看到自己壁橱里的小铁箱露了出来。他把箱子放在床上，打量着被扭坏的锁，小心翼翼地将箱子里的东西倒在床上——他积攒的钱全都不翼而飞了。

雨停了，迪尔西带着班吉去参加复活节礼拜。听着牧师洪亮的声音，触动了迪尔西的心灵，两行泪珠顺着凹陷的脸颊流了下来。

杰生因为丢了三千元钱报了警，警长用一双冷静闪光的眼睛盯着他问：“不过，你并不知道是不是真是他们干的？”杰生说：“我不知道？我花了整整两天的时间尾随着她在大街小巷钻来钻去，你居然还说我不知道？”警长依旧冷静地问道：“那你干吗把三千元藏在家里呢？”最终，杰生只得自己去寻找那笔钱，但是他找不到了。杰生绝望地回到家中。当一切吵闹平静下来之后，全都回到了过去，班吉的脑子里又成了一片空白的幸福状态。

贯穿全文的主人公凯蒂并没有以正式人物出场，但她是全书的中心人物。她本性善良、淳朴，却因为和一个小伙子厮混而怀孕，后来嫁给了一个富裕的银行家，但是不久被遗弃。康普生家的生活一度艰难，为了能重振家业，大儿子昆丁去哈佛读书。但是昆丁生性敏感忧郁，他深深地爱着自己的妹妹，最终走向自杀。杰生是个典型的实利主义者，他将南方传统的伦理道德、价值标准看得一文不值。

这个家族的兴衰和人物的刻画都来自于当时美国南方社会的原型，表达了作者对资本主义者的批判。

名家点评

他的每一部作品，都越来越深刻地探索到人的内心。他笔下的那些低于常人的人物和超人式的人物，在令人发指的悲剧与喜剧中，以无与伦比的现实性不断地涌现出来。

大盗巴拉巴

1951 [瑞典]

Night, the crucified people are already dead, only rabbi chin hung where alone, still alive, he felt was near death, will say only one word in the dark, as if is in dark about: I put my soul to you. Then he expired.

夜色降临的时候，钉在十字架上的人都已经死了，只剩下巴拉巴独自挂在那里，虽还活着，他感到死亡已经临近，就在黑暗中说出一句话，仿佛是对黑暗诉说着：我把灵魂交付给您了。然后他就断了气。

【获奖理由】

表彰作者在作品中，为人类面临的永恒性的疑难问题寻求答案时，表现出的艺术家的活力和真正的独立见解。

名人小记

帕尔·费比安·拉格奎斯特（1891—1974）

1891 年出生在瑞典南部一户笃信宗教的职员人家，拉格奎斯特是家中最小的一个，他对文学的热爱像是与生俱来。上中学时，他就整天如饥似渴地阅读各类文学著作、哲学著作、历史著作。

中学时期的他就立志成为一名优秀的作家。1911 年，为了能受到更好的教育，家里人不顾生活的艰难，把拉格奎斯特送进了瑞典最高学府乌普萨拉大学接受教育。可是，家里实在支付不起学费，他只上了一年便辍学了。第二年他来到巴黎，接触到了不少爱好文学的志士，他本人也深受表现主义和立体主义派艺术的影响。

起初，他在斯德哥尔摩的报刊担任撰写工作，阐明自己的艺术观点，主张文学要“冲破人性的束缚，飞向思想的天空。”拉格奎斯特年轻的时候就意识到：“作家的任务是要从艺术家的观点来阐明他的时代，并且为我们以及后生来者，表达、透露出这个时代的思想和感情。”他做到了。不论是他早期出版的诗集《苦闷》，还是剧本《艰难时光》《天堂的秘密》都突显了这一特点，也初步形成了自己鲜明的文学特色。

1940 年，拉格奎斯特被选为瑞典学院院士。紧接着，他饮誉全球的长篇小说《侏儒》和《大盗巴拉巴》问世了。这两部小说的成功之处在于集中反映了拉格奎斯特对于人类命运的思考。

他是个谦卑不张扬的作家，在获得诺贝尔文学奖之后，他家门庭若市，登门拜访者络绎不绝，可他就是闭门不见，也不允许任何人将他的私生活公开化。

安德烈·纪德曾经说过：“他在连接现实世界与信仰世界的钢索上令人钦佩地保持着平衡。这是衡量拉氏成功的尺度。”《大盗巴拉巴》确实如此，它从历史的角度去看待个人命运，寻找灵魂的归宿。而《侏儒》始终专注于人性的善与恶。

诺贝尔文学奖当年的颁发同样引起了一片哗然，很多人都不满作为瑞典学院院士的拉格奎斯特拿奖，甚至怀疑他借着自己的身份走了捷径，但是读过他作品的人都知道。他只是一个内心躁动，行为低调的老人。

内容梗概

耶稣是我们所熟知的神明，是基督徒心中唯一的神。他是造物主，是一切。《圣经》里讲述了他的太多神迹，大部分人读《圣经》是为了向上帝学习教义，可是他们却忽略了出现在《圣经》里的配角。

大盗巴拉巴曾与耶稣一起被绑在十字架上，最终代替耶稣获得了生的权力。他集罪恶、背叛、欺骗于一身，可上帝还是原谅了他。

经过再三地被释放后，他终于理解了耶稣以及那些为别人赎罪而死去的人们。在罗马城纵火案中，再次被捉住的他没有选择逃避，而是直接将自己交托给了上帝。

【精彩赏析】

大盗巴拉巴年纪不大，三十岁左右，生长得健壮，面色焦黄，头发浓密，一只眼睛下面有伤疤。此刻，他正站在人群当中，望着那位为他而死的人。那人被钉在十字架上，喘着粗气，看来是快要死了。

本来，他们两个都是被判了死刑的，但是巴拉巴却代替那个人获得了释放。他跟着簇拥的士兵一直来到拱门。那个人的母亲悲伤地不停用手擦着眼泪。巴拉巴想：这个人他连听都没听过，可是却有那么多人为他流泪，假如是自己的话，一定不会有这样的场面。

被钉在十字架上的人稍稍抬了一下头，舌头舔着干裂的嘴唇。忽然，山头全部都黑了，好像太阳已经消失了。黑暗中，那人撕心裂肺地高声喊道：“我的上帝，我的上帝，你为什么离开我？”

士兵们都警惕地抓起了武器，天渐渐亮了，就仿佛破晓时分。那人已经死去了，他们把十字架取下来，把死去的人放进了一座磐石上凿出来的坟墓里。巴拉巴在墓前站了一会儿，就向着耶路撒冷走去。

在大卫门内，沿着街道走了一段路，他又碰上了那个兔唇姑娘，这是他年轻时欺负过的一个姑娘，在这件事情上说巴拉巴是禽兽不如都不为过。兔唇姑娘曾经在他受伤的时候悉心照顾他，可是他却不负责任地占有了她，让她在深深的悲痛中生出了一个死婴。但是这次见面，巴拉巴没有想到兔唇姑娘竟然以难以理解的方式原谅了他的过去并且祝他幸福。

他和兔唇姑娘被一个胖女人拉进了一扇门，里面正谈论着那个顶替巴拉巴钉在十字架上的人。他们说："这个人精通经文，到处显神迹讲预言，说圣殿将要坍塌、耶路撒冷将要被地震毁灭、天地也要被大火烧个精光。他经常和穷人们混在一起，还答应他们说，穷人可以进天堂，妓女也可以。"兔唇姑娘全神贯注地听着大家讲述着那个人。巴拉巴将吃剩下的东西递给她吃，她狼吞虎咽地吃完后，跑了出去。

第二天，巴拉巴在城里四处游走，在通向圣殿的那条路上，忽然听到几个人凑在一起也在谈论着那个人。"昨天在各各他上钉上十字架的人，他说过好几次，一定会为我们而受难，为我们而死的。他还说他会回来显示他的一切荣耀的，他要从死里复活！就在明天太阳出来的时候。"

巴拉巴不相信真有这样的人，他决定在坟墓前等着日出，这样就能亲眼确定这件事了。天刚刚亮起，巴拉巴就迫不及待地跑去看坟墓，结果坟墓竟是空的！那位兔唇姑娘伏在那里，嘴里自言自语地说：上帝的儿子复活了。

城中越来越多的人开始信奉伟大的主，他

们坚信主已经从死之中复活，过不了多久就会率领一群天使来建造属于他的天国。在那里，人人都像自己的兄弟姐妹，共同享受着圣餐，是个大家庭。

残忍的宗教迫害开始了，兔唇姑娘被人指控散布歪门邪道被判了死刑。士兵们把她押到城南不远处的用来砸死犯人的大坑里去。周围狂乱骚动的群众围着大坑，对于接下来要发生的事情，似乎有所期待。

兔唇姑娘好像知道自己的命运如此一般，冷静、笃定。巴拉巴望着她，又想起了当初她羞涩地望着自己，口齿含混地说了一句“彼此相爱”。她是那样的善良、那样的傻。眼看着那个指控人俯身捡起一大块锋利的石头朝兔唇姑娘砸过去，巴拉巴顾不上许多，杀死了那个指控人。可是，谁又能抵挡住被蛊惑了意志的人群呢？兔唇姑娘还是死了。他带走了她的尸体，消失不见了。

很多人揣测他可能是当了一帮强盗的首领，也有人猜疑他可能是落在了他人手中。其实，他被抓去做了矿工奴隶。奴隶们整天成对锁在一起，每一对都意味着要永远在一起劳动。巴拉巴和沙哈克看起来比其他搭档合得来，甚至互相帮助对方度过这艰苦的生活。

沙哈克信仰上帝，他给巴拉巴看挂在脖子上的那块作为奴隶标记的圆牌背面，有几个奇怪的符号。沙哈克解释说，这些符号就是被钉在十字架上的人，其实就是救世主，也是上帝的亲儿子。刻上这些符号就说明自己是上帝的儿子。巴拉巴用颤抖的声音问沙哈克，愿不愿意在他的圆牌上也刻上这样的符号，沙哈克当然愿意。刻成之后，两人都跪下来，向他们的主还有上帝祷告起来。

督察看见了这一幕，上前来把他们两个打得半死。这还是巴拉巴第一次为了上帝而受苦，他感觉这份痛苦是发自内心的。后来，巴拉巴忍受不了枯燥乏味的祷告，只祷告了几次就不再祷告了。

有一天，新来的督察问沙哈克为什么祷告，沙哈克耐心地做了解释。此后那个督察来了都会和沙哈克聊天。他把巴拉巴和沙哈克都弄到了矿外做工。可是，时间不长，巡抚亲自召见了他们，并且询问了很多关于他们过去的事情。最后，他走到沙哈克面前，拿起那个奴隶圆牌，念出了背面的字："耶稣基督"。

"你为什么把他的名字刻在上面？"

"因为我是属于他的，我属于主，我不能放弃。"沙哈克坚定地回答。

巡抚又走到巴拉巴面前，同样也翻转了他的奴隶圆牌，问道："那么你呢？信不信仰？"巴拉巴摇了摇头。巡抚便用剑头划去了"耶稣基督"的字样。

沙哈克被钉在了十字架上，而巴拉巴因为做出了"明智的选择"而被派做了较好的活。处死沙哈克的时候，巴拉巴就躲在不远处的灌木丛后面。他跪下来，像是在向上帝祷告。他用手捂住自己那张饱经风霜的脸，似乎是哭了。

那位巡抚很欣赏巴拉巴，在退休之后，他把自己想要的奴隶全都带走了。其中就包括巴拉巴。有时候，他会在梦中，梦见沙哈克为自己祷告。醒来后却发现自己饱含着热泪，但是找不到一个合适的理由去发泄。身上的圆牌刻着已经被划掉的救世主的名字。

罗马城有许多基督徒，他们常常在祈祷屋和城内各处地点集会。但是近来，基督徒受到了严重的迫害。

巴拉巴孤独地走在街角，一阵烟味扑面而来，他慌忙奔了过去。

“起火了！起火了！”随着呼喊声，火势更加猛烈了。这时，他又听到有人喊：“是基督徒！是基督徒做的！”巴拉巴突然一下子明白了，他们的救世主已经降临了，那个被钉在十字架上的人已经回来了！他以为这真的是基督徒在遵循上帝的旨意在放火，于是，他也取来一根又一根被点燃的木头，向更多新的地方扔去。火势就像死神一样，包围了整个世界。

朱庇特神殿下的监狱里，关着所有被控纵火罪的基督徒，其中巴拉巴是被当场抓住的。事实上，法官完全明白这是怎么一回事，残暴的统治者尼禄非得搞得人世间不安宁，连这样放火烧全城的事情都做得出来。不过，作为法官，他只能忍受内心的煎熬。这些基督徒在得知会有一场宗教迫害以后，他们根本就没有出过门，但他们的无辜显得有些无奈。

狱卒打开门，给他们送来食物，看了看巴拉巴，说道：“那个蠢货在这里，居然跑到罗马城放火，就是这个家伙。尽管你们比他狡猾得多，可惜他蠢得厉害，说自己是个基督徒。”

另外一名信徒说：“我们根本就不认识他。”

狱卒走到巴拉巴面前，把他的圆牌翻了个面，笑着说道：“瞧，这不就是你们那位救世主的名字吗？”一个老人来到巴拉巴面前，注视了很久之后说：“他就是巴拉巴，那个顶替主得到释放的人。”那位老人还说：“这个不幸的人，我们没有权利责怪他，我们自己也有许多的弱点和过失。主之所以垂怜于我们，也不是因为我们有好名声。我们不能因为一个人不信神而责怪他。”

这位老人是耶稣的忠实门徒，可是在耶稣被钉上十字架的那天，他也曾三次胆怯地说自己与耶稣没有任何关系。

在经过这么多的事情之后，巴拉巴终于找到了灵魂的归宿，作为唯一一个非基督徒囚犯与众多基督徒一同被钉死在十字架上。

名家点评

拉格奎斯特作品里的每一页文字和思想，无一不在其最纯粹的深处，以其深深的、可怕的温柔易感，传达着一个骇怖的信息。但是这些文字、这些思想，在一位大师的驾驭之下，被赋予了较大的宗旨，此宗旨便是在艺术水平中，对这个时代、这个世界，以及人类的永恒境况，提出一个解释。

爱的荒漠

1952［法国］

He said to himself: "she is 44 years old, when I was eighteen, she was 27 years old."

他对自己说："她现在四十四岁了，那时我才十八岁，她二十七岁。"

【获奖理由】

为了表彰作者在小说中深入地刻画人类生活时所展示的洞察力和艺术激情。

名人小记

弗朗索瓦·莫里亚克（1885—1970）

莫里亚克，一位慈眉善目的老人，很难想象他笔下的灵魂都在上演着一出出的悲剧。他写作多以故乡波尔多为背景，凭借着敏锐的直觉和真实的笔触，在文学史上创造出无可匹敌的时刻。他用文学告知读者，人生就像一场戏。

在他出生一岁半时，父亲就去世了。他几乎对父亲没有印象，倒是母亲影响了他不少。母亲笃信天主教，外祖母也是虔诚的信教徒。自从父亲去世以后，母亲就带着五个儿女来到了外祖母家，莫里亚克是家中最小的孩子，所以备受家里人的宠爱。

他从小体弱，不像其他小孩子那样能蹦蹦跳跳地玩耍。他整日围在母亲身边，听大人们的交谈，只喜欢阅读和冥想。在别的孩子还不懂什么是文字的时候，八九岁的他已经开始学着写点东西了，十三岁就写了一本小小说送给了他姐姐。莫里亚克深受家庭和学校神父的影响，成了一名坚定的天主教信徒，但是他却不满天主教的束缚和捆绑。

1906年莫里亚克从波尔多文学院毕业，内向的他似乎与这个世界格格不入，于是他转到巴黎典籍学校上学。在典籍学校入学不久，他便退学决定从事文学事业。

著名作家安德烈·莫洛亚曾经这样评价莫里亚克："曾用温柔抒情的音调歌颂童年的梦想，但为时不长，如今他在气势浑厚的管风琴上弹奏挽歌，即血缘及土地使他依附于上的那个社会集团的挽歌。那个社会集团身藏桎梏，而其中最沉重的是金钱的桎梏。"

莫里亚克从开始动笔创作到逝世，他的一生中写作的时间长达六十余年。不论是从侧面还是从正面都可以看出他所生活的时代，那是一个地区的时代缩影，也是全世界人民的时代缩影。阅读莫里亚克的小说，仿佛可以看到波尔多那婀娜多姿的美女、灵魂高尚的诗人还有那彷徨的天主教徒。

"我在酝酿一本小说时，头脑中必须对故事发生的地点了如指掌，必须对房屋的每个角落，花园深处的僻径以及周围的环境十分熟悉"。作者莫里亚克本身是一位"地区作家"，他文章里的故事大部分都是发生在那片土生土长的故乡波尔多，但这并不阻碍他天马行空的想象。

当爱变成荒漠，便再也开不出灿烂的花朵。长大后的雷蒙才想明白，在

他和父亲还有玛丽娅之间，有一道看不见的沙漠之河，谁也不可能跨越。

命运喜欢捉弄人，他让父子俩同时爱恋上一个寡妇，对玛丽娅的爱恋是他们拥有的共同秘密。

但是秘密终究被解开，他们对玛丽娅的爱在无法逾越的荒漠里，慢慢地枯萎。

【精彩赏析】

有那么些年月，他曾无数次地想过要再次和她相遇。想象他们是如何地狭路相逢，想象他将利用什么手段去征服那个女人，如何让那个曾经让他那么可怜的女人痛哭一阵。不为别的，只为曾经一场梦幻般的爱恋。

十几年来，这种恨意常常在心中萌动，雷蒙·库莱热十分热切地盼望再次和玛丽娅·克鲁斯相遇。后来，这种感情被时间慢慢消磨殆尽，冲淡了他的宿怨。

十七年后的一天夜里，雷蒙在巴黎迪福路一个酒吧里喝酒，命运和他开了个玩笑，像是非要看看他会如何做。当他从镜子里看着自己这张还没有被三十五岁损坏的面孔时，那个女人走了进来。她戴着一顶钟形帽，遮去了脑门和眼睛，只能让人们看清那个暴露年纪的下巴，岁月在这位妇人脸上留下了痕迹，皮肤有了褶皱，下巴也成了双的，就连身体也显得发福了。

灯光照耀下的酒吧门口有一种魔力，可以把人们变得美丽诱人。雷蒙起初并没有认出她，而是看出了一直陪伴在她身边的维克多·拉鲁塞尔。当他重新打量眼前这个女人的时候，他的心怦怦地就要跳出来。那女人正把帽子摘下来，对着镜子抖着自己新剪的头发，一双眼睛又大又温柔。在这家充斥着爵士乐、杂音的狭小酒吧里，她安静地看着自己，正苦恼又忘记带口红了。尽管她发福了，颈部到脸颊也缓慢地变了形，可是他还是从她保留的几缕黑发和宽阔的额头认出了她。

他就像是走上一条童年时走过的路，尽管上面落满了树叶，花草变了样子，但他还是能认得出来。他自言自语道："她现在四十四岁了，那时我才十八岁，她二十七岁。"女人在距离雷蒙不远的地方坐了下来。在这个位置，雷蒙必须弯下腰才能看到她，而她则可以避开他的目光。

雷蒙忽然觉得这是一件非常可怕的事情，自己幻想了那么多次的相遇，却以这样的方式结束了。他还能记起那个女人让他羞辱的日子，她还不知道自己已经成为了怎么样的男子汉，她也还不知道自己绝不是那种容许别人作弄的男人。

然而，今晚，他遇见的不是别人，而是玛丽娅。假如说，他遇见的是一个从来都无关紧要的人物，那么他一定不会暴露自己那内心深处的爱恨情仇。可是，她不一样。遇见了她，就相当于遇见了过去，他又怎么能不记得初次相遇的情景、在某个星期几的交谈、在某个街道的欢笑？

那时，雷蒙还是个念中学的孩子，玛丽娅的丈夫去世了，儿子也因为脑膜炎死了。她要求用上等的白布，但这让库莱热的太太非常不满，破口大骂玛丽娅是一个靠情人养活并且不知廉耻的人，还无耻地炫耀着自己的各种奢侈。

雷蒙学习成绩不错，爸爸和奶奶答应他如果通过考试就各给他 100 法郎。原来他就有 800 法郎，这样一来，他就拥有了 1000 法郎。他其实一直感到孤独，很长一段时间，他都觉得自己与家人隔着一段无边际的距离。他长相很漂亮，但却深信自己是个又脏又丑的怪物。父亲对他的关心也是少之又少。

库莱热大夫的生活枯燥无味，他难以想象自己是怎么在这个沉闷的家庭里生活了这么多年，也无法想象自己沉溺于实验室研究了多久。但是每当吉时一到，他就去塔朗斯教室，因为那里住着玛丽娅。

玛丽娅眼眶里含着热泪，美丽动人，她说："您是最伟大的、最高贵的人，您的存在使我相信善良。"库莱热苦恼地为自己申辩："我并不是您想象的那样，其实我是个可怜的男人，和其他的男人一样，也被欲望所缠身。"她回道："不，您如果不这样鄙视自己，还真成不了现在这样的圣人。"

这个女人的回答让他对新鲜的爱情感到绝望，在她的眼中，她是弟子，他是神师。这种态度让库莱热感到痛苦，一个女人在一个男子面前表现得无动于衷，还相当地尊重他，且她还以与他交往为荣。

一月无声无息地走过，冬季也已经慢慢的退去了。雷蒙坐在挤满工人的电车里，惊奇地打量着对面那个女人，恰好她也在打量着自己。这天晚上，父子俩的心情都十分阴郁，对着一桌子的饭菜视而不见。库莱热回忆着自己的痛苦，期待着玛丽娅的到来。可是，门厅响起的脚步声却是玛丽娅的情人维克多。

第二天，雷蒙又在电车上遇见了那个陌生的女人，她还是以一副安详的目光望着少年的面孔。这天，库莱热收到了一封令他无比痛苦的长信，信里面写道："是您让我放弃了那些让我引以为耻的奢侈品。由于没有马车，我不能按时回来见您，因为我从墓地回来的时间比较晚，我很喜欢待在那里。我能感觉到我的孩子在称赞我。我没办法让您了解我坐电车回家是多么喜悦的事情。但是亲爱的大夫，我们在精神上是联结的。给我写信吧！亲爱的神师，玛丽娅·克鲁斯。"

这段时间，库莱热被玛丽娅折磨得筋疲力尽，他考虑不通为什么她总是出门呢？整整一个星期，他都在煎熬中等待她的回信。可是那封回信却让他愤怒，上面写道：“我去墓园是神圣的义务，不管刮风下雨，我都会毫不动摇地去那里朝圣。但是先生，为什么您不选择在回家以前来我这里呢？我知道您不喜欢见到维克多，但是您只需要和他寒暄几句就可以了。”

库莱热生气地撕掉了信，用了好几个星期，他写了一封又一封愤怒接近疯狂的信，写完就撕掉。最后，平静地回复了一封简短而冷淡的信。信里表明，既然她不愿意待在家里，而愿意在外面待上一个下午，说明她的身体已经非常好了，不需要他去看病了。她却立刻回了信，整整四页信纸，上面全是道歉和表白的词句，而且告诉他星期天的时候，她将整天都等他。

这可乐坏了库莱热，在约会的前两天，他开始臆想自己未来的命运。他其实是愿意为了玛丽娅而放弃自己的妻子和儿子的，因为他觉得自己才五十二岁，还来得及过几年幸福的日子。而这个改变命运的时机就是这个星期天。

星期天的下午，四点钟到了，他开始遣走了病人，六点钟来到了玛丽娅的住所，却看到她正打算出门。她责备地看着他说：“我写的是五点半。”这句话已经说明了她还有别的约会，既然是这样，还是不强求了。他说：“既然有别人在等着你，那么我们下次再谈吧。”

其实，玛丽娅之所以约库莱热在星期天见面，是因为她确信那个小男孩周日不会在六点钟乘坐电车。但是，她见库莱热迟迟没有来，便有了去电车上碰碰运气的想法。但是她永远也不知道，那个陌生的孩子在六点钟的电车上没有遇见她时的失望。

突然，电流中断了，电车就像一条毛毛虫趴在大马路上。这次意外让雷蒙与玛丽娅再次相遇，终于，雷蒙热情地向玛丽娅打了招呼：“嘿，我是库莱热的儿子。”玛丽娅突然惊奇地叫道：“你是大夫的儿子？”他笑着说道：“他很有名对吧？”

他注意到了玛丽娅脸色的苍白，她说：“千万别对他提起我。”“那么，您能告诉我您的名字吗？我已经告诉你了。”

“玛丽娅·克鲁斯”，她觉得这样会让这个天真的中学生离开自己。

雷蒙回到家中，父亲正在裁剪一本杂志。“我今晚见到了玛丽娅·克鲁斯。”雷蒙假装淡定地说出了这句话。父亲立刻死死地盯着他问道：“她是一个人？”“嗯，一个人。”父亲又开始剪裁起书页来，但是内心的情绪却翻滚了起来。

玛丽娅劝雷蒙去她家里做客，在那里他不会碰上任何人。她承认和雷蒙在一起是幸福的。她对雷蒙说：“我们在这个客厅里，不会发生别的事情。只是相互谈谈心里话，母亲的爱抚，平静的亲吻。”星期日的早上，雷蒙在风雨中来到她家。当他看到她时，内心的情欲在起伏翻滚着，而她也晕头转向。

她拿来一本相册放在雷蒙的膝盖上，让他看自己夭折的孩子。初次来访，就在拘谨当中度过了。可能是母性的缘故，她竟然热泪盈眶地把他送到门口。后来的几天，她已经分不清楚是爱情还是母性所散发出来的感情了。但是她知道，看不到雷蒙使她不安甚至痛苦。她想要把他当做一个纯洁的孩子，她渴望纯洁的爱情。

星期六的下午，雷蒙的突然来访有些扰乱了玛丽娅的心绪。这次，雷蒙战胜了内心的胆怯，决定占有了她。他抓住她纤细的胳臂，她在沙发旁绊了一脚，勉强地笑着说：“放开我。”她看到离她很近的额头上满是汗珠，呼吸到一股发酸的味道。“孩子，你以为靠暴力就能占有女人吗？”此刻，她对于他的纯洁的爱情早已化为乌有。而他则像受了屈辱的动物，这场失败让他感到狂怒。

他回到家中见到生病的父亲，心里有很多话要说，他俯身到父亲面前，说道：“我受骗了，爸爸，你熟悉玛丽娅，所以我一定得告诉你。你早点休息吧。”“我早就明白了。”确实，库莱热大夫对玛丽娅的爱，早就枯萎在爱的荒漠里了。他明白不光是年龄上的差距，还有与这个女人之间的荒漠。他没必要非得寻找孤独死去的原因。

玛丽娅受伤了，作为医生的库莱热拖着疲惫的身子去为她治伤。那赤裸的胸脯，曾经让他战栗，可现在他只会聆听心脏的跳动，静静地数着她的脉搏。他非常明白这个身体不是为了让他占有的，而是让他治病的。

她悲伤地否认自己的自杀行为，向库莱热大夫倾诉自己的痛苦：“您想想，我们和他人之间根本就没有道路相通，只有触摸和拥抱。但这只是肉体上的享受。我们都很清楚这不是我们所追求的东西，在我和我爱的人面前，总有一条发臭的荒漠，可是他们都以为我是为了引诱他们来陷进去。”

库莱热大夫的身体也快支持不住了，出诊回来就倒在妻子身上失去了知觉。从那以后，父子两个人谁也没有再见过这位玛丽娅。十七年过去了，她就坐在桌前，喝了一口香槟酒，茫然地笑着，对周围的一切无动于衷。维克多已经在柜台边和两个俄国女人混在了一起，雷蒙和玛丽娅很不自然地说着话。

她假装轻快的告诉他已经同维克多先生结了婚的消息，又假装不在意地问了句：“那位亲爱的医生呢？”“他也在巴黎呢！”可玛丽娅对过去发生的事情显得过于冷漠，这让雷蒙有些惊讶。

就在这时，维克多醉倒在柜台，受了伤。雷蒙忽然想起自己的父亲，还不如借此机会见个面。库莱热见到玛丽娅时，显得有些羞怯：“嘿，我们又相逢了，总算是缘分。”他多么希望玛丽娅还留恋过去的点点滴滴啊，可是玛丽娅却冷漠地说：“是啊，今晚不就重逢了吗？”

库莱热终于明白，他永远也不可能得到玛丽娅。而自己的这份爱将在儿子的身上延续下去。

名家点评

同一主题的重复可能会产生某种单调感，但是，他那敏锐的分析和真实的笔触，随着每一种心与心之间的冲突，唤起同样的钦佩。莫里亚克的语言无可匹敌，简洁而富于表现力。他最著名的作品都具有逻辑的纯正和古典式的措辞。

老人与海

1954［美国］

The children out of the old man fell asleep again. He is still sleeping face down; children sit there to protect him. The old man is the dream of the lion.

孩子走出了门，老头儿又睡着了。他依旧脸朝下睡着，孩子坐在一旁守护他。老头儿正梦见狮子。

【获奖理由】

作者精通于叙事艺术，突出地表现在《老人与海》中。同时作者在当时的文学风格中也发挥着影响力。

名人小记

厄内斯特·海明威（1899—1961）

海明威的一生充满了传奇色彩：少年的风光、迷惘的一代、爱情的分合、战争的伤痛。

1899年7月，海明威出生在美国伊利诺斯州芝加哥市郊的橡树园镇。父亲是当地有名的外科医生，喜爱钓鱼、打猎、拳击、滑雪等户外运动。母亲则恰恰相反，她热衷于艺术，熟练琴棋书画。在父母的影响下，海明威从小就非常喜欢运动和艺术。

十岁时，他就开始学习写诗，甚至为了体验艺术家的感受，离家出走了两次。中学时，海明威不仅是学校足球队的队员、乐队大提琴手，而且是校刊《吊架》的编辑。后来他陆续在校办杂志《书板》发表了几篇小说。这些作品大多都是根据自己的亲身经历写成，没有太多的艺术色彩雕琢。

第二年，他在《书板》上发表了一篇极其重要的短篇小说《赛皮·金根》，这让海明威在学校里的名气大振。中学毕业之后，他原本打算参军，为第一次世界大战献上一份力量。谁知，他因为视力缺陷而未被录取，随后成为了堪萨斯市《明星报》的见习记者。记者生涯对海明威独特文体的形成起到了很大的作用。

1918年，年仅十九岁的海明威加入了美国红十字会战地服务队，赴意大利，并被授予中尉军衔。但是很不幸，他在为意大利士兵分发巧克力时，被奥地利迫击炮的弹片击中，身受重伤。在医院治疗的三个月里，他爱上了比自己大十岁的护士，但是遭到了拒绝。

1919年，他带着满身伤痕回到了自己的国家，战争使他的肉体和精神都伤痕累累。于是，他租了一间房子，决定潜心写作。但是所创作出来的十多篇小说都被退了回来。他只好重操记者旧业，担任《多伦多明星报》驻巴黎记者，并且与大自己八岁的记者哈德利·理查逊结婚。

在巴黎，海明威幸运地结识了诗人庞德和女作家斯坦因。在这些友人的帮助和鼓励下，海明威创作并发表了许多故事小说，但是社会上几乎没有任何反应。他成了迷失在巴黎的流亡者，被人们称为“迷惘的一代”。

这并没有成为他一生的终点，1926年，海明威为自己代言，写了一部长篇小说《太阳照常升起》，从此奠定了他在文学殿堂上不可磨灭的地位。

由于种种原因，海明威在爱情道路上并不顺利。他先后结婚四次，最终与同样是女记者的玛丽·威尔什相守一生。

如果说，这样的经历不够传奇，那么他参加过三场战争，身上曾中炮弹碎片两百多片，不止经历过一次坠机、车祸、枪伤等事件，十多次伤成脑震荡，动过二十多次手术……这样的生活经历算不算传奇呢？

海明威本身就是硬汉子，他所刻画的老人同样是个硬汉子。只能被毁灭，不能被打败。

内容梗概

自古文武双全者甚少，海明威一定算是其中一个比较优秀的角色了。别人把“文”和“武”区分得很清楚，可是他却把“武”的精神带入了文章中去，为小说添加了一抹异样的色彩。

“人可以被毁灭，却不可以被打败。”风浪中，老人默默驶船出海，没有一丝犹豫和动摇，尽管大海中隐藏着危险和不可预知的灾难，他仍然目光坚定，双手灵活，面对前方坚定不移。可是，大海中，等待他的又是什么呢？

【精彩赏析】

那种截然不同于其他文学家的戏剧性节奏、明快的旋律，都让海明威的作品充满生命的活力。

《老人与海》这部小说的成功之处除了海明威不同于其他文学家的传统风格外，更重要的是向读者传达了一种精神——人类在与外界势力作斗争的时候，不可避免的要失败，但是人们应该勇敢去面对失败。不管这外界势力是战争、灾害、比赛都不要紧，只要不退缩，就算输了也依然不失气魄。

桑提亚哥曾经也是个强壮的小伙子，然而要真的说起来，硬汉形象却是在他外表年老体衰时突显出来的。这个古巴老头儿，拥有一双像海水一般蓝的眼睛，眼神中时常露出愉快、坚定的目光。

这已经是他在大海里捕鱼的第 84 天了，还是一条大鱼都没有捉到。老头儿后颈上凝聚着深刻的皱纹，两只手上都留下了皱痕很深的伤疤，却没有一块新的伤痕。他身上的每一个部分都显得老迈，又瘦又憔悴。但是他的眼睛却给人一种充满信心的勇气。

“桑提亚哥，我能和你一起出海吗？我家里已经攒了一些钱。”老头儿身边的孩子曼诺林对他说道。

“不，你应该和他们一道去，他们那只船的运气要好很多。”

“可是我想和你去，就算不能跟你一道打鱼，也想帮你做一些别的事情。”

“你要是我的孩子，我一定带你去冒险了，可是你有爸爸妈妈，他们的船又是那么的能交好运。”

“可是你现在的力气可以抓住一只真正的大鱼吗？”小男孩非常喜欢这个老头，因为他教自己捕鱼。

“当然可以，别忘了我还有很多诀窍呢！”

老头儿和小孩吃饭的时候，桌子上连个灯也没有，孩子离开后，老头儿就在黑漆漆的房间里爬上了床。他把裤子卷成枕头，然后拿军毯裹在自己身上，接着就躺在那张破床上睡下了。

梦中，他梦见了自己儿时见过的非洲，那里有金黄色且刺眼的海滩，还有高耸、褐色的大山。原先，地面上吹来风的时候，他就醒了，穿上衣服去把孩子叫醒。可是今天风吹来得似乎有些早，他便又安心地继续做梦。他又梦见了从海上崛起的岛顶，加那利群岛各个港口和抛锚的地方。

清晨，海边的寒气让他冷得直发抖，不过一会儿身上就暖和多了。老头儿慢慢地喝着自己的咖啡，这是他一整天的饮食。他在船上放了一瓶水，这是他出海需要的东西。天还没亮，他就把桨上的绳结儿套在桨架上，在黑暗中弯着身子，划出了港口。

老头儿可以在破晓时，感受到飞鱼出水的颤声，他非常喜欢飞鱼，因为在他孤寂的生活里，飞鱼是他主要的朋友。他把钓丝送到适当的深处，使它成了一条直线。天已经大亮了，不一会儿太阳也出来了。

太阳越过海平线，耀眼的光芒射到水面上，红亮红亮得刺着老头的眼睛。他看见一只老鹰舞着长长的黑翅膀在他前面的天空上来回打旋。它忽然地冲进水里，只见一条飞鱼从水里飞出，拼命地逃了去。

他把桨放在桨架上，从船头拿出一把细小的钓丝，那上面有一根粗铅丝和一个中等大小的钓钩，他把一条沙丁鱼挂在钓钩上，又拿来另外一根钓丝安上鱼食，然后又划起船来。那只黑鹰还在水面上低低地飞来飞去。

突然，脚下缆绳一紧，他迅速将绳子抓紧，开始把它拽回来，鱼躺在船艄的太阳下，很结实，形状圆润得就像一颗打磨过的子弹，眼睛迟钝但瞪得大大的。开始，它还灵巧地抖动着尾巴，后来就没有力气了。他脑海中忽然闪现出一个想法：这群鱼的周围很可能隐藏着一条大鱼，我捡到的这只一定是喂大鱼的鱼群中走失的一个。我还是在船上漂流一阵吧，让它随时把我弄醒。不过今天已经是第 85 天了，我应该好好钓条鱼回去才成。

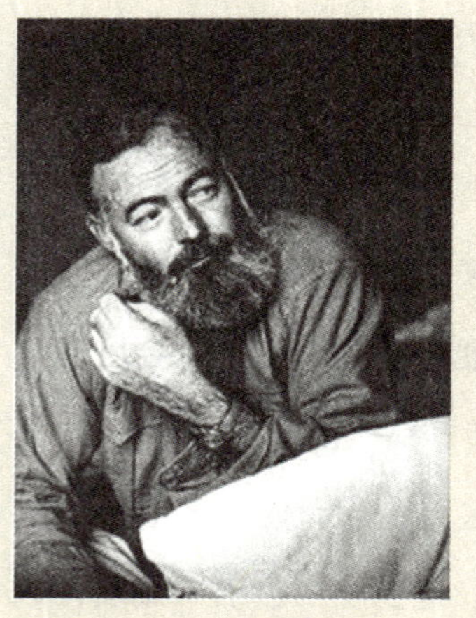

一会儿，他就觉得钓丝轻轻地动了一下，他高兴地叫了起来。接着，他感觉有东西沉甸甸的，重得叫人不能相信。“这是一条多大的鱼啊！”他心里想着，接着下面越来越重了，他又往下松了一段钓丝。

那条大鱼终于上钩了，他大声叫着，双手拼

命地收着钓丝，收进了一米长，又收了收，使出全身的力气甩动着绳子。“要是那个孩子在这儿多好啊。”老头自己嘟囔着。

四个钟头过去了，那条大鱼拖着小船竟不慌不忙地向浩瀚的大海深处游去，老头儿照旧不松劲地拉着背在脊梁上的钓丝。眼看着，太阳又落下去了，海上的温度也变得低了很多。老头儿脊背上、胳膊上和大腿上的汗水也变得凉飕飕的。

夜里，他突然可怜起那条被他钓住的大鱼。他其实很欣赏它毫无畏惧、勇气十足的态度。第二天，他终于见到了这条凶猛的马林鱼。那条鱼一下子掀起了一条大浪，把老头儿冲得脸朝下跌倒在船里，眼皮上也被划了一道口子。“我就算是死也要和你一道儿，兄弟，我从没见过一件比你更大的东西。你显得那么崇高、沉着，快来吧，看我们谁把谁弄死！”

在阳光下，它浑身明亮耀眼，头上、背上都是深紫色的，身段两边的条纹也在阳光的照射下成了一片淡紫色，简直比一艘小船还长两米。下午，那只鱼继续往前游去，他想：这场比赛已经进行两天了。他把金枪鱼吃下肚子，计划着明天开始吃钓上来的海豚。

已经是第三个太阳了，他已经安排好鱼叉，等到鱼转到前面来，他就使出全身力气，将鱼叉扎进那条从容不迫、优美的鱼腰里。被叉中的鱼那胸鳍高高地挺在空中，就像一个成年人的胸膛。鱼做了最后一次挣扎，然后就被老头儿绑在了小船外，就像两艘小船般在海上并排行走。

他们在水里很顺当，但是当一大股黑红色的血液弥漫在深海里时，危险正向他们靠近，一条大鲨鱼正朝他们扑来。谁也想象不到它可以游得这么快，仿佛把什么东西都不放在眼里。它周身健美，肚子是银白色的，皮肤是光滑油亮的，脊背是蓝色的。

老头儿现在的头脑还算清醒，他有决心将鲨鱼打败，可是希望并不是很大。鲨鱼飞快地逼近船后面，当它去咬那条死鱼的时候，老头儿看见它的嘴张得非常大，猛地咬住鱼尾巴上的肉时，还从牙齿里发出嘎嘣嘎嘣的声音。看准时机，老头儿用鱼叉扎在鲨鱼的头上，鲨鱼翻滚了几下，就死了。

正当他要休息的时候，又看见了两条犁头鲨。其中一条钻到船底不见了，但是船却晃动了起来。另一条鲨鱼用裂缝般的黄眼睛盯着老头儿，然后又张开大嘴朝死鱼刚才被咬过的地方咬去。它脑子和脊髓相连的地方出现了一条纹路，老头儿用绑在桨上的刀子捅进去，鲨鱼放开了咬住的死鱼，从鱼身上滑了下去。

另外一条鲨鱼又发起了进攻，老头儿又拿着刀子朝它身上扎去，鲨鱼的鼻子伸出水面靠近死鱼，老头儿对准它的脑顶中央扎去。它依旧闭紧嘴巴咬住鱼，老头儿还向它的左眼戳去，可它还是缠着死鱼不放。

太阳就要落下去了，可是鲨鱼却接二连三地围在小船的周围，老头儿有些筋疲力尽了。鲨鱼们已经咬去不少鱼肉，而自己离岸边还有那么一段距离，他只好打起精神来继续和它们战斗。

大约晚上十点钟，老头儿终于看到了城里闪耀的灯火，他也知道自己是打不赢这些成群结队前来的鲨鱼了。鲨鱼们一个接一个地窜到船头撕咬那条死鱼，死鱼的肉被一块一块地撕去，最后，就连死鱼的头都被拽走了。他知道一切都完了。

他已经累得喘不过气来，嘴里还有一股奇怪的味道。味道有些甜，又有些铜铁味。他有些担心，不过幸好这种味道不是很浓。他终于知道自己被打败了，也知道自己应该回家了。

当他驶进小港时，城里的灯火已经熄灭了，港口寂静得有些吓人。他尽力把船划到岸边，从船里走出来，把船系在岩石上。

第二天一大早，孩子曼诺林就向屋子里张望。

"他怎么样啦？"有个打鱼的经过这里，大声地说道。

"睡着了，谁也别去弄醒他。"孩子大声地回答，尽管这时人们看见他在哭。

老头儿醒来的时候，孩子已经把咖啡准备好了，对老头儿说："把它喝掉吧。"

"它们把我打败啦，曼诺林，我真的被它们打败了。"

"那条鱼并没有打败你。"

"但是后来鲨鱼打败了我。"

名家点评

戏剧性的节奏、明快的旋律，使海明威的作品显得非常突出，与一般的文学家风格截然不同。这种充满着生命的活力，独自生发，使他自别于我们当代的悲观和幻灭的思潮。

冰岛姑娘

1955［冰岛］

She and her farewell of the crowd, the boat ladder they hastily kissed. At the moment, on the coast, and she is so poor, so lonely. Haifa fly away, the shore of the empty, as if there has never been through their voice, never seen them a beautiful gesture.

她和他在船梯处的人群中告别，他们急匆匆地吻了一下。此刻，在这海岸上，她是那么可怜，那么孤独。海燕飞走了，岸边空荡荡的，仿佛这里从未响彻过它们的声音，从没有见过它们美丽的姿态。

【获奖理由】

他在作品中所流露的生动、史诗般的力量，使冰岛原已十分优秀的叙述文学技巧更加瑰丽多姿。

名人小记

赫尔多尔·奇里扬·拉克斯内斯（1902—1998）

冰岛，一个神秘而古老的国家，它拥有优良的传统以及丰富的文化修养。尽管当地的自然环境恶劣，大部分地区都是沙漠和冰川，人口稀少，但是这并不能使其失去它应有的魅力。

冰岛文学最风光的时期要数古典时期，开始都是以冰岛语创作，世界文学中的奇葩“埃达”“萨迦”都是在这一时期出现的，对整个北欧乃至西欧文学都产生了重大而深远的影响。

现代冰岛文学出现在十九世纪七十年代后，文坛上开始异常活跃，大量优秀作家涌现在人们的视野里。坚持用冰岛语创作的作家赫尔多尔·奇里扬·拉克斯内斯深受冰岛人民的爱戴。

1955 年，对于冰岛人民来说是值得庆祝的一年，诺贝尔文学奖的桂冠终于落在了他们所爱戴的赫尔多尔头上。这可是件非常不容易的事情，原本极有可能获得此奖项的法国象征主义诗人克洛代尔在这一年不幸去世，这才让我们有幸认识了赫尔多尔。

赫尔多尔·拉克斯内斯原名赫尔多尔·古兹永松，出生在冰岛首都雷克雅未克的一个农场主家庭。他在一座名叫拉克斯内斯的农场中度过了快乐的童年，他的笔名就是由此得来。由于家道中落，他只在雷克雅未克中学接受了几年正规的教育，后来便开始了打工生涯。

但是这并没有埋没他在文学方面的天赋和才华，十七岁那年，他便发表了第一部小说《自然之子》。随后十几年的时间里，他开始了游历世界的旅程。第一次世界大战后，他居住在欧洲大陆，深受表现主义、超现实主义以及天主教的影响。1930 年，他重返冰岛定居雷克雅未克，从事文学创作。

他连续写出了以冰岛劳动人民生活和斗争为题材的三部长篇小说：《冰岛姑娘》《独立的人们》《世界之光》。而《冰岛姑娘》又以崇高的题材和深刻的描写手法成为了冰岛文学中最具代表性的作品。

他是一个多产的作家，并且本着对文学崇高的敬意，一直对人类的处境进行着有力的刻画和描写。他说：“如果要使文学真正成为世界的光芒，一定要对人类的处境有最精心的了解与刻画。”

庆幸的是他也一直以此为目标而努力着，这就是冰岛的赫尔多尔·拉克斯内斯。

冰岛沿海有一处偏僻的渔村，这是个连上帝都不太知晓的渔村，它带着冰岛独特的民族传统开始了政治、经济等方面的巨大改革。

那一年，她才十岁，跟随着母亲来到这里，度过了悲惨的童年生活。母亲的不幸、她的不幸、渔村的不幸从此成了她脑海中挥之不去的阴影。

可她是拉克斯内斯笔下爱的化身，又怎么能在疾苦的环境中迷失成恶魔呢？于是，她的爱包容了所有人。在一片荒凉中，绚烂成了初始的美。

【精彩赏析】

不管是暴风雨来临的日子，还是像这平静的夜晚，邮船总会根据星星和山峦来确定航向，穿梭在狭长的峡湾里，慢慢地驶进阿克斯拉尔峡湾畔的奥谢里村。

一位母亲正在黑夜里，惶恐地四处张望，她身上的钱已经花得差不多了，只得在这偏僻的渔村落脚。她身边坐着一个异常平静的小女孩，那是她的女儿，名字叫萨尔卡。

小女孩看着惶恐不安的妈妈，操着一腔低沉的仿佛男人的声音问道：“妈妈，为什么我们非要在这里落脚而不去南方？您是知道的，我愿意生活在人们每天都穿着盛装的地方。”母亲低头看着她，露出了十分为难的表情对她说道：“萨尔卡，我们无法再继续前进了，我非常不舒服。”还没等小女孩说什么，对面的桨手以不容反驳的话语打断了母女的谈话，意思是只要按照上帝的意志去做就好。

母女俩上岸后，母亲西古尔利娜找来救世军上尉安德逊。可是他却说："在这种情况下很难给女人找个安身之处，这里仅仅是提供给水手们住的旅店。"于是，她们又去了牧师家，牧师告诉她们："我们这里所有人都不十分相信外来人，我是这里教区的牧师，更应该保护这里防止外来人。"后来，她们听说医生的药房有活干，就去找医生。医生热情地接待了她们，但是听说她们打算找地方住，便说道："我只不过是个医生，我所要做的事情就是治病。"他打开药铺的门，把母女俩送了出来。

这时，一个喝醉了的水手答应帮她们安排住宿，于是这母女俩走上了一条无法磨灭的人生道路。这个叫斯坦恩托尔的水手并不是那样的好心人，他之所以带她们回来，是为了找个帮手为家里工作。

没过多久，斯坦恩托尔就占有了母亲西古尔利娜，玩弄她的感情和肉体。小姑娘常常想起北方，但是弱小的她没那么大能力去搞明白一些事情。从开始在这里不被信任和接受，到后来女人们开始叫萨尔卡进屋里喝咖啡。在宗教的压力下，斯坦恩托尔终于同意与萨尔卡的母亲结婚，但是却在举行婚礼的当天逃走了。

背负着悲惨命运的萨尔卡在这个村子里逐渐长成了大姑娘，可是她不会读书也不会写字。一个五十来岁，两撇胡子已经花白、喉结很大、相貌高傲的男人把萨尔卡叫到身边，可是他发现萨尔卡连一首冰岛的赞美诗歌都不知道，于是他决定晚上替这个孩子想想办法。

晚上，有人来找萨尔卡。那是一个黑

头发长脸的小男孩，他长着浓密的眉毛和一双聪明有神的大眼睛，还有一个端正的鹰钩鼻子。小男孩说：“是老师派我来的，他让我教这个小姑娘读书和写字。”

萨尔卡抬头望见了阿尔纳里杜尔，从此在她的心灵上永远地刻下了他的形象。他教她读书，她快乐极了，仿佛忘掉了世界上一切的烦恼。

萨尔卡是伴随着别人的骂声和被奸污的名声长大的，可是她不同于那个任人摆布、忍辱负重的母亲。她有自己坚强的一面，也懂得如何保护自己。在很小的时候就表现出了一副桀骜不驯的性格，留着一头短发，穿着长裤子，全村没有一个男孩不怕她。她干起活来比成年人还强。她一边读书，一边找工作。人们给她油布围裙，让她做女零工，其实她想慢慢攒钱给自己买件连衣裙，或者一条裤子。因为她曾对阿尔纳里杜尔说过，她要做一个男孩子。

这样看似平凡且舒坦的日子并没有过很久，因为斯坦恩托尔回来了。他回来的第一件事就是喝酒，醉了以后还到处骂人，说下流话，还把未婚妻从床上拉起来，要吃的。萨尔卡打心眼里憎恨这个给她和母亲带来厄运的男人，母亲的一切悲伤都是由他引起的，可是母亲却只知道哭。复活节的时候，母亲还拿了她攒来买连衣裙的钱来打扮自己。这让小姑娘非常生气，可是每次面对母亲痛苦的脸色，她的怒气又全消了。

一天夜里，斯坦恩托尔回来，把半裸着身子的母亲从床上拖到了厨房门口。萨尔卡惊醒后，大声地呵斥了斯坦恩托尔，谁知这反而触怒了这个醉汉，抱起萨尔卡就要强奸她。当萨尔卡醒来时，斯坦恩托尔已经离去。萨尔卡躺在床上失去了知觉。

阿尔纳里杜尔小学毕业了，他很快就成为了当地重要的人物，当上了约翰·波格逊的店员。有一天，他来与萨尔卡告别，然后就云了南方。后来，萨尔卡的母亲又和另外一个男人鬼混在了一起，萨尔卡对母亲彻底失望了。

洗礼节后不久，萨尔卡从学校回来，看见了多年流浪在外的斯坦恩托尔坐在炉灶旁，母亲在一旁呻吟着说道："你怎么能丢下我啊，你大概已经知道我和其他人订婚了，他给我了戒指，你却从未给过我。"

斯坦恩托尔说："当我在英国的时候，我深受重伤躺在医院，我许下了两个愿望：第一件最重要的事就是永远不要喝酒，第二件是努力在被我遗弃的家人面前赎罪。"这些话打动了萨尔卡，她也曾一度相信斯坦恩托尔是一心想变好的。他开始强烈地追求萨尔卡，他对她说："萨尔卡，我戒酒是为了赎罪，我是多么希望能和你相会啊，好向你证明我是个规矩的人。"萨尔卡太单纯了，她以为这是一颗浪子回头的心，小姑娘听见自己的心在跳。这时，她的母亲走进了房间，看到了这一切。

夜里，小姑娘发现母亲跪在自己的床边，祈求她别夺走斯坦恩托尔："我已经什么都没有了，只有一个希望，希望他会同我一起生活。现在他回来了，回到我身边了。"

基督受难节快到了，萨尔卡放学回家时，发现了一封来自阿尔纳里杜尔的信，她忽然发觉自己也是个青年女子了。这让她觉得有些脸红。

斯坦恩托尔最终还是没能同母亲结婚，母亲在失望中自杀了。在这么多年的灾难中，萨尔卡成年了，有了自己的房子、菜园，还成了合股渔船主。人们开始把她看做是女英雄，她积极参加政治活动，并且对每个渔民们说："每当穷人家庭生一个孩子，我就给他们一千个克朗。"她再也不能忍受别人遭受自己小时候遭受的痛苦了。她深深地看透了，在这个世界上，如果穷人遇到困境，就只能自己去找出路，自己帮助自己。

她爱着青梅竹马的社会主义激进分子阿尔纳里杜尔，并且与他同居在一起。他们的爱情毫无杂质，但也同时建立在为广大劳苦人民谋福利的基础之上，可不得不说阿尔纳里杜尔其实是一个空想家。他所设计的理想说教和宏伟的生活蓝图在这些从未接触过外界的百姓面前，毫无说服力。

阿尔纳里杜尔关心人们的命运、价值、饥饿冷暖，但是在当时来讲，这些思想显得那么的可笑和讽刺，甚至滑稽。最终，他被赶出了村子。萨尔卡把他从自己的怀抱中放开，对他说："我现在就解除在你身上的镣铐。我请求你让我像同濒死的好友告别一样对待将要离别的你。你去美丽而阳光灿烂的国家，而我留在这里，就像船夫抛向岸边的一块残骸。我从前就是这样的人。"

她和他在船梯处的人群中匆匆地告别，没有人在乎她。这位冰岛姑娘，站在海边，显得那么可怜，那么孤独。海燕也飞走了，岸边空荡荡的，仿佛这里从未响彻过它们那凄美的叫声，没见过它们那美丽的姿态。

名家点评

拉克斯内斯的风格平易自然，由于作品结局常能做生动、灵活而妥切的处理，因而每每给读者留下强烈的印象。很多冰岛作家为了经济原因，也出于对自己母语的绝望，采用其他北欧文字从事写作。而拉克斯内斯却能独排众议、高瞻远瞩，全然以古老的冰岛语作为表达现代精神的工具，他的成功使很多冰岛作家对自己的母语恢复了信心。

普拉特罗和我

1956［西班牙］

I wonder to open your eyes, no annoying to listen to! Quietly accept the nameless loneliness and accept the sacred and harmonious clear end above the infinite horizon.

我神气十足地张开双眼，任何烦嚣都不去理会！静静地接受这无名的寂寥，接受这端居于无限地平线之上神圣而和谐的清朗。

【获奖理由】

作者的西班牙抒情诗，为崇高的心灵与纯净的艺术，树立了一个典范。

胡安·拉蒙·希梅内斯（1881—1958）

希梅内斯，是西班牙现代主义抒情诗的代表。他是一个天生的诗人，天生为了文学爱好而生的心灵使者。他是个朴实得连自己都意识不到才华的诗人，是追求纯粹、洁白的诗歌的现实主义者，是美与诗歌的老园丁。

瑞典一位记者曾经这样形容他："胡安·拉蒙·希梅内斯是个天生的诗人，是那些像在阳光照耀下朴实无华地产生的诗人之一，也是一个偶然而朴素的产生却并未意识到自己天赋才华的诗人。我们不知道这样的诗人何时诞生的，我们只知道，有一天我们发现了他、我们看见他、听见他，恰如有一天我们看见了一朵异常美丽的花。我们说，这是一个奇迹。”

有人追求彩色，有人追求黑色，有人追求透明。人们喜欢白色却很少有人追求它。白色，一种近乎缥缈的颜色，总是让人觉得不如黑色真实，没有绚丽彩色，更不比透明色干净。它只有一种解释，那就是简单、圣洁。这就是诗人的追求，他追求美，鲜明耀眼的白，拒绝任何虚饰。

他的心灵是趋于纯粹的。他提出“纯诗论”，主张任何创作都应该是没有雕琢的“纯粹的诗”，应摆脱模式化的韵律和节奏。这类诗是由内而外发自个人内心的最高境界，是追求“白”的美的永恒。

希梅内斯一生确实是白色而圣洁的。他出生在圣诞节前夜，父亲是个很富裕的商人，他的童年非常快乐。然而，父亲的突然暴亡给他带来了无限的悲痛和对死亡的恐惧。正如他自己所说：我感到西班牙就像一具黑洞洞的巨大的棺材，到处都是正在坠落的夕阳。

但是，这坠落的夕阳并没有迎来永久的黑暗。一位拥有美国混血的西班牙女孩塞诺维娅走进了他的世界，从此诗人的世界再也没有离开她。塞诺维娅是希梅内斯的理想伴侣，这让不少人羡慕不已。一份感情建立容易，相守难。可是，他们却相互支持、相互理解地走过了一生。

遗憾的是，诗人在接到瑞典学院祝贺的时候，他的妻子塞诺维娅正患病在床，希梅内斯陪在妻子的身边，未能参加诺贝尔文学奖的颁奖典礼。他发来电报说：“我恳求你们代我向那些帮助我获得此项奖的人们表达我最深的谢意。我的一切成就都应归功于我的妻子。获得此项殊荣，我本当感到纯粹的喜悦与宁静的自豪才对，然而由于她沉疴不起，因此我无法体会到这些，这点我深感遗憾。”

所以说，一辈子，一份坚固的感情，一首真正理想的诗，一次圣洁的人生就是诗人的全部。“他是个终年沉潜于美与诗之中的人。”就像他花了半个世纪培养的白玫瑰，这般耀眼的白色也只有在希梅内斯的世界中才显得如此完美。

1956 年诺贝尔文学奖的颁发，他本来应该感受到纯粹的喜悦和宁静的自豪，而妻子患病使他未能到场，成了所有人的遗憾。

越是简单的事物和生活越是让人渴望。没有人知道，惬意的生活定义在哪里，但是世间所存在的生活皆不尽如人意。

诗人养了一头小毛驴，还给它取了个好听的名字：普拉特罗。小毛驴陪着诗人走过了春夏秋冬每个季节，看过了人间的千姿百态、感悟了人生的深意、嘲笑了愚昧的人群，最终，小毛驴死去了，诗人把它葬下。

如此有爱的散文诗，显露出诗人特有的童心和人生感悟。也从另外一个方面证明了他所追求的纯粹诗和“白”的境界。

【精彩赏析】

一年之缘，假如要珍惜，就在它刚步入春天的那一刻起，不要等到它再也没有勇气远走，告别了世界。

它是小小的普拉特罗，一头漂亮而聪明的小毛驴。“毛茸茸的，又滑又软，摸摸它，还以为它一根骨头也没有，全是棉花做的呢。”这头小毛驴是诗人最好的朋友，它驮着诗人，穿过大街小巷，可爱极了。“我卸下笼头，由它乱跑，它就直奔草地，用鼻子轻擦着那些粉红的、天蓝的、金黄的花朵。我低声唤它：‘普拉特罗！’它就欢欣地向我奔来，像是撒下一串铃声，一副乐极忘形的样子。”诗人谈到它，完全是一副天真无邪的样子。它就是诗人心中的自己，不受任何事情的束缚。那一簇簇鲜花，是红的、蓝的、金黄色的灿烂。小毛驴欣喜得似乎忘记自己是头小毛驴了。谁家的小毛驴会像普拉特罗一样，浑身软绵绵的？如果可以，真想亲手摸摸，亲眼看看这头可爱得像孩子的小毛驴。看看它是不是如同诗人所说的那样“它柔顺可爱得像个孩子，却强壮结实得像块石头。”小毛驴驮着诗人，走在大街上。其实，普拉特罗的身体结实得就像一身钢筋铁骨呢！别看它柔顺可爱，但它一点也不脆弱。

“星期天，我骑着它，穿过城边的小巷，那些穿的干干净净、慢慢走着的乡下人，便会站住来看它，啧啧称贺，‘瞧这一身钢筋铁骨’。”就连街上那些穿得干干净净的乡下人也喜欢这头小毛驴，称赞它是一头结实的小驴子。看来，诗人也越来越喜爱它了。

“普拉特罗和我走进了村落的斜阳中，穿过陋巷紫色的阴影。穷人家的孩子在玩，装作乞丐，你唬我，我唬你。”黄昏时分，他们走进村落，穿梭在陋巷的街角。在渐渐暗淡的天空中，诗人骑着小毛驴看到一群穷人家的孩子在玩游戏。他们用大袋子罩在头上，一个假装自己看不见，另外一个假装瘸子。他们围成一个圆圈，小女孩正在模仿公主唱着悠扬的曲子。

这天，诗人穿着俏皮而古怪的服装坐在银灰色的普拉特罗身上，被一群孩子称作“疯子”。可是，诗人并不在意，因为本来疯子的定义就很不明确，何必去在乎他们所说的话呢？只要自己舒服、自己自在，管别人怎么看呢？何况，自己还有小毛驴陪着，这样快乐的生活，有谁还去在意是不是疯子？“我骑在银灰色的柔软的普拉特罗身上，身穿黑衣，胡子拉碴，头上又戴着顶小黑帽，样子大概很古怪。”诗人这个样子确实很滑稽，简直就像是个疯子，也难怪人家会嘲笑他。不过，和他的心态相比，外貌真算不上“疯子”。因为“我神奇十足地睁开双眼，任何烦嚣都不去理会！静静地接受这无名的寂寥，接受这端居于无限地平线之上神圣而和谐的清朗。”看吧，他和普拉特罗穿过葡萄园，被阳光刺痛双眼，还要神气地接受这和谐的清朗。

春天到了，燕子已经飞回来了。诗人带着普拉特罗走过美丽的春天。“燕子已经在这里了，普拉特罗，但是人们很少听到它们像往年那样，一来就到处访问、祝福，不停地使用那笛子似的颤音闲聊着。”今年的燕子怎么了呢？有些迷茫，有些不知道自己的方向。诗人对普拉特罗感慨道：“它们现在却不知道该干什么好。它们在四周悄悄地飞扑，迷惘得像被一个孩子踩乱了蚁路的蚂蚁。它们会在寒冷中死去。普拉特罗！”

这年的春天，莫格尔小镇显得格外清朗。蔚蓝的清晨，有着俏皮的绿金丝雀逃跑的身姿，逗得孩子们哈哈大笑。普拉特罗也悠闲地和一只蝴蝶嬉戏。逃跑的金丝雀会自己飞回来，在阳光颤抖的午后，它又飞回笼中，快乐极了。孩子们也跟着活蹦乱跳，拍打着手掌，笑得就像黎明般的太阳，就连普拉特罗也欢喜得摆动着身子，跳着天然的华尔兹。

转眼间，普拉特罗与诗人走过了生命骚动的季节，那彩蝶也伴随着他们来到了四月的村庄。愉快的普拉特罗被沾满了金灿灿的黄花。

“一丛丛的石玫瑰，像漫天的星星，开着朦胧的巨大的花，每一朵都含着几滴红泪：一阵叫人窒息的雾霭，使平淡的松树转白。”夏天，莫格尔小镇同样美不胜收，有了这美景，谁也不愿意离去。诗人骑着小毛驴，走到核桃树的树荫下，“一声清脆的裂响，我劈开两个西瓜，嫣红的瓜心，结着一层玫瑰色的冰凉的霜。”新鲜的西瓜替诗人解渴，普拉特罗也把清甜的瓜肉吃下去。远处的钟声响彻莫格尔镇的黄昏。守园人击响铜薄皮，驱走天空中成群结队的长尾鸢，它们都是来偷橘子的。

诗人和普拉特罗在夜里出行，一路上蟋蟀唱着清脆的歌声。要知道，这些蟋蟀在黄昏时还怯生生地闷不作声，现在却似乎找到了合适的音域和节拍。当晶莹的星星出现在青空，它们的歌声也变得像银铃般动听了。“时间静静地流过。大地上一片和平气氛，农民在安睡，梦中觉得天空高朗。”秋天到了，天空开始清朗气爽。爬山虎在墙边看着热恋中的情人，为他们制造浪漫的氛围。麦田透露着青春独有的气息，豆田散发着淡淡的清香。诗人沉醉在这样星月交辉的歌声里，清香的麦田里，“显得那么渺茫不清，那么神秘，那么忘情。”

冬天的黎明，有一种莫名的清醒。“冬天天亮得迟，惊醒的雄鸡看到那第一抹玫瑰红的时候，就会送上欢愉的招呼。普拉特罗仍在睡眠的疲倦中，嘶鸣了好一阵子，它远远地把我叫醒的声音多甜蜜啊！”早上，诗人再次打算带着小毛驴外出游玩，可是普拉特罗仍躺在地上嘶鸣。诗人还以为它是在撒娇呢！诗人走上前去，轻轻地拍着它，跟它说着话，想帮助它站起来，可是，普拉特罗就像一个婴儿一般，温暖又柔软，眼神中柔弱而悲哀。

“正午时候，普拉特罗死了，它那棉织似的腹部已胀得像一个球，它无色的腿直刺向天空。”普拉特罗死了，有一只美丽的蝴蝶在它的身边飞来飞去。温柔、快乐的小毛驴，去世了！那是常驮着诗人灵魂的小毛驴，是沿着满街霸王树、忍冬花的小路跳跃的普拉特罗！诗人在金莺和橘子花中间想念它，在日落时分怀念它，在它长眠的松树下流泪。诗人站在开满永恒玫瑰草的地上，看见一群蝴蝶花，那一定是普拉特罗变成的。

故乡，有耀眼的白屋、亲切的教堂、悠扬的钟声、镇外的果园、路边的小花、蟋蟀的夜唱，可是再也不见普拉特罗欢快的身影。那是诗人童稚时期的心灵，是在风暴中用于指明的精神感召。可是，它不见了。

诗人以此散文诗《普拉特罗和我》来祭奠怀念它，同时也埋葬了诗人年轻的自我。而那深切的感情却像一泉清水，在心底缓缓流动。

名家点评

希梅内斯有舒伯特作为他富有音乐性和感伤情调的诗歌作品的保护神，因此他的诗十分动听。

局外人

1957 [法国]

Today, the mother is dead. Yesterday, maybe, I don't know.

今天，妈妈死了。或许是昨天，我也不清楚。

【获奖理由】

作者作为一个艺术家和道德家，通过一个存在主义者对世界荒诞性的透视，形象地体现了现代人的道德良知，戏剧性地表现了自由、正义和死亡等有关人类存在的最基本的问题。

名人小记

阿尔贝·加缪（1913—1960）

他曾说："在我看来，没有什么比死在路上更蠢的了。"可他偏偏在荒诞的车祸中当场身亡。当加缪去世的消息铺天盖地传遍法国大街小巷时，人们不禁对他荒诞的死亡感到惋惜。当年，他才四十七岁。

幼年丧父的他是靠着奖学金念完的中学，又在亲友的资助下取得了哲学学士学位。他参加过戏剧活动、反法西斯的抵抗运动，还担任过编辑部主编。在二十世纪五十年代初期，他一直被看做是存在主义者，与萨特等人激烈的论战才使人们发现他其实是荒诞哲学的代表。

1957年，瑞典文学院授予加缪诺贝尔文学奖，使他成为了有史以来最年轻的诺贝尔文学奖获得者。这位拥有崇高的人道主义精神的荒诞哲学家、文学家，以一份真诚打动了世界。

关于加缪获得诺贝尔文学奖，法国文学界对他的争议显得十分激烈，尤其是意识形态的左派和右派。但这并不能否定什么，正如《纽约时报》对加缪的评价中说道："这是从战后混乱中冒出来的少有的文学之声，充满了既和谐又有分寸的人道主义声音。"

世界就是如此荒诞而冷漠，加缪早已看透这一切。他对人生进行了严肃而认真的思考，运用艺术家的激情，将包含这层含义的哲学写入小说，开创了属于他的"荒诞时代。"

在他的笔下，主人翁是一个个感情荒诞而与社会格格不入的人群。他们是小说中的人物，是作者内心深处的人物，也是生活在大千世界中的每一个人物。每个人都有意识地把自己归为社会中不可缺少的人物，但是却不清楚自己是不是个"局外人"。假设是个"局外人"又会是怎么样的生活状态呢。

加缪是真诚的，他对文学创作是真诚的、对社会道德是真诚的、对整个生命也是真诚的。他不喜欢弄虚作假，不喜欢华丽，不喜欢雕琢也不喜欢追求时髦。仅仅是对任何事物保持一种真诚，竟成了他独创的艺术性，成了独特的荒诞派。

实际上，是他把人性中荒诞的自己挖掘了出来，让每个人成了社会中的"局外人"。让所有被社会假象所蒙蔽双眼的读者重新认清了自己，不必要假装，也没必要隐藏。有时候，找寻荒诞的自己正是通向原始的本我的道路。因为在他看来，这个世界本就是"荒诞的世界"。

他常常说的两句话是“无所谓”“这不怪我”。在生活当中，他认为自己是生活的局外人。他以一个局外人的视角来对待这个看似荒诞的世界。存在是荒谬的，或许他并不是麻木不仁、冷酷无情，而是当他怀着一颗深沉的内心去感受这个世界的时候，他突然发现：“人在荒谬的世界中孤立无援，身不由己。”

面对母亲的死亡、女友的求婚、莫名其妙的杀人、处以死刑的审判，他都以一个局外人的态度化解开所有的情绪。他毫不在乎别人的决定，也不在乎自己的生死。

但是，他能意识到自己的孤独。所以，他希望在临死前，会有很多人来观看，并且对他发出呼喊。

【精彩赏析】

“在我们的社会里，任何在母亲下葬时不哭的人都有被判死刑的危险。”这是道德良知的审判，却也是一种近乎荒谬的说法。

“母死，明日葬，特此通知。”莫尔索接到一封来自养老院的电报。其实他也不清楚，自己的母亲是不是今天死的。也许是昨天，他也不清楚。

莫尔索是阿尔及尔一家公司的职员，养老院距离这里八十公里。他请完假，乘坐两点钟的长途汽车，当天下午就到了。当养老院的院长让他再看一眼自己的母亲时，他只觉得累得要命，草草地洗了脸就睡下了。第二天，他也不愿再看一眼封棺前的母亲，更不清楚自己的母亲到底多大岁数了。

第二天是周六，不用上班。莫尔索乘电车去了海滨浴场，他决定去游泳。在这里，遇到了原来写字间的一个女打字员玛丽。他知道玛丽对他有点意思，于是就挨到了她的身边，枕在她的肚子上。他感觉到玛丽并没有反抗，肚子还在均匀地起伏。于是，他就这样半睡半醒地待了好久。

晚上，他们相约去看了滑稽的电影。可是，他并没有觉得电影有什么意思，之后，他带着玛丽回到了家中过夜。

莫尔索稀里糊涂地看着自己的母亲被下葬，又稀里糊涂地同玛丽谈起了恋爱。他的生活十分单调无聊，甚至和同事去追赶一辆卡车取乐。他有一个邻居叫雷蒙，因为被情妇的弟弟痛揍而找到莫尔索，希望他能帮忙代笔写封信臭骂她一顿。莫尔索答应了这个条件，只是在他看来，这次帮忙不代表什么，对于和雷蒙做不做朋友其实是无所谓的。

周六，玛丽又来和他一起游泳，还问他到底爱不爱她。其实，他觉得这样的问题毫无意义，两个人在一起觉得舒服就好了。雷蒙与情妇打架惊动了警察，让莫尔索去警察局作证。他觉得这也无所谓，反正就按照雷蒙的意思去做就好了。

最近，他的老板想要在巴黎设个分号，以便随时同巴黎的各大厂家直接建立关系，问他想不想去巴黎工作。这样，每年还可以有几次旅行的机会。他当然愿意去，不过实际上去不去对于他来说也无所谓。

玛丽又来找他，问他愿不愿意跟她结婚。他觉得这又不是什么严肃的事情，假如她一定要结，那就结婚。她又问他到底爱不爱她。他觉得回答这个问题毫无意义，但如果真要回答的话，大概就是不爱。这时，她又继续问道："那么，为什么还要结婚呢？"因为莫尔索觉得爱与不爱和结不结婚根本毫无关系。

又到了星期天，莫尔索和邻居雷蒙还有一个高个子朋友马松去了阿尔及尔的海滨浴场。由于莫尔索先前在警察局作证，雷蒙情妇的弟弟带着一群阿拉伯人前来找雷蒙的茬儿。雷蒙说："如果一会儿打起来，我和马松一人打一个，如果还有第三个人插手的话，莫尔索就去对付。"莫尔索答应了。

在去海边的路上，阿拉伯人藏在那里，莫尔索自然而然地按住雷蒙给他放在口袋里的手枪。等到他离岩石不远处时，那个阿拉伯人就把刀子亮了出来。太阳已经晒得他两颊发烫，这太阳就好像要把他的血管全部撕裂一样。刀锋已经在阳光的照耀下闪闪发光，正如一道寒光对准他的额头。莫尔索紧张极了，他抖动着双手摸出了那把手枪。他只觉得太阳刺得他睁不开眼睛，枪机就这样扳动了。当他甩掉身上的汗水、泪水、盐水时，他对准那个尸体又开了四枪。这短促的枪声就仿佛是在他苦难之门上敲了四下。

无可厚非，莫尔索因为杀人罪被捕了。在被捕的日子里，他被提审了好几次，但每次都只是问问姓名、籍贯等问题，审问的时间并不长。他从没把这件事情认真看待过，也不愿意按照法官的意思去向上帝忏悔。他只是把当天的情景重复了一遍又一遍，包括那天的雷蒙、海滨、游泳、打架、太阳、开枪等细节。

案子就这样被拖了十一个月。在这十一个月里，他竟然逐渐习惯了监狱的生活，甚至觉得没有什么比每次开庭之后，法官把他送到门口对他说："今天，到此为止了。"更让他感到自豪的了。有一天，玛丽来看望他，莫尔索觉得玛丽更美了。但是已经和她没什么好说的了。

对于他来说，二十岁死去和七十岁死去并没有太大的区别。时间对于他来说已经毫无意义。生活没有了趣味，应该说对于他从没有过任何趣味。

几个月后的一个清晨，监狱的车子把他送到了法院。检察官在庄严的检察院严肃地指控他："就是这个人，他在母亲死去的第二天，就去游泳，还乱搞男女关系，晚上还去看滑稽的电影，并且在家中寻欢作乐。"他看着检察官和他的辩护律师在发生着激烈的争辩。这场控告，谈论他的私事比谈论他所犯的案子还要多。大多是说他没有一点人性，是个人面兽心的家伙，是个逃避责任的小人。这让他夹在中间感到十分尴尬，由于心里的不安，差点与他们插上话。

后来，庭长以一副奇怪的样子宣布以法兰西民族的名义要将莫尔索斩首示众。莫尔索拒绝了接见神父，因为他没有什么想和神父说。可是，神父还是来了。他觉得神父就像是一个活着的死人。

躺在木板上，莫尔索突然清醒了过来，发现夏季的夜晚是那样的清新，就好像潮湿侵入全身。他抬头看见头顶漫天的星斗，一股清风吹过，吹走了这么多年生活的岁月痕迹。黑夜即将结束的时候，汽笛声从远方响起。他觉得自己此时此刻很幸福。

临行前，重新生活的念头也曾在他的脑海中一闪而过，但他仍觉得幸福。如果，受刑的时候，能有很多人来看望他，就算是对他咒骂，他也觉得自己并不孤单，甚至觉得更幸福。

名家点评

他的作品完整、典雅、简洁地把他的内心想法凝聚起来，透过他设定的角色与剧情，把他的观念活生生地呈现在我们面前，而无须另加注解。

日瓦戈医生

1958 [苏联]

When the dust dissipates, the doctor saw Lisa stood by the well. The wind, her left shoulder just to carry two bucket full of water.

当尘土消散后，医生看见拉利萨站在井旁。风刮了起来，她左肩上刚刚挑起两只灌满水的水桶。

【获奖理由】

为表彰作者在现代抒情诗和传统的俄罗斯叙事诗上所取得的重大成果。

名人小记

鲍里斯 · 帕斯捷尔纳克（1890—1960）

能在真正的文学领域内留下属于自己的作品，并流传后世，应该是每位作家最梦寐以求的事情。要想写出一部优秀的作品，作家必须时刻站在时代的前沿，用自己的价值观去评判所面临的一切。殊不知，这种前瞻性有时候会给作家带来无数打击和困难，抑或说，是这些打击和困难成就了作家，他与他的作品已经融为一体，永远不可分割。

鲍里斯·列昂尼多维奇·帕斯捷尔纳克就是这样一位作家。他是苏联著名的作家、诗人。他出生在莫斯科一个犹太家庭，父亲是才华横溢的画家，母亲是杰出的音乐家。在父母的熏陶下，帕斯捷尔纳克从小就表现出非凡的艺术才华。这一度让父母欣喜不已，经常带他出去郊游，让他感受大自然的美丽，培养他的感知力。1909 年，十九岁的帕斯捷尔纳克，顺利考入莫斯科大学历史哲学系。在历史和哲学的海洋里，帕斯捷尔纳克不知疲倦地学习，积累了丰富的知识。1912 年，不满现状的帕斯捷尔纳克又转到德国马尔堡大学就读，并拜科恩为师，潜心研究新康德主义学说。

学生时代的帕斯捷尔纳克对现代派诗歌情有独钟，经过多年的沉淀和练习，1913 年，他发表了自己的处女诗。此后，他的创作热情一发不可收拾。1914 年，他的第一部诗集《云中的双子星座》出版。第一次世界大战爆发后，德国局势不稳，帕斯捷尔纳克便回到祖国，在乌拉尔一家化工厂工作。因为身体缺陷的原因，他很幸运地被免除兵役，这意味着他有大量时间可以进行诗歌创作，1916 年，他的第二部诗集《越过壁垒》出版。此书一经问世，就引起了诗坛的震动，帕斯捷尔纳克从此步入诗坛。

在此后的岁月里，帕斯捷尔纳克陆续出版了诸多诗集。与他前期的诗作相比，他后期的诗作更贴近生活，也更真实。同时，革命和变革的气氛也间接地反映在他作品里。在帕斯捷尔纳克诸多的作品中，体现出他对革命事业的肯定以及对为达到目标而采取暴力手段行为的反对。

1934 年，帕斯捷尔纳克开始走入人生低谷。在第一次苏联作家代表大会上，人们对他的诗作横加挑剔，并禁止他出版任何诗作。从此，帕斯捷尔纳克便开始从事翻译工作，译出了莎士比亚、歌德、席勒等人的大量名作。

从 1948 年开始，帕斯捷尔纳克用了九年时间完成了《日瓦戈医生》这部小说的写作。1957 年，这部小说在意大利出版不到一年时间里，已有二十五种译本，反响极大。1958 年，帕斯捷尔纳克被授予诺贝尔文学奖。他的获奖激起了苏联文化界强烈的不满，他们认为此书有明显反十月革命的倾向，不符合时代潮流，并将他从作家协会开除，甚至有人扬言要开除帕斯捷尔纳克的国籍，将他驱逐出境。迫于压力，帕斯捷尔纳克只得拒绝领取诺贝尔文学奖，并写信给赫鲁晓夫说，他不能离开他生活、生长和工作所在的俄罗斯祖国，他恳请赫鲁晓夫不要对他采取极端措施。说起来，帕斯特尔纳克有些委屈，明明是一个不涉政事的文人，却因为文章内容有政治倾向就遭到这般待遇，让这个单纯的文人心寒。

1960 年，帕斯捷尔纳克在莫斯科故居病逝。1986 年，在第八次苏联作家代表大会上，认定《日瓦戈医生》不是反政治小说，时隔二十八年，帕斯捷尔纳克终于恢复了名誉。

日瓦戈医生是个博学多才的人，因为战争和改革而改变了命运，一切都重新开始。他爱着自己的妻子和孩子，可是更爱那个给他温柔和呵护的女子。

在每个人都小心翼翼的生活中，日瓦戈医生算是比较追求内心所想的一位了。尽管他有时分不清现实与梦境，分不清楚自己更重视家庭或是爱情，又或者是国家，但他能按照自己的内心去生活。

【精彩赏析】

日瓦戈医生全名尤拉·安德烈维奇·日瓦戈，出生在一个莫斯科煊赫的富贵家庭。那个时候，镇里的许多东西都印有他们家族的标记。什么日瓦戈工厂、银行、商号，不知道让多少穷苦人家的孩子羡慕不已。可是，他的父亲偏偏是个不负责任的混混。童年的尤拉一点也不好过，他的父亲抛弃了他和母亲，一个人在外面吃喝玩乐、逍遥快活，把原本的家财万贯花得精光。

母亲因为体弱多病，最终患肺病死去了，父亲在律师怂恿下，也跳火车自杀了。日瓦戈家族一下子从什么都有变成了一无所有。

孤儿尤拉受到了叔父和舅舅的关心和保护，和他们住在了一起。舅舅很疼这个聪明的孩子，把年少的他带到莫斯科，住在化学教授格罗麦科家中。在教授家中，尤拉找到了两个好伙伴——格罗麦科的女儿托尼娅和同学米沙·戈尔顿。他们经常在一起读书，沉浸在道德说教的讨论中。

教授的妻子名叫安娜·伊凡诺夫娜。有一年冬天，她在安装衣柜的时候，不小心栽倒在地上，摔得很疼。她平时就不喜欢这个衣柜，她总觉得这个衣柜让她心情郁闷。所以，当她摔倒在地时，她深信这一切是疾病的开始。终于，在她的心理恐惧下，因病卧床不起。

她常常把尤拉和托尼娅唤到床边，对他们讲述自己的童年故事，有时候讲得入迷了就是几个钟头。那个时候，她就仿佛又回到了祖父在乌拉尔的庄园。

时间总是匆匆而过，转眼间，尤拉、米沙、托尼娅已经要上大学了。尤拉学医学，托尼娅学法律，米沙学哲学系语文。在学校，尤拉的思想逐渐转变，他的观点和习惯都非常独特，感悟能力也非常强。他善于思考和写作，对事物有一种独特的见解。

有一天，安娜·伊凡诺夫娜躺在床边叫来尤拉和托尼娅，她一边咳嗽一边把他们的手拉在一起，用虚弱的声音对他们说道："如果我死了，你们不要分开，你们是天生的一对儿，你们要结婚，这就是我要对你们说的。"说完，安娜就大哭起来。

安娜病故以后，托尼娅成了外祖父财产的继承人，她与成为医生的尤拉结婚了。尤拉也成了日瓦戈医生，婚后生活十分幸福美满。

战争爆发在他们结婚后的第二年秋天。托尼娅为日瓦戈医生生了一个儿子，他刚从医院产房回到自己的医院。大家都忙着祝贺他，内科主任却带来了一个不好的消息："前线缺乏医疗人员，你要去闻闻火药味儿了。"

在前线，日瓦戈在医疗队工作。儿时的朋友米沙来探望日瓦戈医生，在村边告别米沙后，日瓦戈医生原本贴着墙快步往回走，但是一粒榴霰弹把他打伤，他浑身是血，失去了知觉。他被抬进了野战医院。

在这里养病期间，他遇见了她，拉利萨。当她走进病房时，躺在日瓦戈对面的病人加利乌林立刻认出了她，并且大声地说道："真想不到能在这里见面，拉利萨·费多罗夫娜。我和您的丈夫巴沙在一个团。我和他很熟悉。"后来的交谈中，拉利萨知道自己的丈夫牺牲了，很悲痛。

在医院里，日瓦戈与拉利萨患难中产生了真感情。在日瓦戈的脑海中有两种思绪在转动：

一是怀念自己的妻子托尼娅、儿子和温馨幸福的家庭，好想回到过去的生活中去；二是渴望吸收新鲜的东西，用新的事物来填充自己的内心和生活。尽管他承认自己爱上了拉利萨，可是他很好地克制住了自己的情感，没有向拉利萨表白。

十月革命之后，他重返莫斯科，欣喜地见到了家里人，这还是他第一次见到儿子苏拉呢！他发现，周围的人全都变了样子。原本他熟悉的人们全都换了模样，就连好友米沙也不再像小时候那样受人喜爱了，相反变成了一个严肃的学者。他突然觉得自己很孤独，可是他并不怪罪谁。只有和舅舅的见面，让他有所期待。舅舅是个哲学家，平常也热爱文学创作，在舅舅的鼓励和影响下，日瓦戈成为了一位杰出的诗人和作家。

在莫斯科的日子，让他觉得并不是在自己的家庭而是在别人家做客。他感到失望、空虚，甚至希望人们停下来感受一下生活，不希望为了生活而拼命挣扎。战争结束后的一切都需要重建，人们的挣扎真令日瓦戈心里难过。

日瓦戈感染了伤寒，家境的贫瘠让他们再也无法忍受这艰苦的生活。于是他们全家决定搬到遥远的乌拉尔。当车到达尤梁津时，日瓦戈意外在车厢中遇到了焕然一新的斯特列尔尼科夫，他就是往日的巴沙，拉利萨的丈夫。很多人都以为他牺牲了，但其实他当时听说俄国发生了革命，早早地逃了回来。

他们下了火车，一同来到庄园，总管米库里十分冷淡，认为这是莫大的负担。日瓦戈急忙解释说：“我们决不会打扰你们的生活”。总管还算善良，也没怎么为难他们。往后的日子也还算平静安逸。

在这里，日瓦戈开始写一些杂记，有时间还去图书馆读书。在图书馆，他遇见了拉利萨，并且从她所借的书中记下了她的住址。没过多久，他就见到了正在挑水的她，经过这次邂逅，他们的关系比以前更加亲密了。

他开始欺骗自己的妻子托尼娅，可是这一切却扰乱了日瓦戈的心灵。他是那么爱着托尼娅，爱得那么热烈。假如有人敢伤害托尼娅的尊严，他一定会亲手把那个人给撕碎的。可是现在，那个伤害托尼娅的人正是自己。他常常问自己，可是却找不到答案，或许只能靠着奇迹的出现才能解决现在的问题。

奇迹出现了，他被一支游击队捉住，成了他们的医生。在被掳去的一年时间里，他睡在自己的帐篷里，他曾逃走过三次，都没有成功。在战斗中，他还救了一个白军小伙子。他开始思念自己的妻子和两个孩子。这次，他成功逃脱了。

面容憔悴的他来到商会大街的房子前，蓬头垢面地背着一个口袋，拄着拐杖走近正在看布告的人们。对面房子里的窗户上，有他熟悉而亲切的影子。可是，日瓦戈深信拉利萨不住在这里了。不过，既然到了这里，他习惯性地伸手向墙缝摸去。居然摸到了钥匙和写给他的一封信。信中说她早已知道他的到来，可是她急着出门，所以留下了钥匙。

他开心极了，先去街上理了个发，然后倒在拉利萨的床上睡着了。当他醒来的时候，发现拉利萨正俯身坐在她的身旁，他高兴得昏了过去。在拉利萨的精心照顾之下，他极度疲劳的身体很快就恢复了。

然而，过了一段平静而舒坦的日子之后，拉利萨却很不习惯这样无所事事的生活，提出要回到自己的家中去。日瓦戈没有劝阻她，随后拉利萨中了圈套，与日瓦戈真正的永别了。

告别了拉利萨，日瓦戈一蹶不振。在实行的新经济政策的初期，他来到了莫斯科。在这里，他才得知自己的家人被驱逐出境，去了法国。他们的财产不翼而飞。大家都躲着日瓦戈，以为他是个危险分子。

原来的仆人马尔克尔已经飞黄腾达了，在他的帮助下，日瓦戈住进了一间破屋子。马尔克尔的女儿玛丽娜成了日瓦戈的第三位没有手续的妻子，为他生了两个女儿，他决定在这平静的生活中继续下去。可是在一次上班的路上，他摔倒在地上，再也没有起来。

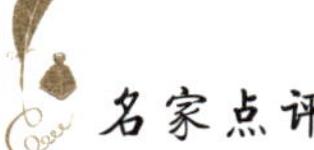

名家点评

帕斯捷尔纳克并不是专门为了革命而写的《日瓦戈医生》，但是书里却充满了那个革命年代的生活气息。

瞬息间是夜晚

1959［意大利］

Every man leans against the bosom of the earth, lonely exposed under the sunlight, and the split-second is night.

每一个人偎依着大地的胸怀，孤寂地裸露在阳光之下，瞬息间是夜晚。

【获奖理由】

为了表彰作者的抒情诗以高贵的态度表现出了我们时代生活中的悲剧。

名人小记

萨瓦多尔·夸西莫多（1901—1968）

千言万语，都不能诉说尽夸西莫多对西西里的热爱。家乡熟悉的气息、旋律、微风，就连尘土都透露着特有的魅力。

1901年，诗人出生在意大利西西里岛的莫迪卡镇，这是一座绽放奇彩的古典城市，有着地方独有的特色。不过，在诗人生活的年代，这里沦落为穷困、荒凉的岛屿。贫穷的生活给诗人的童年时代带来了不少的消极色彩。

他的父亲是一名普通的铁路职员，因为工作原因经常调动。夸西莫多也随着父亲频繁辗转迁移，在很多穷乡僻壤的小地方度过。西西里发生大地震时，诗人才七岁。经历了这次恐怖而残忍的地震，西西里在诗人的心中有了它深刻的悲苦和伤痛，那些死亡、废墟、贫瘠都深深地在诗人心中扎下了根。

可是，西西里岛的贫困却不能阻挡大自然的发展。这里每年的诱人景色都如约而至，让诗人在悲苦中有了那么一丝安慰。

夸西莫多的姑母十分热爱诗歌，经常给他朗诵但丁的史诗《神曲》，这在他幼小的心灵上埋下了诗歌的种子。后来，在一位神父的帮助下，夸西莫多阅读了大量的意大利古典诗歌作品、古罗马文学经典作品。

由于家庭经济拮据，他没能完成学业。但是他的知识修养和文学素养在文学界却是值得称赞的，这说明他确实非常认真、努力地学习各种知识。

他做过很多不如意的工作，五金店的店员、百货超市的会计等吃力不讨好的工作。生活的奔波、人生道路的迷茫、事情的变化莫测让夸西莫多的感情丰富了起来。他开始尝试创作诗歌，并且结识了“隐逸派”的元老蒙塔莱。

不久，夸西莫多凭借自己超凡的理解能力和领悟能力掌握了“隐逸派”的诗歌特征，开创了适合自己的诗歌风格，并且同蒙塔莱、翁加雷蒂并列成为了意大利最优秀的三位抒情诗人，“隐逸派”的文学代表。

在夸西莫多的诗歌中，我们可以读到一丝丝甜蜜的幸福，那是诗人对西西里的热爱和怀念，是诗人对童年的缅怀，也是诗人对故乡的赞美。

在饱尝了人间冷暖、天涯苦楚之后，他才发现自己是那样的孤独，只有在那熟悉的西西里，才能让自己安逸。只有那西西里的夜空点缀出来的星星才是最美丽的。美好的画面都在回忆中翻涌出来，好想将那低回婉转的诗歌谱成暖暖的曲子，在想念家乡的时候，哼唱上几句。

是哪条小河映出了繁星点点？是哪阵微风又吹起了记忆？西西里，郁郁葱葱的橄榄树丛、悠扬的牧人号角声、神秘的希腊庙宇、温馨的贫困村落。诗人总是想起，那些童年的光阴，故事还在重复，却已经不再是捎来丝丝细雨的那年三月。

孤独、向往、自由、哀怨、渴求，当这些情绪叠在一起，只有故乡这个温暖的港湾能稀释它。再也没有任何地方可以容纳这些，没有任何人可以比它更懂诗人。那既朦胧又真实的时光，只好化作一首首诉说心事的诗篇，在这月光里。

【精彩赏析】

当周围的微风又吹起，远处的炊烟又徐徐升起。熟悉的旋律、熟悉的夕阳、熟悉的气息，望着遥远的那一方，诗人又开始回忆了。

那遥远的地方便是诗人魂牵梦绕的西西里岛。童年生活过的天堂和地狱。快乐、悲痛，一切有所触动的感情全都随着印记留在了那些年月。

《瞬息间是夜晚》是诗人最著名的诗作之一，也是诗人本人非常欣赏的诗篇。这首诗写于 1930 年，当时西西里处于史称“黑暗的二十年”。这首抒情诗被收录在每一本选诗集中，1942 年，诗人更是亲自把他已经出版的诗集结集成卷，以这首诗的名字命名。

“每一个人，偎依着大地的胸怀，孤寂地裸露在阳光之下，瞬息间是夜晚。”短短四句话就把落日到夜幕的转折捕捉到了，而且意味深长。大自然让太阳落下了山，白天变成了黑暗；战争让心灵的快乐落下了山，幸福变成了孤寂。诗人通过这首小小的短诗，是在告诉我们，不是黑夜的来临才会让整个世界成为夜晚。当灾难降临，就算是在白天也会瞬息间转变成为夜晚。人们为这样的夜晚痛苦、悲伤。

可那毕竟是自己深爱着的西西里岛，就算那里被黑暗所笼罩，也不会影响诗人对家乡的热爱。他依然无法忘掉那里的一草一木、水和土，还有那延达里的风。

“延达里，我知道，你是那么脉脉温情，在巍峨、辽阔的山脉上，俯视娟秀的风神之岛，今天你蓦地闯入我的记忆，把我心底的奥秘窥探。”这就是那熟悉的微风，总是勾起诗人回忆的微风。微风是越过巍峨、辽阔的山脉而来的，是从那延达里传来的。空气中还残存在着延达里曾经的味道，深吸一口气，仿佛自己已经站在了曾经的延达里的土地上。

可是，这微风不能带来什么可以改变的东西。只是将诗人内心深处的情感激发出来，久久不能平静。

“我沿着雄峻的岩峰攀登，微风飘送松树的清香，令我醉魄销魂，远去了，冥蒙的烟雾里，悄然陪伴我的朋友们，远去了，喧嚣的声浪和纯真的柔情。”攀登上这雄峻的岩峰，微风就像现在一样从远处吹来，带着一股松树的清香。那味道使他如同喝醉了酒一般，简直就要丢了魂魄。可是那些美好的时光已经远去了，就连那些陪伴着自己的朋友们也已经远去了。其实远去的还不只那些要好的朋友，还有喧嚣的声浪、纯真的柔情。它们也是自己的朋友，一并远去了。

延达里，诗人最信任的地方，不在

这里的日夜，诗人只好暗自神伤。他热恋延达里多姿的美丽，是它让满怀阴冷寂寞的诗人找到了避风港，是它把几近绝望的诗人的心灵救活。他说："你的婉约多姿使我倾倒，我曾领略离情别绪的缠绵，阴冷与寂寞的凄惶；你曾是温暖我的避风海港"可是"离别却把心灵的热焰熄灭"，在陌生的城市，诗人再也找不到那种快乐和温暖了，"在你陌生的地域，我日夜沉浸于忧伤。"

无奈之下，诗人只好用诗歌来诉说自己心中的苦闷，可依然离不开想念的家乡延达里。"在黑夜的帷幕下，探进窗棂的月光，浴着你姣美的容华。"夜幕降临，皎洁的月光照进了窗棂，洒在延达里姣美的身体上。它就像是一个美人儿，与诗人相恋。可是，"我竟不能在你的怀抱里，消受爱的欢情。"如同两个相恋的人，因为距离及种种原因，不能够在一起，在最需要爱的日子里，却只能享受孤独的残忍和嘲笑。

漂泊在外确实是一种辛酸的旅程，没有往日甘甜的宁静，只有畏惧和奔波。"可它今天已化作，对死亡过早的畏惧，爱是抵御忧伤的盾牌，黑暗中声声轻盈的步履，你给我留下了，细细咀嚼的苦涩的面包。"爱是抵御忧伤的盾牌，可是盾牌也有被刺穿的经历，爱就被忧伤给刺痛了。家乡带给诗人的是梦，是期待，是一种无法言语的精神支持。

"明媚的延达里又显现在我眼帘，真挚的朋友把我的梦幻惊醒，邀我从峭崖上饱览美景，我佯装提心吊胆，亲爱的朋友岂能理解，是怎样的风令我黯然神伤。"如今，明媚的延达里就在眼前，可是诗人却怀念着过去的它，幸好同行的朋友把他从梦幻中叫醒，邀请他去那峭崖上饱览延达里的美景。只是诗人心怀不定，黯然神伤，不能好好欣赏一番美景。假装怕被美景吞噬一般的提心吊胆，他的朋友又怎么能理解他对延达里存在的那份感情呢?

诗人重归故乡，已经是很久以后了。诺沃那广场上已是夜色茫茫，诗人独自躺在石凳上，有一种说不出的凄凉。不知道是寒夜透过石凳侵入人体的凉，还是由心灵渗出的凉，总之一阵忧郁的心情又开始四处寻找相匹配的事物了。他清澈的双眸正盯着漫天的繁星，似乎这也是一种安宁。

“小时候，我也曾在普拉达尼河滩上，观赏这闪烁的星星。黑暗中把祷词诵吟。”小时候，诗人也在故乡观赏漫天闪烁的星星，可是如今，心情却变化了。“踏着记忆的足迹，我又回到阔别的故乡：那薰衣草、桂竹、生姜，依然晾晒在席上，散发出一阵阵芳香。”追寻着记忆，诗人又踏上了这片阔别已久的土地。这里的一切都是那么熟悉，薰衣草、桂竹、生姜依然规规矩矩地被摆放在席子上，散发出一股久违的芳香。

那时，诗人和妈妈就坐在角落里，躲在阴影中。多么想再把那“浪子回头”的故事讲给妈妈听，这个故事默默地伴随着诗人，驱走了徒劳无用的岁月。终于回来了，可是童年却流失在岁月中一去不复返。

那年，向往自由的诗人毅然决然地在黑夜匆促离开了家乡。那是他年少无知的行为，是不负责任的行为。甚至，都没有安慰一下慈爱的妈妈，他说:“我怕拂晓时妈妈凄楚的眼泪。”可是，生活的道路，赋予了诗人诗与歌。“那丰满的麦穗，那洁白的花朵点缀的橄榄园，那浅蓝色的亚麻花、水仙花。”这些都是诗人笔下的诗篇，都是值得歌颂的美景。当然“更有那西西里的夜，乡间小道尘土飞扬，辗转的车轮发出寂寞的音响，赶车人悠然哼着小调，摇曳不停的马车。”这些事情，在很多人的眼中，看起来很普通。可是，这些都是诗人珍藏的至宝。

再次想起从前，才发现自己没有珍惜的还是美好的童年和过去平静的故乡。只是，时过境迁，那美景依旧，诗人却不再是当初的自己。

名家点评

夸西莫多绝非唯一深受其祖国和同胞苦难所影响的意大利诗人，但这位西西里岛的诗人，以其阴郁而多情的热忱，发出了特殊而深具个性的音调。

雨

1960 [法国]

Wash the polyester strong violence who sorrow in front of the hole, sweet face wash polyester strong storm initiates hole, because their way is narrow, facing not protect evening their .

洗涤强暴者们忧愁的面孔，洗涤强暴者们甜蜜的面孔吧，因为他们的道理是狭窄的，他们的寓所朝不保夕。

【获奖理由】

作者那振羽凌空的气势和丰富多彩的想象，将当代升华在幻想之中。

圣·琼·佩斯（1887—1975）

继夸西莫多获奖之后，人们又开始讨论新一轮诺贝尔文学奖获得者。往届诺贝尔文学奖的获得，不论是作者本身的名气，还是作品受欢迎的程度都必然已经达到了一个高度。这一年，人们开始关心谁会成为1952年法国作家弗朗索瓦·莫里亚克之后新的法国作家。就连莫里亚克本人也加入了谈论的行列，他说："一个作品艰深难读，对大众毫无影响力或者影响力极小的法国作家，断无可能成为新的诺贝尔文学奖得主。如果我说错了，我将会很高兴。”

看得出来，莫里亚克非常希望那些没能受到重视的文学宝藏被挖掘出来。万幸的是，1960 年的诺贝尔文学奖以“那振羽凌空的气势和丰富多彩的想象，将当代升华在幻想之中”为由，颁给了法国诗人圣·琼·佩斯。

佩斯有两个身份，一个是诗人圣·琼·佩斯，另外一个是外交活动家阿莱克西·莱热。他出生在法属西印度群岛中的瓜德罗普岛上，那里风景秀丽，气候宜人，佩斯从小就在这热带风光中长大，自由自在，十分惬意。但是，由于地震和经济危机，他们一家不得不搬到法国居住。

后来，佩斯考入大城波尔多攻读法律学。他的最初目标是打算当一个法学家；另一方面，他也十分热爱文学，早在十七岁的时候，他就发表了自己的处女作《给克鲁索埃的画像》。

1914 年，他通过了外交考试，加入外交部，开始了职业外交官的生涯。1916 年来到中国担任驻华法国大使馆一等秘书。这一来就是七年。1921 年回国的时候，他已经在中国写好了一部诗集《远征》，这部诗集在 1924 年出版，让佩斯得到了广泛的关注。

和以往的获奖者不同，佩斯是毛遂自荐的。他深信自己的文学创作会给法国文学界带来贡献，并且为此而认真努力着。

在社会上，他以阿莱克西·莱热的身份为世界和平做出了卓越的贡献，在两次世界大战中更是参与了许多重要的外交活动。1936 年，他反对维希政府与法西斯政府的妥协。1940 年，由于德国军队的入侵，他拒绝与之合作，逃到美国。这件事导致他被维希政府取消了法国国籍并且没收了全部财产，在巴黎的东西被洗劫一空，手稿也丢失一尽。

彻底结束外交生涯的他，又重拾文学创作。在美国担任国会图书馆文学顾问期间，他开始创作诗篇。《流亡》《雨》《雪》等诗集陆续出世，也让人们深刻地认识了这个优秀的外交官、才华横溢的诗人。

这个以“诗人的诗人”著称的佩斯，其实相对于其他同等高度的文人来说，是低调的、不受关注的。就连他去世也没有引起广泛的关注。可是他的诗集，确实成就了他，弥补了文学殿堂的一角。

1960年的颁奖也证实了瑞典学院并非只关注那些手捧的文学作品，而是所有优秀的作品。

内容梗概

面对总是让人失望的世界，人们还是希望能有一次盛大的洗礼来重新开始。可是，就算再怎么期待用超自然现象去解决所有的难题，也不会存在奇迹。诗人看够了虚假和争夺，看够了肮脏与狭隘，他期待能有一种力量将一切毁灭，再重新开始。

这就像凤凰涅槃重生，只有毁灭才会以重生。但是诗人很善良，不想以这样的方式来换取新的世界和生活，因为他知道，毁灭必定带来无限的痛苦，那种痛苦是不会随着毁灭而离开的。于是，他选择了雨，就让雨带着上帝恩赐的力量来洗涤人间吧，宛如一曲镇魂的挽歌。

【精彩赏析】

我们的道路总是数也数不清，每天都需要做选择、做打算。可是，或许明天这些选择、这些道路又改变了方向。我们的住所也漂泊不定，就算祖先们的生活无比惬意，到了我们这一代还是要重新奋斗。

诗人佩斯明白，只要某种东西还在，世界就会一直这样下去，而我们就会一直不得安宁。就算是安宁了一世，我们的下一代、下下代还是会受到阻碍。那就用雨水来洗刷尽那些所谓的“东西”，为生活变得更美好而努力吧！

所谓的“东西”到底指什么呢？诗人说：“你，在早晨的清水中洗涤死者的女人，大地丛生着战争的荆棘，也清洗那些活人们的面孔吧！”转瞬间，“雨”竟然成了诗人请来的救世主。佩斯站在这位“救世主”的身后，指着每一个需要洗涤的“东西”。

战争其实对于人类来说，就是毁灭性的，比天灾还残忍。无辜的人们死于战争，妻离子散，阴阳相隔。雨啊，请你洗涤战士们的女人吧，让她们不那么伤痛，也洗涤那些活着的人们，让他们在惶恐中找到安慰。

这都是强暴者犯下的错，但请不要怪罪于他们，“因为他们的道路是狭窄的，他们的寓所朝不保夕。”他们其实也是某种意义上的弱者，作为“救世主”其实应该怜悯他们。“洗涤强暴者忧愁的面孔，洗涤强暴者甜蜜的面孔吧。”把他们从罪恶中救起，洗涤他们的邪恶，归还善良与美德吧！

雨啊，洗吧！去洗涤更多需要你的人，他们无所不在，所有人都需要你啊！“洗涤那强者筑起的石坛，那些没被泪与梦的趣味玷污的人，那些没有在白骨森林的军号声将自己除名的人，在他们的力量庇护下，端坐在大桌子前，在为强者筑起的石坛上。”请洗涤那为强者筑起的石坛上的污秽，洗涤那些被泪与梦玷污的人群或者梦幻这样低级趣味中的人群，洗涤那些在战场上，迎着军号声在一堆白骨中逃跑的人群，让他们更洁净。让他们也

都变成强者，在他们的帮助下，个个都变成强者。

“洗去头脑中的怀疑和步履上的审慎，洗去怀疑和步入幻界的稳重。”这一次，雨水可能要下上几天几夜才可以，因为它要洗净每个人身上所有的污秽。不管你是德高望重的老者，还是趣味高雅的艺术家，又或者是风度翩翩的君子，都会有错误的地方。成见、轻狂、有色眼镜，这些也一并洗涤了吧！“洗去善良的人们眼中的阴翳，洗去深思熟虑者眼中的狭隘，洗去趣味高雅者的有色眼镜，洗去风度翩翩者眼里的轻狂，洗去德高望重者眼里的成见，洗去有才能者眼中的轻蔑，洗去大师和资助者眼前的鳞片，洗去正人君子和显贵们的眼翳，洗去持重谨慎者的鼠目寸光。”

诗人仿佛已经看到了雨水冲刷走污泥的情景，听到了雨水如瓢泼般洗涤的声音，闻到了雨水带来的阵阵新鲜的气息。心中一股快意！继续去洗涤吧，神圣不受玷污的雨水。“洗去伟大的说情者心中的好意，洗去伟大的教育者额上的道貌岸然，洗去公众嘴边话语的污秽。”有些人，假仁假义，表面上看着是好心人，其实心中不知道打着什么样的算盘。只要这些人存在，生活就不会太平。他们鼓吹美德，提倡自由，可是自己却有着另外的想法。谣言、真相都是从他们口中说出。这些人，我们分辨不出来，就请“救世主”替我们解救他们吧。

那一双双犯过罪的手，隐藏在最深处不让人们看见。可是，既然犯过错，就该被洗涤。“救世主”一定看到了那些法官和官僚们暗地里偷拿贿赂的手，看到了杀死腹中孩子的妇女裹尸体的手，看到了操纵者掌控梦想者的下流的手。所以，一定会洗涤这些的。当然，“救世主”也会“洗净那些残废或者盲人的精美的手”，让他们在生活中得到些许的安慰。

“洗净那回忆的高桌上人民的历史”，那些官方的巨本的年鉴、教会的编年史、科学院的公报、圣旨和宪章、第三世界的备忘录、盟约和联合协议都是为了迷惑人民所运用的道具，那一切用牛皮羊皮纸写成的文件，究竟有几个是真实的真相？还不如一并洗涤了！不要“洗净收容院和麻风病院的墙壁的颜色，洗净旧象牙和骡子的老牙上的颜色。”

这场大雨，洗涤了人们的面孔、眼睛、嘴巴、双手这些经常犯罪的地方。可是，表面的干净，不足以改变整个世界，还要把人们的心灵彻底地清洗。

“洗净人们心灵中美妙的言辞，最美的格言，最美的段落，最讲究的句子，最佳的篇章。”这些心灵中最美的言词会把他们变得浮华、虚伪，人们应该是纯洁得不带一丝杂质。对赞歌和哀歌的嗜好也要洗涤，对田园诗和回旋诗的偏爱也要洗涤，对简洁典雅的文体和矫揉造作的文体的喜爱也要洗涤。

最后，把梦想之床和知解之褥在没有拒绝的人的心中洗涤，在没有厌烦的人的心灵中洗净。诗人愿意把世界还原，把好的坏的全部洗净，重新开始。这样，人们就没有了欲望，没有了罪恶。

这“雨”是馈赠给我们最好的礼物啊，是理性的恩典！

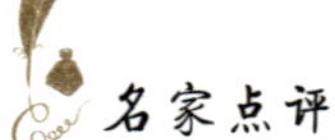

名家点评

他那风格逼真、无限华美的叙事诗是知性的需要，他的隐喻借鉴于所有流派、所有时代、所有神话、所有风格，正因为如此，他的叙事诗使人联想起那些流泻出和谐音乐的海贝。

德里纳河上的桥

1961 [南斯拉夫]

Delhi's river in partial swept in the mountains of the valley and spread, in the blue jet stream across the black under the circumstance of the cliffs and place, stands a magnificent 11 holes in.

德里纳河大部分在崇山峻岭的峡谷和深涧中流动，在那青色的急流穿过黑色的峭壁奔泻而下的地方，矗立着一座壮丽的十一孔大石桥。

【获奖理由】

作者以史诗般的气魄，从祖国的历史中摄取题材，描绘国家和人们的命运。

名人小记

伊沃·安德里奇（1892—1975）

1961年，安德里奇荣获诺贝尔文学奖。从此，这位为波斯尼亚和南斯拉夫各民族赢得世界性荣誉的文学家被载入史册。他的小说成为了当代世界文坛上最受欢迎的作品之一，被翻译成四十多种文字，在世界许多国家出版发行。作为第一位南斯拉夫、巴尔干半岛诸国的诺贝尔文学奖获得者，他的心中有着说不清的欢喜。

同佩斯一样，安德里奇也是一位杰出的外交官。他的文学创作大部分都是在他从事外交工作期间完成的。作品大多反映波斯尼亚人民的生活和土耳其侵略者的残暴，展示了各级阶层人民在反对残暴的生活中，坚强的波斯尼亚人的勇敢和无畏的斗争精神。

安德里奇两岁时，父亲就去世了。他随着母亲一起来到姑母家，小学在维舍格勒城就读。该城旁边的德里纳河上的十一孔大桥上的种种传说和故事培养了幼小的安德里奇丰富的想象力。《德里纳河上的桥》就源于作者对这座桥的尊敬和幻想。

二十岁时，安德里奇参加了反对奥地利占领的民族解放运动和“青年波斯尼亚”组织。这个组织里面有个赫赫有名的小伙子——普林希普，他是刺杀奥匈帝国皇储斐迪南大公，引发第一次世界大战的人物。因为这个关系，第一次世界大战爆发的夏天，安德里奇受牵连入狱，后来被流放到泽尼查附近，饱尝了人间疾苦。

出狱后，他进入奥地利的格拉茨大学就读法律专业，并获得了博士学位。随后，他进入南斯拉夫新政权外交部工作。然而，身为高级外交官的安德里奇却从未忘记过文学创作，他的作品大部分都是在这一期间创作的。

第二次世界大战开始，他不再干涉政治和战争，专心从事创作后来被称为“进入世界文学之林的杰作”的三部长篇小说。因为对当时形势的失望，他只表示自己不会参加任何社会活动，不管是新作品还是旧作品，都不会拿去出版。安德里奇还说：“从感情和抉择上来说，我站在人民及其进行的解放斗争一边。”

南斯拉夫的解放可以说令全世界人民都感到高兴，被长期侵略和剥削的故乡终于解放了！这让安德里奇感到欣慰，他立刻将自己创作的《德里纳河上的桥》和《来自萨拉热窝的女人》两部小说的手稿交给了出版机构。不久，《特拉夫尼克纪事》也问世了。

他以自己坚韧的外交力量，使弱小的南斯拉夫备受关注，他以自己认真的文学素养，让低调的民族文学瞬间高傲地进入世界文学的丛林。可以说，是他让南斯拉夫的文学死而复生，是他让整个世界为南斯拉夫鼓掌。那一年，全世界的荣誉都属于他。

这座桥，承载了太多太多。四百年的历史纠葛，几代人的分分合合，数场民族间的血雨腥风。它看在眼里，痛楚、开心、惋惜，却闭口不谈。不是它不想倾诉，而是它怕触动。

德里纳河上的桥，坍塌在绝望中。它与当地的人民生活紧密相连，它的坍塌证明了人民的生活陷入了绝望。

壮丽而伟大的桥，是看得见摸得着的时光轴，是真实存在的伤痛。它的存在，成了南斯拉夫人民所有的历史记忆。

【精彩赏析】

安德里奇生活过的维舍格勒城，有一条在崇山峻岭的峡谷和深涧中穿流的德里纳河。在那清流穿过黑色的峭壁奔泻而下的地方，矗立着一座壮丽的十一孔大石桥。这座桥的构造考究，外形美观。它是村民们生活的必要通道，是连接波斯尼亚到塞尔维亚、奥斯曼帝国乃至整个欧洲的必经之地。关于这座大桥的修建和变迁，有很多神奇的传说。因为只要人们一谈到维舍格勒城，还有在这里世世代代生活的居民历史，就必须要谈起这座十一孔大桥，就好像它就是历史的见证人。

1516 年某天的上午，一队人马经过这里，后面还跟着一群人。被带走的都是被奥斯曼帝国征集的基督教徒儿童，也就是“血贡”。后面紧跟着的是这些孩子们的父母或者亲戚。他们三三两两，上气不接下气地紧随在后面。因为这些再也不会回来的孩子，将要被带到异乡，给他们行割礼，皈依伊斯兰教。很快，他们就会忘记自己的宗教信仰、故乡和自己的家庭。他们会终身在土耳其、苏丹的禁卫军服役，或者被提拔到更重要的机构任职。

土耳其军官用皮鞭赶走那些家属，可是他们不一会儿又会走近。他们痛不欲生，就像送殡一样号啕痛哭。可是，路途漫漫，他们的体力不如那些凶残的土耳其军官，渐渐地停了下来。于是，他们就木然地坐在地上，忘记了周围的一切。一位十岁的孩子作为“血贡”从他的家乡苏科罗维契附近的村庄被带到这里。在他的脑海中，第一次闪过了关于这座大桥的初步构想。

若干年后，这位小孩子成了苏丹宫廷中最果敢的青年军官，又升为海军大将军，当上了驸马，成了世界著名的军事家和政治家。在他指挥的多次战役中，绝大部分取得了胜利。晚年，他又当上了宰相，权利和势力大得难以想象。

然而这些年，维舍格勒城的德里纳河渡口却不如他的人生道路景气。这里两岸荒凉，有很多冻得发抖的旅客，破旧不堪、划得很慢的渡船，更有那浑水上空啼饥号寒的昏鸦。可能这一切在他的脑海中没什么印象了，不过最近胸口的剧烈疼痛，让他想到了这个根除痼疾的唯一方法，就是消灭那遥远的德里纳河上的渡口。因为那里的贫穷和不便越来越严重。

根据他提出的命令和资金，德里纳河上的建桥工程便开始了。他派来的官员和随从很快就出现在维舍格勒城，这让当地的基督徒感到恐惧和不安。领导建桥的阿比达加是个心狠手辣的家伙。他把这里的平民都抓了起来，毫无报酬，遥遥无期地工作。他给这个小城带来了看不到头的灾难。

这些平民中有一个乡民叫拉迪斯拉夫，鼓动人民起来反抗，他说："这个工程会把我们的命断送。我们这些穷光蛋、基督徒需要什么桥？土耳其人才需要桥呢！我们趁着黑夜，把那已经造好的部分尽量捣毁，然后说是河神毁掉的。"

破坏大桥工程的事故把阿比达加惹怒了，巡逻队长在第三天晚上，抓到了正打算把工地脚手架破坏掉的拉迪斯拉夫。人们看着残暴的阿比达加命人把粗壮的尖头木桩钉进拉迪斯拉夫的身体里。对于他们来说，没有比这更有威慑力的了。

春回大地，阿利夫贝接替了阿比达加的工作，他是个和颜悦色的军官。他一来，强制性的劳动马上就取消了，工人们还能得到一定的报酬和食物。因为待遇和生活条件的改善，工人们的工程进展迅速，大桥旁边还有了旅店。五年之后，一座完美无瑕、富丽堂皇的十一孔大石桥赫然出现在了人们眼前。

一百年过去了，这里早已物是人非，只有那座德里纳河上的桥不减当年的雄姿。维舍格勒在十八世纪的最后一年里，经历了一场有史以来最大的洪灾。这场灾难毁灭了很多人和物，恐惧也残留在人们的脑海中，可是德里纳河上的桥却安然无恙。

十九世纪初，塞尔维亚爆发了一场起义。起义军直下维舍格勒，这座大桥显得尤为重要，因为它是来往于波斯尼亚和塞尔维亚之间唯一的可靠交通要道。起义军被击溃之后，地方又恢复了平静。嗜血成性的土耳其刽子手随便抓了两个无辜的人，并且结束了他们的性命。他们的头颅被挂在碉楼旁新立的长木杆上。被斩首的时候，鲜血就溅在大桥的石头上。

从此，这里成了通向死亡的道路。凡在边区地带或者桥上被捕获的起义人员和可疑分子，全部抓起来审问，很少有生还的希望。人们开始觉得这座大桥带着一股阴气，路过时总是低着头匆匆地过。

几十年过去了，土耳其帝国就像是得了慢性病一样逐渐衰弱了。在此期间，萨拉热窝发生了两次瘟疫和霍乱。不过灾难只是暂时的，它会过去，最后被人们所遗忘。可是，不管时光怎么变，不管人类生活中有多少悲欢离合，这座桥依然如故。千秋世事从那桥上掠过，就像潺潺的流水在桥下完美的桥孔中流过一样。

这一年，加比亚台发生了一件从未发生过的事情。这件事情被传到大街小巷，震动了全城。事情是这样的：一个名叫花妲的姑娘，长得姿容俊俏，遐迩闻名。当时不少男子都倾心于她，甚至还流传了那么一首歌颂她美丽的歌曲。可是，她太出众了以至于没有人敢追求她。终于，有一位富商家的独生子鼓起勇气来向她求了婚。但她并不是贪财的人，所以拒绝了他。

可是她的父亲却因为金钱答应了那个独生子。这个如花似玉的姑娘充满了痛苦的深情，在一个月后，迎亲队伍经过大桥的时候，她如飞燕一般身体轻盈地纵身跳入了大河。这位美丽无双的少女就这么成了传说。

19 世纪 70 年代，奥地利人取代了土耳其人，以一种文明的方式占领了小城和大桥。一列列运载着过去从未运过的食物、衣服、家具、工具等军需品的火车来回穿梭。时间慢慢流过，这里的外国人与日俱增。那些外国人不慌不忙、不使用暴力也不强迫谁，就这么潜移默化地把市容、风俗、习惯等方面改得天翻地覆。可是，并没有人出来阻止他们，也没有理由反对他们。

在居民们的眼中，他们所做的一切小事都是毫无意义的。比如丈量一些荒芜的土地、检查粪坑和阴沟、检查牛马的牙齿等。

各区区长被召集到市政府，然后聆听新颁布的命令。起初，大家觉得自己的自由受到了限制，或者觉得自己的义务又增加了。可是，时间长了，他们也就习惯了。不久，这里就变了模样，外国人把树木砍了，又种上别的新树，他们修道路、挖沟渠、建筑公共房屋，他们把别人不能理解的工程一个个地完成了，使这座城市的市民感到越来越惊奇。

新当局还在城里安装了照明设备：街道和十字路口的绿杆子上都挂着路灯，包括加比亚台和大桥上也被安装了这种照明设备。闪烁的灯光刺激了喜欢在黑夜里唱歌聊天的人，有好几次灯被砸得粉碎。但是，时间久了，人们就习以为常了。

新当局还整顿了加比亚台上的清洁卫生。人们破天荒地看见妇女也来到了这里，就连政府官吏的妻子和女儿也喜欢在台上聊天。这里的欲望在燃烧，毕竟过去从没有一个女人敢坐在台上闲聊。人们开始对那些闲极无聊、放浪形骸的女人看不惯，但是很快，就像习惯路灯一样习惯了这些女人。

每个人都开始觉得周围的生活变得宽阔、自由、多样化。首先，军队、宪兵队、官吏、商人都开始进入这里，人们开始砍伐森林卖给外国承包商、工程师和工人。这倒是给了百姓们赚钱的好机会。

第一座酒家建起来了，人们都叫它“罗蒂卡酒家”。这是个叫罗蒂卡的女人开的酒家，她年轻貌美，是个犹太寡妇，每个去她那里的顾客都瞩目于她。为了得到她的青睐和满足自己的私欲，那些纨绔子弟在酒家花了不少钱，也浪费了不少时间。他们把她称为仙女，千方百计地讨她的欢心，可她总能使他们每个人和她保持必需的距离，从而激起人们更多的欲望，她的身价也被抬得更高。那些年，她确实因此赚到了不少钱。同时，她慷慨大方，经常救济乞丐和病人，还有一切可怜的人家和亲朋好友。

新世纪的到来，人们感到更加的幸福。1900 年，承包商和工人开始筹划为这个城市进行引水工程和建造铁路工程，人们开始兴奋在铁路带来的方便当中。八年后，形势却开始动荡不安，一股阴霾的气氛笼罩了这座城市。由于物价开始上涨、经济不稳定，人们开始越来越多地谈论政治。

维舍格勒很快成立了民族党派以及穆斯林宗教组织的分支，萨拉热窝还创办了报刊，这些报刊也运到了维舍格勒。书报阅览室和宗教合唱团也纷纷建立起来。年轻人开始谈论一些别人听不懂的问题。他们还相互阅读小册子，上面写着“何谓社会主义？”“八小时工作，八小时休息，八小时学习”“世界无产阶级的目标和道路”等，他们的民族主义越来越强烈。

夜里，罗蒂卡还亮着灯。二十多年来，每次感到疲惫的时候，她都会躲在这里清静。她已经老了，不再是那个受欢迎的美少女了。如今，酒馆的生意也变得冷清，卑鄙龌龊的戴尔迪克在白杨树下开了一家妓院，很多顾客都去了那边。罗蒂卡叹息世道完全变了，社会秩序、法纪都不存在了，想要规规矩矩地挣钱是不可能了。可是，她的股票交易并不比她经营酒馆好，她总是拿着《维也纳行情周报》痛哭一场，后来忧思成疾，得了神经衰弱症。

1914 年，这是德里纳河上的桥存在的最后一年。这一年夏天，第一次世界大战爆发，灾难很快席卷了整个世界。在这场灾难中，德里纳河上的桥被全部摧毁。阿里霍扎是大桥被摧毁的见证人。那天，大桥笼罩在一种异常静寂的氛围里，自从奥地利向塞尔维亚宣战开始，还从未这么安静过。

很快，阿里霍扎也同大桥一起被毁灭了。所有的美好变成了一种震耳欲聋的声音，一切都连根拔起。他想呻吟，可是发不出声，他似乎听见下面有人在唱歌。那是被炸成两截的大桥、惨不忍睹的大桥，在桥孔之间有了一道长达十五米的豁口。被切断的桥孔两面对望，永远也无法愈合。

名家点评

安德里奇对人类怀着极大的关注与挚爱，拥有一系列具有高度原则性的写作主题。

愤怒的葡萄

1962 [美国]

If a disaster, you get into difficulties, or wronged, you went to the poor. In addition to the poor, who also can't help you difficulty.

你如果遇到灾难、碰到困难或者受了委屈，你就去找穷人。除了穷人，谁也帮不了你的忙。

【获奖理由】

通过现实主义的、富有想象的创作，表现出蕴含同情的幽默和对社会的敏锐的观察。

约翰·斯坦贝克（1902—1968）

1962年诺贝尔文学奖获得者约翰·斯坦贝克被公认为是二十世纪美国最重要的作家之一。他的作品以社会底层人民为主人公，通过丰富的想象创作，幽默的方式表现出对社会的敏感观察，对后来的美国文学乃至世界文学的发展起到了重大的影响。

约翰·斯坦贝克出生在加利福尼亚州的小镇，父亲是一家面粉厂的主人，母亲早先做过教师。在母亲的影响下，斯坦贝克从小就对书籍和写作产生了浓厚的兴趣。学生时代的他，很早就研读了国内外世界著名的文学作品，受益颇深。因为他的学识渊博，中学时代便开始为中学的报纸写文章。

生性好动的斯坦贝克并不是每天都在读书和写作。他常常帮助家人在农场里干活，或者去加利福尼亚州的山岭谷地中游玩。在生活的乡村和牧场，他养成了对大自然、田野和农民的浓厚的感情。这些地方的美景深深地印在他的心里，成为了后来他小说中经常出现的背景。

斯坦贝克毕业于萨利纳斯中学，随后进入加利福尼亚州斯坦福大学深造。但这个时候的他已经不能乖乖地待在学校里了。他时常辍学出去打工，当过农场工人、修路工人、木匠、画匠等，在他从事这些体力劳动的同时，接触了大量的劳动人民，这为他后来的文学创作积累了丰富的素材。

他无心向学，由于长时间离开学校去干活，在毕业的时候并没有拿到学士学位。他决定当个作家，并且认为纽约是个让自己起步的好地方。在纽约，他做过很多工作，甚至还当过记者。可是，没过多久，他就返回了自己的家乡加利福尼亚州，投身到自己的创作中去。

在自己的家乡，他以为生活会更好一些，抱着这样的念头他开始努力工作。在这里，他做过牧场和农场的雇工、当过学徒、搬运工、油漆匠等，接触了很多社会底层的人民，并且熟悉人们的思想感情和日常生活。

1929 年，斯坦贝克发表了第一篇长篇小说《金杯》，而后又发表了《天堂牧场》《献给无名神》，可是没有引起人们的注意。直到 1935 年，他的短篇小说《托提那公寓》的问世，才让这个执著于文学的作家得到关注。

1962 年，在全世界人们的瞩目下，斯坦贝克欣然地接受了这项荣誉。他说：“诺贝尔文学奖和我此时站立的讲坛名闻遐迩，因此，我不应该像一只感恩戴德的老鼠一样，吱吱地抱歉不休，而应该像一只雄狮那样，为自己的职业及长期以来从事这一职业的伟人和善者发出吼声。”

二十世纪三十年代，美国陷入了经济恐慌期，大萧条时代让农民成为牺牲者。他们破产、逃荒、争斗着，在处处可见惊心动魄的社会背景下，艰难地存活着。

约德一家背井离乡，从老家逃荒到加利福尼亚州。他们梦想着能在加利福尼亚州过上美好的生活。可是一路上，贫困为难着他们，他们从那些流浪者的口中得知加利福尼亚州并没有想象中的好，甚至还不如自己的家乡安逸。流浪者们宁可死在自己的家乡，也不愿再在加利福尼亚州待下去了。不知不觉中，他们开始从破产的农民向工人阶级觉醒。

【精彩赏析】

1937 年的秋天，作者斯坦贝克跟随着俄克拉荷马受苦难的农民流浪到加利福尼亚州。沿途中，他目睹了流浪的农民在贫穷中的苦难，这是绝境般的生存条件。

这件事深深地触动了他的内心，突然感到自己过去写的书是那么的“拙劣、渺小”。这里“有五千户人家快饿死了”！作者忽然觉得自己应该写一部小说，来深刻地描写农民的悲惨遭遇，做他们的发言人。

这部小说以美国南北战争期间著名的歌曲《共和国战歌》中的歌词“愤怒的葡萄”为题目，表现了作者想用一种新鲜的方式来突出美国社会的灾难。

主人公约德是个杀人犯，年纪轻轻就在监狱里待了几年。这天，一辆红色的运货汽车停在路旁。一个徒步旅行者走过来对司机说：“能让我搭一段车吗？我这光着的脚丫子都走累了。”

这个赤脚的旅行者就是刚被放出来的约德。在路上，约德和司机聊起天来。他告诉司机：“我叫约德，不瞒你说，我曾经在麦卡勒斯特坐过牢。因为我误杀了一个人，被判了七年。由于我在里面表现好，所以坐了四年就被放出来了。”司机冷漠地看着约德，对他说：“你的事情我根本没想知道，我只想管好自己的事情。”

在返回俄克拉荷马的路上，约德见到了好朋友凯绥牧师，凯绥对他说：“我现在不常布道了，因为现在的人们都不太相信圣灵了。更糟糕的是，我也有些不信了。”他们来到约德的老家，这里的人已经走掉了，这座房子也撞塌了，家里的人不见了踪影。正在约德焦急的时候，邻居慕莱走过来解释道：“他们都在你约翰伯伯家里。”原来，这几年村子里穷得吃不上饭。庄稼地的主人把田卖给了地产畜牧公司，用拖拉机把这地上所有的佃户都赶走了。

来到约翰伯伯家，约德一家团聚在一起，大家百感交集。老约德告诉儿子，家里的东西全部变卖了，买了一辆旧卡车，他们准备去加利福尼亚州谋生。妈妈对他说：“我希望加利福尼亚州的一切都好，人家散发的传单上面说那有很多工作，工资也高，好处多得很。报纸上还说人家需要有人去摘葡萄、橙子和桃子呢！”

准备完毕，约德一家包括父母、祖父母、伯伯、弟弟、妹妹、妹夫和牧师凯绥挤在破旧的卡车里向西部出发了。车上的人往后看去，屋子上的烟囱正冒出微微的炊烟。远处的太阳渐渐红了起来。卡车驶进公路向着西部，在尘沙之中慢腾腾地开走了。这条路上，逃荒的人川流不息，有的人单独开一辆小车，也有的是一个小车队。他们都沿着这条66号公路行驶，到了晚上就停下来歇会。这是自由的国家，只要有钱，想怎么自由就怎么自由。

车上的人都憧憬着各自的美好：大弟弟想去西部讨个漂亮老婆，妹夫对妹妹说打算买辆车，爸爸妈妈则希望一家子不要拆散。旧卡车还在不停地行驶，爷爷似乎受不了这颠簸，挣扎了一会儿，全身筋肉都开始抽动。忽然，他就像是被什么重物打击了一样，发出了刺耳的声音，最后停止了呼吸。

车上的男人们开始烦躁不安，因为按照法律，要是去报丧的话，要收取四十元的葬费，否则就要像叫花子一样处理。但是他们身上只有一百五十元钱，如果拿出来四十元的话，就不能到达加利福尼亚州了。于是，他们草草地将爷爷埋葬了。

沿途都是西去的移民，但是在客店的时候，他们遇见了一个衣衫褴褛的流浪者。他说："我是回来挨饿的，我宁可回到家乡来饿死。"

爸爸惊奇地问道："你怎么这样胡说？我们有一张宣传单，说那边的工钱很高啊。不久前我还在报纸上见过招人去摘水果的新闻呢！"说着，爸爸就拿出了那张传单。流浪汉回答说："这不足为奇，他们需要八百人，却印了五千张传单，结果有差不多两万人看到这个。他们招去的人越多，工钱就越少。"

流浪汉的精神振奋起来说道："我只是把事实告诉你们而已，这是我在那边熬了一年的时间才弄明白的。是我的两个孩子、老婆都死了才弄明白的。"说完，他便转身消失在黑暗中。

他们开始相信流浪汉所说的话，可还是茫然地向西部走去。一家人慢慢地越过了高远的山峦，夜里爬行在崎岖的山路上，终于进入了加利福尼亚州境内。

在小镇的地方停宿的时候，他们遇到了两个穿着工裤和蓝衬衫的男人。爸爸问他们："你们也是上西部去吗？"

那两个男人回答说："不，我们刚从那里回来。要回家去，我们在那儿都吃不上饭。"

"那你们在家乡能活吗？"

"不，但至少我们能和认识的老乡死在一起，不会跟那些恨我们的人一道挨饿。"

一家人虽然心有余悸，但还是继续穿越过沙漠，向西驶去。奶奶也因为经不起长途跋涉，中途去世了。

当他们在加利福尼亚州乡下停宿的时候，结识了一个名叫弗洛伊德的年轻人。年轻人很热心地帮他们提供找工作的线索。有一个承包商来这里招聘摘果子的工人，弗洛伊德向他要执照和签订雇佣的合同。那个承包商不肯出示，还找来勾结的警察，对弗洛伊德大打出手。

约德挺身而出，帮助了弗洛伊德。恼羞成怒的警察掏出枪来，凯绥牧师从人群中走出来，对准警察的脖子狠狠地踢了一脚，警察当场昏了过去。为了拯救所有人，凯绥主动承担起责任，被关进了监狱。警察来报仇，烧了整个停宿场。他们连夜仓促启程，但还是目睹了住宿场被烧的过程，大火熊熊地燃起，照亮了天空。这时，妈妈却笑了起来说："也许，这使我们更加坚强，我们才是该活在这个世界上的人。我们的道路会越走越宽的。"

在前行的路上，他们遇见了一个穿着淡灰色便服的人，对他们说："你们要找工作吗？你们会摘桃子吗？我在十三号房子，工钱是五分一箱。不许有弄坏的果子。"

这是他们找到的第一份工作，他们拼命地干活，小心翼翼地珍惜来之不易的机会。晚上，约德在帐篷外面意外遇到了凯绥。凯绥给他讲述了在监狱里斗争的情景，他说：“我进了监狱，才真正懂得了真理。牢里那些人都是些好人。他们变成坏人，无非是因为他们太穷，需要东西。”

不料，他们的对话被守卫听到了，他们与守卫打斗了起来，守卫用警棍打伤了凯绥的脑袋，约德把守卫打死了。警察开始四处抓捕他。

无奈之下，约德躲进了用葡萄藤遮挡的洞穴，过起了兔子般的生活。善良的母亲仍旧对生活充满了希望，她把全部的积蓄都拿给约德，让他尽快逃走。经过了这次事情之后，约德也觉得自己应该到更广阔的地方去斗争。

约德说：“未来，到处都有我，不管在哪里。凡是有饥饿的人为了吃饭而斗争的地方有我，警察打人的地方有我，老百姓吃自己的粮食、住自己房子的时候也有我。我像凯绥一样在说话呢，这是因为我常常想到他，有时候我还好像看见他了！”

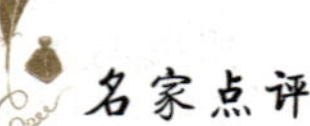

名家点评

在美国已获得诺贝尔文学奖的作家中，斯坦贝克更能坚持自我的、独立的立场与成就。他的文句常有一连串苦涩的幽默，在某种程度上冲淡了某些主题的残酷性。他的同情心是站在被压迫的、不能适应的和受挫折的人一边。他善于将生活中单纯的喜悦与冷峻的发财欲望作对比。

乌鸦

1963［希腊］

Years like wings, it's not moving the ravens to recall?

岁月像翅膀，这不动的乌鸦在回想什么呢？

【获奖理由】

为表彰作者卓越的抒情诗，它们是对古希腊文化深刻感受的产物。

乔治·塞菲里斯（1900—1971）

自1901年第一届诺贝尔文学奖的颁发到1962年这项奖的颁发，瑞典文学院还一直没把重点放在希腊文学上。首先，是因为在塞菲里斯之前，希腊文学曾一度陷入瓶颈阶段；其次，各国文学之间的竞争极为激烈，相对于其他大国而言，希腊保持一种低调的态度。

而这一年，希腊诗人乔治·塞菲里斯（原名塞弗里阿底斯）在众多诺贝尔文学奖获得者候选名单中脱颖而出。为希腊文学的复兴开了个好头。

他的父亲是雅典大学的国际法学教授，同时也翻译、创作诗歌。塞菲里斯中学的时候居住在雅典，而后赴巴黎学习法律。毕业之后，他一直从事外交工作。作为优秀的外交工作者，他也尝试创作诗歌。

在他三十一岁时，发表了第一部诗集《转折点》。这部诗集的发表，标志着具有悠久文化传统的希腊步入了一个新的转折点。

塞菲里斯的诗歌总是简洁朴素，受后期象征主义的影响，同时带来了新鲜的形式和形象。由于小亚细亚事件的发生，诗人的故乡被并入土耳其。这件事深深地影响了诗人，使他一生难以忘怀，怀着对故乡的怀念和对希腊的热爱，他一直努力为希腊作贡献，不管是外交方面还是文学方面。

塞菲里斯以一种罕见精妙的写作，赢得了全世界读者的追捧。在国外，他的诗歌所到之处，肯定备受赞扬。他的诗歌已经成为了希腊民族积极生活的不可或缺的象征，而他则是最具代表性的希腊诗人。

他说："我是属于一个小国。它作为地中海边一个岩石重叠的海角，除了它勤劳的人民、辽阔的海洋和太阳的光辉之外，没有什么使自己出色之处。它是个小小的国家，但它的传统却是伟大的，并且不断地延续了许多个世纪。"

希腊，其实是伟大的，不然怎么能孕育出这样伟大的诗人？希腊，因为勤劳的人民、辽阔的海洋、光辉的太阳而伟大，也因为塞菲里斯而伟大。它只是一个小小的国家，朴实、简洁，却仿佛有着一种魔力，借着塞菲里斯的手传颂进我们的耳朵。

就算它是个弱小的民族也一样赢得了全世界人民的尊重，他的诗集也照样赢得了全世界人民的青睐和赞赏。塞菲里斯说："对于这个让我们受恐惧和不安所折磨的现代世界，诗歌是必需的。"

那就像是人类的呼吸，没有了呼吸，如何生存呢？

内容梗概

深夜，世界都在沉睡，醒着的人们却无法抗拒内心的恐惧。正当昏昏欲睡之际，一只乌鸦来访，打乱了原来的生活节奏。它是谁？为什么站在那里静止不动？它来这里是为了什么？

它是代表死亡，还是生存？它的眼中一定见证过灵魂，见证过寂静，见证过无数从世界伊始处走向尽头的人们。

【精彩赏析】

时机到了，就是一种转折，“由一只我们珍爱的手送过来的时机”是黄昏与黑夜的转折。“你恰好在傍晚到达我这里，像只鸽子扑着黑色的羽翼”……

这是一个新时代的到来，随着沙粒在“整个悲剧的漏壶默无声息，仿佛它瞥见了九头蛇，在那神圣的花园里”翻滚着。这首诗出自诗人最初的诗集《转折点》，简短而精练，由几个词语就将黄昏与黑夜之间的转折体现出来，也暗示了新时代接替旧时代的转折。

塞菲里斯的诗歌曾经写道过：“我是一个单调而顽固的人，二十多年来不停地、一遍又一遍地叙述着同样的事、同样的人。”当然，这是诗人自谦的一种说法，不可否认，我们每一个人都是活在那仅有的几个印象深刻的记忆中，所以就算诗人总是写同一件事情、同样一些人，也是情有可原的。

《乌鸦》是用来纪念十九世纪美国小说家爱伦·坡，他曾写过一首著名的诗篇《乌鸦》。塞菲里斯借用爱伦·坡的诗篇的原名，又创作了一首著名诗篇。但是要想读懂塞菲里斯的《乌鸦》就必须去研读爱伦·坡的《乌鸦》，从某种意义上讲，它们几乎是相辅相成的。

爱伦·坡在《乌鸦》中，写了诗人在一个阴郁恐怖的子夜，独自沉思过往早已被人遗忘的古怪传闻。正在诗人打盹的时候，突然传来一阵轻擂声，就好像有人来轻轻地叩击房门。诗人嘟囔着："有人来了。"他清楚地记得，在萧瑟的十二月，他想念那个叫做丽诺尔的少女，她美艳动人。他用读书来消除哀愁，那柔软暗淡的每一块紫色窗布，让诗人心中充满了前所未有的恐惧。此时，他已经站起身，门外深更半夜有人在敲打着屋门，想要进来。"唯此而已，别无他般。"很快，他就使自己的心坚强起来，走上前去开门，他谦卑地道歉："先生或者夫人，请你多多包涵，刚才我睡意正浓，而你敲门又是那么轻。"可是，门外"唯有黑夜，别无他般"，诗人凝视着幽幽的夜色，心中阵阵惊惧。

丽诺尔？诗人还以为是她来拜访呢！可是，门外一片寂静，什么也没有。他转身回到房中，对丽诺尔的思念开始剧烈，仿佛整个心都灼烧了起来。很快，他又听见叩击声，他肯定有什么东西站在窗棂前，那到底是什么呢？他使自己的心尽快镇静下来，把那窗户推开，他告诉自己那不过是风，别无他般。他的心儿在扑扑直跳，看见一只健壮的乌鸦走进了他的房间。

它目无旁人地走了进来，没有片刻迟疑，也没有向诗人致意，只是以一种绅士或者淑女的风度栖在房门上方一尊雕像上面。于是，诗人开始嘲笑自己，仅仅是一只乌鸦，竟让自己刚才的幻觉哄骗成了微笑。

他好奇这只乌鸦的来历，他对乌鸦说："你这幽灵般可怕的乌鸦，漂泊来自夜的彼岸，请告诉我你尊姓大名，在黑沉沉的冥府阴间。"乌鸦回答："永不复还。"它回答得如此直率，深藏玄机。诗人对着它浮想联翩，可它就只会说这一句话，不停地重复“永不复还”。看着它的眼睛，一种恐怖萦绕在这个家，它把诗人的心烧得火烫，他又想起了丽诺尔。他突然对着乌鸦大叫：“让我们来做道别，鸟或者魔，回到你的暴风雨中去，回你的冥府阴间去！”然而，乌鸦一动不动，仍然栖息在那里，它的眼光就和做梦时魔鬼的眼光一模一样，照在乌鸦的身上，而他的灵魂，不知道会不会被擢升，永不复还。

塞菲里斯的《乌鸦》写于1937年的科尔察。他以自己的感悟和认知，回答了爱伦·坡想要知道的问题。在爱伦·坡的诗中，乌鸦是个神秘的来者，诗人看不透它，读者也猜不透。塞菲里斯的诗中，乌鸦成了主角，它所承载和存在的意义，即将揭开谜题……

“岁月像翅膀。这不动的乌鸦在回想什么呢？”在他的诗句中，乌鸦成了岁月流逝的见证者，目睹了一切死亡、战争、屠杀。它栖息在这里，是在回想什么呢？而那些“树木脚旁的死者在回想什么呢？”

这里总是路过旅行者，一群人来了又走。那些人“观望着帆和星星。”他们没有听见来自另一个海的风声，没有在柏树林中搜寻，没有注意到任何消失的面孔，也从不去询问。他们都是生命的旅行者，在人生的道路上，有些人注意到这些细节，有些人匆匆而过。

“它恰好在我时间的上空静止不动，像个没有眼睛的雕像的灵魂。”这次，乌鸦降临在诗人的生命中，带领诗人去感悟人生中容易忽略的点点滴滴。它是由一群成千上万被忘却的人所组成，它身上残留着“消失了的皱纹、分裂了的拥抱和没有完成的笑声，停工的工厂、寂静的车站、昏睡不醒的金饰品。”它停在那里静止不动，“凝望着我的时辰，它在回想什么呢？”它身上有太多那些看不见的人们心底的伤痕，“暂时中止等待基督再临的焦念，忠实于土地的卑微渴望，被屠杀的儿童和天亮时筋疲力尽的女人。”

乌鸦，显得如此沉重，因为它不光是为自己而存在。它会不会把枯枝压断？它会把“黄树的根、别人的肩膀、奇怪的形象，压得陷入地里连一滴水也不敢碰吗？”因为它承载的压力太大，所以无法承受，如果落到一小滴水上也会激起巨大的浪花，可见其的重量，所以不敢碰水。身上背负了太多伤痛和遗憾，应该沉重得可以压倒树干吧！当它掉进水里，能够把大海推开，推向那些海岛，可见它的重量。

这原本就是个沉重的世界，映衬着灰色的天空，漆黑的夜在回想什么呢？“它在人类和人的记忆之间，在伤口和造成那伤口的手之间插入一支黑色长矛。”可是，谁又敢去拔掉它？它让过去的痛苦永远存在记忆中，它是在回想这些。而人们，当被唤醒记忆之后，肯定会惊起！

那些“在睡眠与死亡之间停滞的生命”“被人们经常推向微睡的大海，抚摸着向金色蜘蛛攀登的梦，载着它进入太阳，进入星河。”

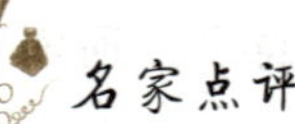

名家点评

人们已做出公正的评价，说他比任何人都更好地诠释了那些石碑、那些死去的大理石碎片、那些沉默而面带微笑的雕像的奥秘。在他感人的诗篇里，古代希腊神话中的人物与近代地中海血腥战场上的事件一起出现。

1964 [法国]

I also don't ignore me, on the contrary, this morning; I washed a shower, shave beard. But then I recall all these little affectations carefully, I really don't know how can I do this, these actions how pointless.

我也不忽略我自己，恰恰相反，今天早上，我洗了一个澡，刮了胡子。可是后来我回想一下所有这些细心的小动作，我真不明白我怎么能够这样做，这些动作多么无意义。

【获奖理由】

作者那些思想丰富，充满自由气息和探索真理精神的作品，已对我们时代产生了深远的影响。

让·保尔·萨特(1905—1980)

存在主义哲学的创始人萨特，我们因为哲学敬佩他、因为文学熟悉他。作为1964年诺贝尔文学奖的获得者，他也是第一位拒绝此项奖的人。用他的话说："我的拒绝并非是一个仓促的行为，我一向谢绝来自官方的荣誉。"

他表示，拒绝瑞典学院并不是因为轻视，而是基于个人和客观的理由。

他相信人与人、文化与文化之间的交流是没有必要在任何机构的介入下进行。然而，他的拒绝并不能改变诺贝尔文学奖颁赠的有效性。

萨特就是这样有个性、有想法的另类作家。他的存在主义文学带给文学界新鲜的气息。“自由选择”“世界是荒谬的”“存在先于本质”是他的哲学核心，也是文学创作的主题。

1905 年的夏天，让·保罗·萨特出生在巴黎，他的父亲是一位海军军官，在他两岁的时候，父亲在印度支那患热病去世。十二岁时，母亲改嫁给海军工程师。继父十分相信数学、科学，总是主张让萨特以后也做工程师。可是，萨特对这一切十分厌恶。

他三岁时，右眼因角膜翳导致斜视，继而失明，这给他的生活带来了不小的影响。为了不让别人看不起自己，他从小就开始阅读大量的文学作品。他聪明好学，七岁时就能读拉伯雷、雨果等人的作品；中学时代便接触叔本华、尼采等人的著作；1929 年，他以口试第一名的成绩通过了哲学教师的学衔会考。这一年他与相伴一生的伴侣西蒙娜·德·波伏瓦相识，也就是在这年十一月，他赴军队气象部门服兵役。1939 年应征入伍的他还被抓做俘虏，第二年获释，回国后在中学任教，并积极参加抵抗活动。

尽管萨特从小就才华横溢，但实际上他的第一部作品直到三十三岁才发表。其代表作《恶心》姗姗来迟，从此奠定了他在文学殿堂不可磨灭的地位。他的主张被称为哲学上的存在主义，他的小说和戏剧被称为文学上的存在主义。

不管他承认不承认自己获得了诺贝尔文学奖，他的文学创作和哲学思想都将被载入历史，永恒流传。

内容梗概

日记里记载了一个名叫安东纳·洛根丁的男人的生活点滴，他发现身边的世界一片污浊，令他恶心想吐，每个人都浑浑噩噩，生活反反复复没有任何意义。自己也是毫无价值地存活着，还不如死去的人痛快。

可是，不管是死去的人还是活着的人，都有一个难以忍受的痛苦，那就是孤独。对于现实的厌恶、未来的迷茫、生活的陌生让他越发地感到自己格格不入，孤独无时无刻充斥着他。

【精彩赏析】

一个名叫安东纳·洛根丁的男人，住在布威尔城，他写了一本日记，将所有发生的事情都记录了下来。

开头是没有注明日期的一页，上面写着：星期六，几个顽童在打水漂，我也想学着他们的样子，将石头扔到海面上去。可是，正当我想要扔的时候，忽然停住了。石头从我的指缝落在地上，顽童们站在我的背后笑我。这些事情其实只是表面上发生的，我根本没往心里去，因为我看见了一件东西感到恶心，可我不知道那是我所看到的大海还是那块落地的石头。

1932 年 1 月 29 日，星期一。今天早上，我在图书馆里看书，“自学者”过来和我打招呼，我用了十秒钟都没有认出他。那是一张陌生的脸，他的手像一条肥大的白色的肉虫握在我的手里。我马上松开了他的手。

我感到深深的厌倦，我对自己的经历、谈话、穿衣等都无法理解。1 月 30 日，我从上午九点在图书馆一直工作到下午一点。我整理好了第 12 章关于德·洛勒旁在俄国居住的全部事情。可我还是孤零零的一个人，对这个庞大的世界感到厌倦，它是那样的乏味。

我永远也找不到任何人去谈话，我不去接受什么，也不会给予什么。我很喜欢捡栗子、破布或者是一张报纸，因为把它们捡起来是我最愉快的时刻，握在我的手里，恨不得把它们吃进嘴里。

今天，我注视着一双穿在骑兵军官脚上的灰褐色皮靴，它踩着一张躺在水潭旁的纸。那是小学生练习簿上的纸，雨水已经把它打成了卷，上面还有水泡。页边的红线已经褪成了粉红色，几处墨迹已经化了。这纸的下边埋藏在泥泞中，我弯下身，体会着接触这块柔软而新鲜泥团的快乐，它使我愉快。我想要把它揉成小圆球，可是我没做到。因为我害怕和它们接触，就好像它们有生命一般。我清楚地记得前几天在海边打水漂的感觉，令我恶心作呕，那种感觉不好受。

星期五，我对着墙上的那面镜子看去，镜子里照出来的都是我的面孔。我对这个面孔并不了解，甚至不能判断它究竟是美丽还是丑陋。除了我的头发，装饰着我的脑袋，其他的鼻子、眼睛和嘴巴都似乎没有意义，甚至连表情都没有。那双眼睛看起来是多么的可怕！

在咖啡馆里，我再一次有了恶心的感觉。它把我牢牢地抓住，依附在我身边的一切事情上。侍女玛德兰纳冲我嚷道："老板娘不在这里，她有事去城里了。"我马上觉得呕吐感抓住了我，我想呕吐。我真的受够了！我叫侍女过来放了一张爵士乐的唱片，我才开始感觉温暖，感到愉快。

星期三，一圈阳光照在图书馆的纸台布上，光圈里有一

只苍蝇在懒洋洋地爬行，前脚相互摩擦着，好像在取暖。我决定为它效劳，把它杀死。它当然看不见有一只食指正在上方降临。“别弄死它，先生。”“自学者”又在大声喊叫了。可是，它裂开了，它白色的小肠子从肚子里挤出来了，我帮它把存在里面的东西清除了一下。“我这是在为它效劳”。

我多次在图书馆里看那些画像，因为他们总是带给我一种想法：他们都享有存在的权利，对生命、工作、财富等。可是我却没有任何存在的权利，我是偶然出现在这个世界上的，我对存在的厌恶其实就是自己存在的方式。

我总是与“自学者”进餐，他说要热爱人类，我反驳他说的“一个人不能够仇恨人类更甚于他热爱人类。”可是，我不打算和他大谈人道主义，所以我不再说话。他把脸靠得我很近，我突然觉得很恶心。

傍晚，我还在被恶心所控制，我知道它不会那么快就离开我，可是我忍受不了它了。刚才，在公园的时候，橡树的树根正好在我的凳子底下。我微微弯下身体，垂着头，孤独地面对着这堆完全没有感觉的东西，它让我感到害怕。我觉得，我坐在这里，一动不动就像冻僵了一样，沉浸在这可怕的陶醉状态中。可是，即使是陶醉在这种状态中，也还是会有新的东西出现，所以我开始恶心。

安妮来信说要去巴黎前，让我去看她。其实，我们已经分手六年了，我都把她忘记了。可是，一想起能见到她，我就感到幸福。

星期六，安妮穿着一件黑色的长袍给我打开了门。她已经不再是小姑娘了，长胖了。她说：“我确信我变了，我觉得没有什么完美的时刻，而我只是在肉体上还活着。”她的脸变得苍白而憔悴，是张老太婆的脸，十分可怕。可是，这张脸肯定不是安妮召唤来的。

星期三，这是我在布城的最后一天。下午我来到图书馆，“自学者”也来了。我想：这是最后一次见到他了。

我突然觉得过去已经死去，而我孤独且自由，可是这种自由更像死亡。还有两个小时，火车就要开了。我来到咖啡店，打算和老板娘告别。侍女跑过来对我说："你真的要离开我们吗？""对啊，我要去巴黎。"看得出来，玛德兰纳想讨好我，她举着那张唱片对我说："你的唱片，你喜欢的那个，现在还要听一遍吗？""那你放吧。"

唱片就这样开始了，我想，有些蠢人就喜欢从艺术里找寻安慰。萨克森管的音乐让我感到羞耻。这种小小的痛苦是最典型的，于是我让侍女又放了一遍。唱片又想起，我想的却不是自己，我在想那个创作乐曲的人。

我能感受到那人的痛苦和动人的感情，我羡慕他和演唱者，他们几乎洗掉了存在的罪恶。可我不会作曲，那我就写一本书好了，它必须是那种钢铁般美丽坚实的，能让人们对自己的存在感到羞耻的书。

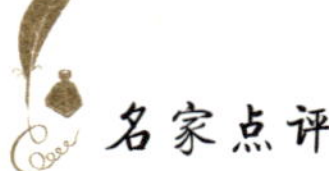

名家点评

萨特首先作为一个哲学家闻名于世，他的存在主义哲学的核心可概括为"人的存在先于本质""存在是荒谬的"及"自由选择"。

静静的顿河

1965［苏联］

He often dreamed of a child, gram west in, and the name of the mother and other all that had been dead. Gregory I whole life be a thing of the past, but the past everything seems to be a just a nightmare.

他时常梦见孩子、阿克西妮亚、母亲和其他的一切已经不在世的人。格里高利一世的全部生活都成为过去了，但是过去的一切都好像是一场短短的噩梦。

【获奖理由】

在描绘顿河农村的史诗式作品中，作者以真正的品格和艺术感染力，反映了俄罗斯人民某个历史阶段的生活面貌。

米哈依尔·肖洛霍夫（1905—1984）

不少人认为，肖洛霍夫早就应该凭借那部皇皇巨著《静静的顿河》获得诺贝尔文学奖这项殊荣，但是瑞典学院却迟迟不肯把视线落在他的身上。1964年的获得者萨特非常赏识肖洛霍夫和他的《静静的顿河》，在谢绝接受这项殊荣之后，公开为肖洛霍夫鸣不平，极力向瑞典学院举荐肖洛霍夫。1965 年，是诺贝尔文学奖角逐最为激烈的一年，而瑞典学院也终于关注到了这朵默默无闻的花朵。

米哈依尔·肖洛霍夫是苏联作家，出生在那条“静静的顿河”边的村庄。父亲是迁居至此的外乡人，靠打工维持生计，他非常喜欢读书，收藏了很多关于文艺类的书籍。肖洛霍夫从小在父亲的培养下，形成了良好的学习习惯，也逐渐对文学产生了兴趣。

静静的顿河风光无限美好，在那里，肖洛霍夫可以看到平坦而辽阔的草原，感受到温暖而新鲜的空气。他只在教会学校念过四年书。国内战争时期，他参加粮食征集队，还为顿河努力做好剿匪工作。

1922 年，他只身来到莫斯科，边学习边工作，并开始尝试写作。他做过很多零工，包括装卸工、勤杂工、办事员等。后来加入莫斯科共青团作家和诗人的文学团体青年会，并且成为共青团报纸的撰稿人。1924 年，肖洛霍夫加入俄罗斯无产阶级作家联合会，发表了第一部短篇小说《胎记》，此后连续在报刊上发表小说。直到两年以后，他回到家乡，开始创作长篇小说《静静的顿河》。

这部长篇小说共分为四部八卷，以发生在 1912 年到 1922 年之间的第一次世界大战、十月革命和国内战争为背景，写了主人公格里高利的人生经历，再现了当时发生在顿河地区哥萨克社会的历史性变迁，深刻地表现了哥萨克人在生活和心理上的变化，同时突出了格里高利这一类人物的悲剧性命运。

在这部小说创作期间，作者还曾担任《真理报》的战地记者，写了不少随笔和短篇小说。

在他的笔下，我们了解了一条永远不会枯涸的顿河。

内容梗概

静静的顿河上发生的事情一点也不够平静。相反，那些事情犹如潮涨潮落时，大海掀起的波浪，难以平静。

而那些千变万化、波澜起伏的故事却不光是作者笔下构思出来的。哥萨克的悲剧也不单单只存在于小说当中，而是真实发生过。肖洛霍夫为了这些真实的情景和虚幻的故事整整耗费了十四年的时间。谁能说，这不是一部呕心沥血的著作？谁能说，这不是那缓缓流淌，经年不衰的历史长河般的小说？

【精彩赏析】

哥萨克一词源于突厥语，意为“自由的人”“勇敢的人”。尽管他们大多来自农奴和流亡者，可是在他们身上却体现出了坚强、善良、正直等优良的品德。作者写格里高利一个人的命运悲剧，也是在揭示整个哥萨克人的悲剧。

肖洛霍夫谈到：“格里高利只是中农哥萨克的一个独特的象征。那些知道顿河战争的历史、详知其过程的人，都知道在1920年以前不是一个格里高利·麦列霍夫、也不是几十个格里高利·麦列霍夫曾经动摇过。”

究其历史，顿河区域是苏联国内战争的战场，灾难给哥萨克人带来了难以磨灭的痛苦。作者出生在顿河，生活在顿河，经历了顿河常年来忍受的灾难、欢笑、痛苦。他深知自己该为顿河谱上一曲，在这历史长河中，静静的顿河终会带着哥萨克人走向幸福的彼岸。

主人公格里高利·麦列霍夫住在顿河鞑靼村，父亲潘苔莱·普罗琦菲耶维奇是一个哥萨克男人和一个土耳其女人所生。那年，村子里闹瘟疫，人们都说是这个土耳其女人施妖法的缘故，哥萨克人们竟然把她活活地打死了。后来，潘苕莱娶了哥萨克姑娘，生了两个儿子一个女儿。格里高利是他的小儿子，大儿子叫彼得罗，大儿媳妇妲莉亚，女儿叫杜尼娅。

格里高利长得像父亲，下垂的鹰钩鼻、略微发蓝的眼睛、高高的颧骨、红棕色的皮肤，笑起来的时候，就连表情也像极了。

1912 年 5 月的一天清晨，格里高利代替哥哥去顿河边放马饮水，他们的邻居哥萨克人阿克西妮亚从坡上挑水下来，格里高利马上过去缠住了她。

阿克西妮亚是哥萨克人斯切潘·阿斯顿霍夫的妻子。可是在她嫁过去的第二天，就被他关进仓房狠狠地打了一顿。从那天起，他几乎每天都出去，而且每次都把她锁在仓房或者屋子里。这天，彼得罗和斯切潘还有其他十几名哥萨克人要去军营参加训练，这是他们哥萨克人必须参加的训练。

阿克西妮亚心中充满了不舍的情感，尽管斯切潘对自己粗暴，但他毕竟是自己的丈夫。格里高利又来纠缠自己了，也不知道是什么吸引了他，像一头牛倔强地拼命追求她。她的心并不是无动于衷，这种莫名的感情就好像是踩在三月即将解冻的冰面上，战战兢兢。虽然她知道送走斯切潘之后，应该减少跟格里高利的见面，可他也不是没有魅力。

割草的季节到了，男男女女都穿着盛装来到草地，阿克西妮亚穿着绣花白裙总是在格里高利面前晃来晃去，惹得他像丢了魂儿一般。终于，在丈夫参加

哥萨克军训五个月后，他们陷入了爱恋。

不久，村子里的人都知道了他们的风流事，闲话也传到了潘苔莱的耳朵里。他气坏了，跑到阿克西妮亚的面前辱骂她。谁知，她竟毫不羞涩地说："格里高利是我的！我现在抓在手以后也要抓在手！"潘苔莱又去找儿子算账，说是要给他娶个媳妇。

格里高利在父亲的强迫之下和村里首富的女儿娜塔莉亚结婚了。婚宴很热闹，可是格里高利心里一点也不高兴。

鞑靼村的另一户富豪是莫霍夫家，谢尔盖靠着残酷剥削附近村子的哥萨克人而兴旺起来。开了粮栈、修了磨坊，也不知道是什么缘故，他们家的店铺和磨坊生意异常兴隆，除了各村子的哥萨克人，还有不少乌克兰人，他们争先恐后地为了磨面粉而打斗。这种格斗是由来已久的，当人们不屑于用嘴皮子解决问题时，就会采取打斗行为。圣母节前夕，眼看着一场大群架就要上演了，却被铁匠施托克曼给阻止了。他是个外地人，但是经过那件事情之后，被解雇的工人达维德加、杰克、机械师科特利亚洛夫、贫农珂晒沃依等人都会在晚上聚在施托克曼的家里，打牌、读书。

施托克曼读的是《顿河哥萨克简史》，大家听完便会激烈地争论一番。经过长期的磨合，他们组成了一个由十个哥萨克人组成的核心团体，施托克曼是这个团体的主要灵魂。他就像是一个虫子要钻进大树一样，一点一点地将思想灌输给了哥萨克们，使他们有了对现有制度的仇恨和憎恶。

娜塔莉亚嫁到麦列霍夫家已经一段时间了，她吃苦耐劳的禀性很受公婆的喜爱。婆母伊利尼奇娜不太喜欢爱打扮的大儿媳妲莉亚，但对娜塔莉亚很是疼爱。格里高利渐渐习惯了新婚生活，可是三个星期以后，他却苦闷地对娜塔莉亚说："我不爱你，娜塔莉亚，你不要生气。"他忘不掉迷人的阿克西妮亚。娜塔莉亚什么也不说，望着远处的星空独自悲伤。

十二月份，由于娜塔莉亚实在忍受不了格里高利，想回娘家去。父亲知道后，痛斥他："你要是不愿意和娜塔莉亚一起住，那就从这个家滚出去！"不说还好，说了正合格里高利的心意，他不顾妻子伤心的呼唤，带着阿克西妮亚私奔了！娜塔莉亚心里一直惦记着丈夫，期盼他能够回到自己的身边，她一心一意地等待他回来，甚至托人捎去一封信给丈夫，得到的却是"你一个人过下去吧。"她觉得自己再也没有勇气活下去了，痛苦和羞辱让她走向死亡。她举起镰刀使劲向喉管割去……

格里高利和阿克西妮亚过了一年安稳的日子，并且生了一个女儿。转眼之间，格里高利也该去村征兵站报到军训了，出发前才从父亲的嘴里得知娜塔莉亚自杀的消息。他的妻子那时虽然活过来了，但是脖子却因为伤口而歪到另一边了。

天暖和了，娜塔莉亚从娘家回到了婆家，一家人亲切地欢迎了她，尤其是妹妹杜妮亚。她靠着丈夫会回来的希望活着，在家里勤勤恳恳地干活。她最爱听的就是杜妮亚与珂晒沃依的热恋秘密。

格里高利来信说奥地利皇帝想要进攻彼得堡，村里的老头子听着夜猫子号叫也说要打仗了。果然，一列列红色的军车载满了哥萨克炮兵朝俄奥边境开去。战争打起来了，格里高利和哥哥都上了前线。格里高利在战斗中英勇的表现使他获得了十字勋章。不久，他的眼睛受伤了，被送到眼科医院去医治。在那里，他认识了一个叫贾兰沙的伤兵。贾兰沙整天往格里高利的脑子里灌输一些道理，都是关于为什么发生战争、专制制度为什么会这样之类的话题。格里高利开始惶恐地意识到，这个乌克兰人正在一点一点地破坏他以前对祖国、沙皇、哥萨克军人天职的一些观点。

等他养好了病，回家探望阿克西妮亚时，却得知女儿夭折、她被地主少东家占有的消息。他愤恨地离开了阿克西妮亚，回到了妻子的身边，两个人言归于好，不久，妻子怀孕了。

战争到了第三年，村子里明显开始败落，只有麦列霍夫家的院子还整整齐齐，娜塔莉亚更是为他们家补齐了一男一女。格里高利在战争中荣获了不少奖章，他的心肠也越来越硬。

布尔什维克党人在军队中宣传列宁的主张，号召哥萨克人建立新组织，反对自己的政府和资产阶级。不久，沙皇被推翻了，被迫签署了退位文告。许多人参加了红军，有的人参加了白军。格里高利为红军作战，立下了不少功劳，被提拔为一名哥萨克的指挥官。

格里高利无意中遇到了在顿河革命历史上起到重要作用的上司。他们谈起了政权问题，他说："咱们应该是人民政权，通过选举出来的政权，不能搞古代的那套，不然又会被枷锁套上。"

可是，他的上司波德捷尔科夫却在战争后杀死了四十多名哥萨克战俘。格里高利开始对布尔什维克的信念动摇，他开始问："布尔什维克的主张是对，还是不对呢？"之类的问题。看着波德捷尔科夫充满杀戮的眼睛，他心中十分反感，向往布尔什维克的心又冷了。

格里高利在战争中受了伤，在医院治疗一个星期后，便决定回家疗养。他突然感到这个世界充满了仇恨和敌视，这是个不能理解的世界，过去的一切都乱七八糟。他才明白，人类要想去探索一条正确的道路是十分困难的。

1918年初，顿河流域的形势逐渐走向苏维埃政权，到了四月份，顿河地区的革命形势逆转了。乌克兰率领的红军被白军和德国人压迫，开始撤退。一路上，他们杀人、抢劫、强奸。顿河上游的市镇和村庄都推翻了苏维埃，宣告独立。村子里有人提议："红军抢夺财产，强奸妇女，我们应该恢复自治，不需要红色政权！"

哥哥彼得罗当上了军事指挥官，红军被包围，包括波德捷尔科夫在内的全体官兵被杀死。这一年，顿河的哥萨克人一部分倾向红军，一部分倾向白军。格里高利、彼得罗两兄弟做了白军的头目。尽管格里高利十分憎恨布尔什维克党，但是却下令不许滥杀无辜，抢夺财产。他最大的愿望就是早点结束战争，回到家乡过安稳的日子。可是，红军也没有那么容易打击，几个回合下来，白军只得退败。格里高利只好回到了鞑靼村。

时隔不久，鞑靼村选举了阿列克塞耶维奇为苏维埃主席，珂晒沃依为副主席。肃反委员会和革命军事法庭开始对当过白军的哥萨克人进行审判。审判其实就是问几个问题，判决完用机枪射杀这么简单。哥萨克们都把枪交了出来，人人惶恐不安。

珂晒沃依根据他们的指使，列了一张名单，决定要逮捕十个人，其中包括格里高利和他的父亲。格里高利闻风躲到了外面，可是潘苔莱卧病在床，只好被逮捕了。三月份，村子再起叛军，哥哥当上了骑兵连长，他们保持原有的政权形式。暴动的哥萨克部队与红军展开了激烈的战争。彼得罗让格里高利带半个骑兵连截断红军的后路。珂晒沃依亲手击毙了彼得罗，而格里高利率领半个连打垮了红军。

升为师长的他十分痛苦，他时常想：我率领的部队要去反对谁呢？谁是对的呢？有一次他杀死了四名红军战士，他倒在地上号啕大哭地说：“我这是怎么了？我杀的都是什么人？我的弟兄啊，上帝砍死我吧！”

施托克曼、阿列克塞耶维奇、珂晒沃依参加了红军。施托克曼壮烈牺牲，阿列克塞耶维奇被俘，妲莉亚亲自开枪杀死了他为丈夫报了仇。珂晒沃依逃走了又回到了鞑靼村，他找到杜妮亚的母亲嘱咐了一句“不要随便叫杜妮亚嫁人，因为我和她有了情意。”黄昏时分，他又离开了。

在红军占领鞑靼村的慌乱之中，格里高利趁机将阿克西妮亚接了回来，与她重归于好。不久，白军又打了回来，只是这次因为格里高利的文化水平低，没有得到重用。妻子娜塔莉亚一直等着丈夫回来，她打扮得漂漂亮亮，就是为了他。

可是，丈夫第二天还要离开，孩子们一直哀求妈妈别让爸爸走，可是谁也决定不了这战争的不安稳。格里高利走后，娜塔莉亚又怀孕了。这次，她不想要孩子了，悄悄去打了胎。可是，她的情况却越来越糟糕，最后病死了。

1920 年春天，白军彻底溃散，格里高利又做回了红军，并且当了连长，同波兰军队展开了血战，可是他始终得不到红军政权的认可。为了避免被逮捕，他和阿克西妮亚匆匆逃走了。格里高利想带着情人去一个没有战争的地方，情人却在路上被红军打死了。格里高利万分痛苦，他扔掉武器回到家中，看着自己的儿子，久久不放开。这就是他一生当中仅剩的东西了。当他感觉还有儿子，才体会到辽阔的大地、温暖的阳光，才发觉世界是如此的亲切。

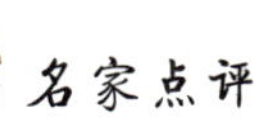

名家点评

肖洛霍夫尽管是个共产主义者，但在作品中人们却看不见意识形态方面的说教。书中流血战场尽管被描写得触目惊心，但小说中流露出来的旺盛生命力，使我们心理上能得以平衡。

订　婚

1966 [以色列]

Job the wreath in the arm and began to run, he ran to the old cemetery, found everyone there, only one person at the start of the not a run with them, she was wearing pajamas, like a girl who is awakened from his sleep.

约伯把花环挂在手臂上也开始跑，他跑到旧坟场，发现大家都在那里，只有一个人从开始的时候就没有和他们一块跑，她穿着睡衣，就像一个女孩突然被人由睡梦中惊醒。

【获奖理由】

表彰作者的深刻而具特色的叙事艺术，能从犹太人民的生活中汲取主题。

撒母耳·约瑟夫·阿格农（1888—1970）

1966年诺贝尔文学奖垂注在阿格农和萨克斯两位来自不同国家的伟大作家身上。致答辞时，阿格农说："犹太法典中曾经有这么一句话：在耶路撒冷，有判断力的男人不会随便与人坐下来共餐，除非他已了解那个人的来历。因此，我现在就要告诉诸位我是谁，让您了解一下这位经您允许在这儿与诸位共餐的人。”

不需要我们去几番调查，阿格农已经谦卑地让所有关注他的人了解了他。他说：“我诞生于某个流亡城市，但却总以为自己是在耶路撒冷出世的。”1888年7月17日，他出生在东欧加利西亚区的小镇布察兹，而非全球闻名的耶路撒冷。他的家族是以研究犹太法典而著称的犹太世家，也难怪他会在颁奖典礼上引用犹太法典的原话了。相传他的父亲是上古时期犹太著名的先知撒母耳的后裔，为了表示对祖先的尊敬，给阿格农取名撒母耳。阿格农原名撒母耳·约瑟夫·查兹克斯。笔名阿格农意为“被抛弃的人”，这是为了纪念他的第一部重要小说《被抛弃的人》而改的。

父亲虽然是毛皮商人，但是一生没有中断过对犹太法典的研究，并且对中古时期希伯来语诗歌颇有研究。他的母亲是位受过宗教教育的文学爱好者。在这样的家庭中，阿格农五岁时就写了第一首诗，当时是为了想念父亲而写的。他还在父亲的屋子里留下了一房间的作品，可惜，在第一次世界大战时被全部烧毁。

八岁时，他开始写诗，几乎每天一首，十五岁生日那天发表了第一篇诗作《雷纳的约瑟》，这让阿格农倍感安慰，从此更加刻苦写作。

尽管他在十九岁时前往以色列，另谋生计，但是他从未放弃过写作。他说：“在我所有的财物惨遭焚毁之后，上帝赐给了我智慧，让我返回耶路撒冷，我凭借着它写出了所有上帝灌注在我心中及笔中的东西。”那场大火焚烧了太多阿格农的作品，但阿格农却没有因此消沉，在他的心中，只有不断完善自己才是最重要的。而众多爱戴他的读者，也为了他的创作而自觉地在他家附近立了一块牌子，上面写着“保持肃静，阿格农在写作。”

约伯和六个姑娘，总是在夜间沿着海岸散步，眺望海浪亲吻着沙滩，人们叫他们“七大行星”。他时常思考该和她们之中的谁在一起，她们都太优秀了，让他无法决定。

苏珊的出现，又打乱了约伯的生活。她是那样美丽、温柔。她的忧郁让人喜欢，他愿意娶她为妻。可是她却生病了。

为了爱情，一场比赛究竟谁能赢到最后？一定是执著的信念。

【精彩赏析】

约伯在刻苦学习拿到博士学位之后，加入了朝拜圣地的旅行团，在小城楂化旅行时，见到当地的风土人情，觉得这淳朴的地方正适合自己生活，于是就定居在了这里。

小城楂化是一座靠近大海的城市，浪花吻着“她”的岸脚，蔚蓝的天空是“她”的头纱，可能是因为离大海近的缘故，“她”的胸怀很宽大，能包容各族人民，比如犹太教徒、回教徒，也有基督教徒。他们生活在这里，忙着做买卖、劳动，互不干涉。

约伯去拜访一所学校，尽管这所学校需要的是一位教拉丁文和德文的老师，但攻读植物学的约伯还是被聘请了。不出两三个月，凭借他的学识受到了城里每一家居民的欢迎和热情款待。大家还为了方便和他交流而说德语，这让他心存感动。

他热爱海洋植物，并且发现了某种连科学家都没有发现的海底植物。当他将这一发现报告给一位权威学者时，那位教授把他的研究报告发表在维也纳杂志上，因此他更加出名了。

他之所以对海洋植物如此感兴趣是因为在大学时，他读荷马史诗，仿佛听到了海底的浪声般。而不久之后，他的朋友远航归来，给他带来了不少海藻植物，约伯立即找到了自己应该研读的科目——海底植物学科。

大学毕业之后，由艾立克先生资助他去了巴勒斯坦旅行。艾立克是一位商人，也是一个小国家的荣誉领事，因为他的别墅花园紧挨着约伯父亲的房子，所以，约伯小时候经常和艾立克的独生女苏珊一起玩。她是个任性的小女孩，对约伯有一股特殊的好感，当他们玩游戏的时候，从不许别的女孩加入他们的游戏。“约伯是我一个人的，我长大之后要嫁给他。”她常常这么说。为了证明这一点，她还特地剪下两个人的头发，烧成灰吞到肚子里，发了神圣的誓言才罢休。

艾立克夫妇倒是很喜欢约伯，正是因为他们的资助，约伯才上了高中又上了大学。进校的第一年，约伯大部分时间都是和苏珊在一起的，他们度过了美好的时光。夏天来临的时候，他们为对方制作花环，冬天就在冰上溜冰。

后来，约伯的父亲为了抵债把房子卖了，在邻区租了间公寓，苏珊则被送进了另外的城市读书。不久，约伯的父亲经济状况有所改善，不再需要领事的资助了。但是两家人的感情并未衰减，相反，约伯家对领事一家的敬爱更加深厚了，每年总是要定期去聚会那么一两次。领事夫人去世时，约伯一家都去参加了葬礼。约伯找到这份教师的工作后，一直惦记着恩人，每年的犹太教与基督教的新年期间都会寄信给领事，但是他却从未给苏珊写过信，因为他觉得两个人毕竟都长大了。

在小城楂化，你如果听到哪个姑娘在谈论希腊罗马，希腊女诗人萨福，或者是希腊神话人物米迪亚，那么她一定是从约伯那里学来的。约伯在小城楂化，既是教师又是学者。姑娘们喜欢约伯，是那种向往婚姻的喜欢。约伯也喜欢她们，想为自己找个妻子。可是，有几位姑娘搞得他头昏脑涨，海普林和露丽雅也合适，玛嘉格和瑞雅也挺不错，米拉和丽娃同样可以考虑。有时候他就和这些姑娘一起在夜间沿着海边散步，他们七个人常常在晚上一起散步，城里的人们都称他们是“七大行星”。

一天，约伯接到一封来自非洲的信，艾立克在信中说要和苏珊一起朝拜耶路撒冷城。约伯高兴极了，因为这样就可以好好回报领事的恩情了。艾立克父女如期而至，美丽大方的苏珊和约伯说话的语气十分亲切，动作和态度也十分亲密，约伯被气氛搞得有些乱，原本计划好的接待全都没实行，他又成了艾立克桌子上的客人。

第二天中午，约伯来到艾立克居住的地方，发现苏珊不见了。听说她昨晚一直在看购买的画片没有睡好，现在正在休息。艾立克和约伯安静地吃饭，显然是没有什么胃口。约伯原本计划的旅游计划也告吹了。当他快离开时，苏珊才出来约他出去走走。

散步时，苏珊开始一句话也不说，约伯也不知道从何说起。大海平静而湛蓝的姿态安慰着身边这位美人，约伯却不知道该怎么去唤醒她。突然，苏珊停住了脚步，问道：“你还记得咱们在我家庭院玩的游戏吗？”他轻声地回答：“嗯，我记得。”她又问：“你记得咱们玩的是什么游戏吗？”约伯边走边数着游戏的种类，每一个细节。苏珊说：“那你还记得我们一起发过的誓言吗？”约伯认真地说：“我们对火对水，对我们的头发及我们的血发誓，我们要结合成夫妻相互厮守，没有任何东西能将我们的誓言销毁。”苏珊听了，脸上掠过一丝喜悦，随后问道：“你不打算遵守你的誓言吗？”约伯的心跳得很厉害，最后大声地说道：“我愿意！”散完步，约伯说要送她回去，可是她却回绝了：“我绝不会迷路的，即使在梦中我也会记得我们所去过的每一个地方。”

艾立克在这里已经待了一段时间了，比原先预定的时间要长。苏珊似乎很嫉妒那些在约伯身旁的漂亮女学生。她决意要留在楂化，故意对约伯说：“她们以为我今天在这里，明天就回去了？她们错了，我爸爸打算整个冬天都待在这儿，是不是爸爸？”领事狐疑地看着女儿，勉为其难地点了点头。

下午，约伯上邮局，碰上了苏珊，她正在闲逛，抱着一堆陶器。他们在旅馆里，苏珊吩咐服务员拿了几支埃及烟，然后说道：“我们在世的日子就好像是一场梦，我们的日子充满了痛苦。那些埃及木乃伊多福气，躺在地里，没有烦恼和痛苦，我真羡慕他们。”约伯不解地问她：“苏珊，你这么忧愁，是怎么回事呢？”苏珊笑了，她说：“你问的是什么原因，原因有很多，每一个都让人非常难过。”她深情地看着约伯，过了一会儿，说：“约伯，我要闭上眼睛，你来亲它。”约伯亲吻了她湿了的睫毛。

纽约一所大学邀请约伯去讲课，这件事震动了楂化，就连学院里无关紧要的人也在谈论这位年轻的博士。大家都来祝贺他，也不管认识不认识。姑娘们心中更是激起了涟漪。露丽雅送了他很多鲜花，丽娃做了个船型蛋糕，海普林写了贺信，尽管姑娘们知道领事的女儿不会这么轻易放弃约伯。

约伯开始为了去美国而学习英文。但是一个星期总有两三次去领事住的旅馆进餐交谈。有一天，苏珊突然沉默下来，闭着眼睛睡着了。约伯这才知道苏珊有病，一种奇怪的病。约伯说：“上帝创造的万物都会生病。”他突然想起艾立克家花园池塘的事情：小时候，他和苏珊都在池塘边采摘花朵，把它们编织成花环，苏珊跳进池塘，身上就像是美人鱼盖满了海草，头发湿淋淋地淌着水滴。也是在那一天，苏珊把头发剪下来烧掉了。

苏珊得了很严重的病，她感到头昏目眩，两腿无力，说话也是模糊不清。瑞雅的父亲是个医生，他觉得苏珊可能患上了昏睡病，被一种毒虫叮咬所致。如果在发病早期还是可以治好的，可是现在恐怕来不及控制病情了。几个月后，她美丽的外貌就会难以保持了。约伯了解领事心中的悲痛，安慰完这位沮丧的老人，他更希望自己也能得到安慰。

约伯在赴美国之前，夜以继日地埋头研究。学校为欢送约伯举行了欢送会，这个酒会一直开到午夜。

一天晚上，约伯一个人待在房间里，为了苏珊，他和姑娘们都疏远了，可是苏珊病倒了，他绝望了。就在这时，传来了敲门声，丽娃告诉约伯，她打算去欧洲念医科。海普林和露丽雅也来访，露丽雅又像往常一样给大家泡茶，海普林把海草编成一个花环。玛嘉格、瑞雅、米拉也不约而同地来了。好久不见的“七大行星”又出现了。

海普林问：“约伯，你什么时候去美国？”露丽雅说：“他孤零零一个人，怎么走那么远？”“孤零零是什么意思？”“就是没结婚呗。”海普林又说：“很可惜，我们中间没有可以和他牵手去美国的人。”

沉默了一会儿，海普林举起手中的海草花环说：“大家听着，谁赢得这场比赛，谁就得到这顶冠冕。”露丽雅反驳道：“希腊人不是这样做的，他们年轻的男子赛跑，谁赢了就可以从最美的女子那里得到冠冕。”

这时候，其他姑娘也都围拢过来，在告知了一切比赛规则之后，她们聚在塞米拉米斯饭店门前，面向旧坟场。约伯站在她们中间，手里拿着花环，看着准备好的姑娘。六个姑娘等他一声号令，就像离弦之箭飞奔了出去。

过了好一会儿，约伯站在原地不动，姑娘们却迟迟不回来。他把花环挂在手臂上也开始跑。当他跑到旧坟场，发现大家都在那里。只有一个人不是开始和她们一起跑的人，她穿着睡衣，就像一个女孩突然被人由梦中惊醒。姑娘们惊恐地站在原地，那个姑娘是苏珊，她跑了第一名。她们都没有看见她跑，但是大家都觉得赛跑时有个人抢在前头。约伯听见有人叫自己，他问：“苏珊，是你在这儿吗？”苏珊伸出手，拿过约伯的花环，戴在了自己头上。

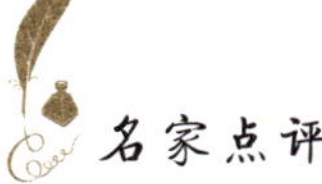

名家点评

阿格农是个具有高度创造性的杰出作家，上帝赋予他非凡的幽默才能与智慧、敏锐和质朴的洞察力。总之，他是犹太民族尽善尽美的表现。

在死亡之屋

1966［瑞典］

Your fingers, and set the threshold of the entrance, like a knife of between life and death.

你们这些手指，设置了入口的门槛，就像一把生与死之间的刀。

【获奖理由】

为了表彰作者杰出的抒情与戏剧作品，以感人的力量阐述了以色列的命运。

奈莉·萨克斯（1891—1970）

1966年，瑞典学院依着特殊的理由把文学奖颁发给了以色列作家阿格农和瑞典作家萨克斯，尽管他们在用不同的语言创作，但他们身上所流动着的古老的犹太人血统却似乎在发挥着作用，给了他们创作的灵感。

那些年份是希特勒的天下，所有犹太人都不能幸免于难。阿格农和萨克斯也正是因为自己犹太人的身份激发出了那份文学的灵感。他们都用自己的方式向上帝控诉这残酷的世界，用抒情的哀歌、戏剧性的传说讲述着历史的悲剧。

萨克斯出生在德国一个富有的犹太厂主家。父亲是业余钢琴家，也是音乐爱好者，具备文学素养，崇拜达·芬奇和歌德。家里还藏有很多书籍。在这样的家庭环境中长大，萨克斯从小就对音乐和文学产生了兴趣。每当父亲弹奏起优美动听的音乐，她就会在一旁翩翩起舞，小时候还一直幻想当一名舞蹈演员，但这个愿望一直被搁浅了。

在柏林家乡，父亲每逢十二月十日总会说："现在他们正在斯德哥尔摩举行诺贝尔奖颁发典礼。"萨克斯不明白，但是在二十六年后的颁奖典礼上，她才意识到，自己的命运本应该如此。她感谢瑞典学院的选择，对于她来说，这就是一个童话。

十五岁时，萨克斯收到了一份改变她命运的礼物——瑞典女作家塞尔玛·拉格洛夫的诗集。她爱不释手，对诗歌产生了兴趣。十七岁时，她开始尝试自己写诗，1921 年便出版了一本模仿塞尔玛风格的诗集《传说和故事》，这本诗集是她题献给塞尔玛的。塞尔玛还称赞了她，这让她的信心大增。遗憾的是萨克斯谢绝了再版，后人再也不能轻易读到它。

十七岁时，在一次全家度假的时候，她与一位四十岁男子邂逅，但是这段感情很快夭折，伤心欲绝的她还试图自杀，幸好自杀未遂，不过她终身未嫁。

1930 年，父亲的去世使她第二次感受到痛苦，年轻的她靠着父亲的遗产和母亲相依为命。她也发表过几首诗，但是并没有产生什么影响。恰逢乱世，三年后，希特勒上台，萨克斯饱受了长达七年的纳粹排犹的恐惧。1940 年，她在朋友和塞尔玛的帮助下，终于摆脱了德国纳粹的折磨，逃到了斯德哥尔摩。也就是同一时间，纳粹德国全境内发布了严禁犹太人出境的命令。这对于她们来说，简直是死里逃生。可问题又来了，一直帮助她们的塞尔玛去世了。她们举目无亲，语言又不通，只好靠着当洗衣妇、抄写员为生。

她不断地获悉犹太人被惨遭杀害和迫害的悲惨消息，每一次都刺痛她的心，很多时候她都不知道自己是怎么熬过来的。1943年，她偶然听到了十七岁时那个恋人在纳粹集中营被杀害的噩耗。这次，不管怎么说都承受不住了。

人们都知道她痛苦，这么多年挤压的感情，似乎无处宣泄。她重新拿起了笔，开始创作出一个又一个的高峰……

当你读到这些诗歌的时候，会有一种凄美的心痛。那么多鲜活的生命，顷刻间便化为乌有。人们都惧怕死亡，惧怕离别，惧怕残暴。可是，真正经历过这些的人又是什么心境呢？

烟囱、沙子、鞋、蝴蝶它们本身没有任何的关系，可是在诗人笔下，它们成了一体，成了向上天呼救的信号。可是，上帝啊，怎么还不来，你的孩子都如此地伤痛！

【精彩赏析】

《约伯记》上说："如果我的皮肉被摧毁，我将用灵魂去见上帝。"

当萨克斯读到这一句的时候，突然想起了被德国纳粹遭杀害的犹太人民，心中又一阵剧痛。"烟囱，在设计巧妙的死亡的寓所上，以色列的肉体化作烟尘，飘在空中。"烟囱本来是淳朴人民美好生活的象征，象征着人们处于温饱的状态，可是，纳粹集中营的烟囱为什么给人恐惧？因为在那里，有着无数亡灵在哭泣。烟囱不再是为了解决温饱而存在的事物，它从一个善良的使者变成了纳粹的帮凶。烟囱，连它自己都不能轻易原谅自己，呛出了滚滚浓烟。在“设计巧妙”的烟囱中，犹太人的尸体被焚烧，由这里蔓延到空中。还有比这更残忍的吗？“以色列”是犹太人民的代表，一具具面无表情的尸体，夜以继日地被焚烧，只因为那份自私的仇恨！

“一颗星星向通过烟囱的人迎接它，一颗变黑了的星或者那是一道阳光？”星星闪烁在夜空美好如镜，不染污浊。可是现在，星星被熏成了黑色。那得是多少具犹太人的尸体才能完成得艰巨工程？阳光也被染成了黑色，在白昼清朗的日子，人们也只能看到黑暗，这还是因为那些惨死的灵魂。

“为耶利米和约伯的尘埃铺设的自由之路，是谁设计出你们并且石块叠着石块，造出这条从烟尘中逃亡的道路？”这是诗人带着沉重的心情在和堆砌烟囱的石头说话，她对扭转这个局面无能为力，只能来责怪无辜的石头。但她清楚地知道，不是石头们的错，就算没有烟囱，杀戮还是会存在的。她只是不知道该去哪里宣泄，不知道哪里才是尽头。就像这条逃亡的道路，从烟尘中逃走的人们，又去了哪里？

这死亡的寓所还像往常一样，收拾得干净得体。以往，这样的寓所是善良的人们为了欢迎朋友而建，为了让生活继续而坐落，如今它是通往死亡的大门，进去了就再也出不来了。她说：“死亡的寓所，收拾得非常诱人，等待着平时只是客人的房主。”过去，生命是寓所的主人，死亡只是偶尔来临的客人，而如今死亡占据了寓所，生命就成了客人。可是，寓所收拾得再诱人，客人也不愿意进去。

“你们这些手指，设置了入口的门槛，就像一把生与死之间的刀。”那是纳粹指挥官的手指，他们只需手一指，那些可怜的犹

太人便没了性命。他们的手指就像一把残忍的刀，让犹太人徘徊在生与死之间。

就是这些烟囱，这些手指，让以色列的肉体化作了烟尘飘散在空中。

诗人切身体会着痛苦，在穿越时空的隧道里与犹太人对话。“是谁把你们鞋里的沙倒空？让你们不得不起身走向死亡？”诗人当然知道是纳粹，是指挥官，是黑暗的社会。但是她觉得还应该是一种无法言说的力量操控着这些。在德国纳粹的屠杀中，犹太人被处死之前都会被脱去鞋子，所以诗人才会问是谁，而他们为什么必须走向死亡？是邪恶，来自人类内心深处的邪恶。鞋子里面的沙子被倒空了，那是来自以色列的沙子，是流浪者的沙子。这沙子珍贵得很，“掺和了夜莺的歌喉，掺和了蝴蝶的翅膀，掺和了蛇渴望的尘土，掺和了所罗门王的智慧所剩留的一切，掺和了苦艾的秘密中的痛苦。”可是，这么珍贵的沙子却被他们的一指而变得不再有意义。

他们把死亡看得轻蔑，可是“明天你们就将变成尘土，在后来者的鞋中。”谁都不知道未来怎么发展，但亵渎死亡的人们一定会受到惩罚，诗人靠着这点信念，向他们下了诅咒。

诗人的诗歌中充满了恐怖、死亡，但这不能怪她，因为世界给了她痛苦和恐惧。她希望所有被伤害的人都已被天国的慰藉之手轻拥入怀。“神志错乱的母亲站着，用她那撕裂了的心智碎片，用她那燃烧过的心智的焦黑火苗，埋葬她死去的小孩，埋葬她失落的光明”。

在那个年代，死亡好像太正常不过了。不知道又是谁家的孩子死去了，不知道什么原因，但除了疾病，就是贫困，还能是什么？归根结底还不是战争惹得世界民不聊生？母亲绝望了，“她亲吻这大气生成的个体，并且死去。”

“我多想知道，你最后的目光停留在什么地方。”被迫害的人总是成为诗人的幻想对象，诗人把自己比拟成被迫害者，然后盯住一块石头。“一块吮吸了太多最后的目光的石头，使这些目光盲目地停留在这个盲目者身上？是停留在泥土上吗？”这块最靠近死者的石头，一定被寄予了太多绝望，那泥土足够填满一整只鞋子，并且已经开始变黑了。这段杀戮的日子显得那么漫长。

但这是个有爱的世界，“这个不让任何人没有人爱地离去的地球，给你送来了划过天空的鸟迹，提醒你的灵魂：它那因烧焦而苦痛的身体在颤抖。”只想问一句：何时，战争会永远消失？

名家点评

她那象征意味浓厚的语言大胆地融合了发人深省的现代语汇和古代圣经诗歌的典故。她完全认同其同胞的信念及宗教神秘观：她创造出一个意象的国度，不避讳死亡集中营及焚尸场的恐怖真相，却又能超越对迫害者的仇恨，只是呈现出面对人类鄙行所感受到的哀伤。

总统先生

1967 [危地马拉]

Two hours of light, twenty-two hours of darkness; A steel drum of thin soup, a waste iron drum, summer thirst, land of winter rain, this is the life of a dungeon.

两个小时的光亮，二十二个小时的黑暗；一只盛稀汤的铁桶，一只装粪便的铁桶，夏季口渴难当，冬季遍地雨水，这就是地牢的生活。

【获奖理由】

表彰作者出色的文学成就，他的作品深深地植根于拉丁美洲印第安人的民族气质和传统之中。

名人小记

米格尔·安赫尔·阿斯图里亚斯（1899—1974）

他的“高贵、典雅又略带讽刺的悲剧式”的作品，不光打动了拉美文学界，还引起了瑞典学院的注意。

米格尔·安赫尔·阿斯图里亚斯出生时正值卡布雷拉独裁统治时期，他的父亲是首都危地马拉城著名的法官，母亲是教师。父母因为不满独裁政权而遭迫害，全家被迫迁居至内地的山区。

这座偏僻的山谷是阿斯图里亚斯童年时代生活的地方，这里居住着印第安人玛雅部族。他听到了很多关于玛雅一族的神话故事和传说，并且随着年龄的长大，学会了玛雅族的语言和风俗习惯。他觉得印第安人是一个善良、勇敢的民族，希望有朝一日把这里的生活和过去写下来。

1919年，他考入危地马拉大学攻读法学，四年后获得法学博士学位，在首都担任律师一职。在工作期间，他接触了很多独裁政权对外投靠帝国主义，对内镇压人民的残暴罪行。渐渐心中就埋下反独裁的种子，阿斯图里亚斯开始到处参加反独裁政治活动，但是很快受到迫害，被迫流亡欧洲。

他的第一部书《印第安人的传说》出版于1930年。两年之后他回到了离别九年的祖国，回国时他完成了一部轰动世界的小说稿《总统先生》，尽管文中并没有明确地指出故事发生的地点和政治背景，但是根据内容来看，这是一部以卡布雷拉统治时代为背景，全文指向一切独裁寡头政权的长篇小说。这部作品的“出生”也是相当辛苦的，早在1922年，作者就开始酝酿，原本起草的是一部名为《政治乞丐》的短篇小说，但是在经过深思熟虑，十九次更改之后，《总统先生》终于得以问世。

也许是时代推动，这部书稿在国内百姓的手中秘密传抄，但是碍于国内独裁政权的恐怖压力，无法公开发行。一直到1944年乌斯科政权垮台后两年，这部惊世之作才在墨西哥问世，随后被欧洲翻译出版，从而震响全球。

阿斯图里亚斯的这部《总统先生》掀起了“魔幻现实主义”的热潮，为拉美文学艺术争得了一面锦旗。“魔幻”和“现实”似乎水火不容，但将它们融合得像一体，这就是作者的高明之处。

小说成功塑造了一个拉丁美洲专制暴君的形象，冷酷残忍地伤害着国民，用尽了各种阴谋手段。可是，作者本人却强调："我们的文学不过是把自己所受到的震撼记录下来，而不是故意危言耸听，渲染夸大而引人同情。眼看着整片大地像旧文学所描述的破碎、沉沦，民族主义受到扼杀，而我们依然不轻言妥协和投降，依然不屈不挠地挣扎和追求。不必问我们的种族来源与学术派别，我们带给你的绝对是一个可以证实的、可能存在的世界，它是不平凡的。而最不平凡的是，在天长地久的岁月中从事永不休止的创造。"

这位总统不同于其他国家的总统，后者昏庸无能，胆怯怕事，无恶不作却畏畏缩缩；前者头脑精明，做事讲究谋略和计划，大胆狡猾。可是他们都有共同点：凶残地强压着百姓，剥削着百姓。

《总统先生》中的暴君将整个世界玩弄于手掌之中，为了维护自己的利益，用尽了手段，残酷无情、奸诈虚伪。最后，终于将所有阻碍他的人清除掉了！

可是，很快他就会被赶下台，因为他忘了世界是属于人民的，他只不过是欲望的傀儡！

【精彩赏析】

在中美洲某国家的一个深夜里，群星闪耀在天空中。一群乞丐聚在一起，他们不约而同地跑到天主教堂的门廊下过夜。他们不约而同的唯一原因就是贫困。他们来不及过多地寒暄，各顾各地和衣而睡，就像小偷一样畏畏缩缩地将自己的"财富"裹成小枕头躺在上面。其实，那些"财富"只不过是些剩菜、破鞋、旧报纸而已，还有一些烂橘子、香蕉之类的。

一个黑影儿朝着天主教堂这边走来，乞丐们就像一群毛虫一般缩成一团。黑影忽然瞥见了傻子佩莱莱，走过去踢了他一脚，还嘲笑了他。佩莱莱被激怒了，他从地上霍地跳起，还没等那人掏枪，就已经用自己的手指捅进了他的眼窝，连连几口就把他的鼻子咬烂了，还用膝盖顶住那人的肚子一通乱打，直到那人一动不动才停手。就这样，这个绰号“小骡人”的松连特上校被杀死了。

松连特上校是总统先生的亲信，无恶不作，百姓们都很恨他。总统听到这个消息后，极为震怒，在一番谋划之后，总统决定借着此案除掉两个政敌卡纳莱斯将军和卡瓦哈尔硕士。

他命令心腹军法官把当晚的乞丐全部抓回来，关进一个叫“三个玛丽娅”的地牢。在这里，一个又矮又胖的人告诉乞丐们，之所以把他们抓来是为了调查一件政治谋杀案，问他们是否知道头天夜里天主教堂门口谋杀陆军上校的杀手是谁。乞丐们被严刑拷打，他们都像一只只被控制的野狗，吓得浑身哆嗦，全部按照军法官安排的内容招了供。只有一个叫“苍蝇”的乞丐就是不肯，结果被活活打死了。

佩莱莱沿着市郊弯弯曲曲的小道逃走了，在甜蜜的梦乡中，他梦见人人都是平等的。可是，每当太阳一升起，从梦境中醒来，人们又是那样不平等。有些人一辈子一无所有，有些人生来养尊处优。那些剥削者拥有四五十幢房屋，月息高达九厘甚至更高，还有公职的达官贵人、地主、老板、业主、财主、社长也在剥削着贫困的百姓，这种可怕的社会正在吞噬着善良的人们。

依照总统设计的圈套，总统让另一个亲信安赫尔传信给卡纳莱斯将军，说是不愿看到将军被害，并且帮助卡纳莱斯将军逃走。将军离开安赫尔家时还是威风凛凛的样子，但是大门一关，他马上像一个集市卖鸡的小贩一样跑走了。总统其实计划在将军潜逃的时候，命令士兵将他打死，这样就不必那么麻烦地审判。但是安赫尔想到了热爱的一切：祖国、家庭、回忆、传统，当然最主要的是他爱上了将军的女儿卡米拉。这一切使他背叛了总统，真的放走了将军。为了感谢安赫尔，将军同意把女儿嫁给他。

军法官张牙舞爪地来到将军家，却扑了个空。他们逮捕了前来给将军通风报信的妇女费迪娜。然后军法官又把车子驶向了卡瓦哈尔硕士家，把戴着大礼帽、穿着大礼服正准备去总统府的硕士逮捕了。

国庆节到了，市民们都从窗口往外泼水，因为总统府的人将从这里过去，这样做是为了避免尘土太多。不一会儿，举着崭新的旗帜的军队、乘着华丽马车的达官贵人、穿着金光闪闪的将军，还有一些匆匆地徒步行走的下级官员从这条大道上穿过去。

此时此刻，大街上布满了总统的亲信，他们相互簇拥着。一个女人见到总统出来，便开始演说：“人民的儿子！让欢呼您万岁的声音传遍四面八方，永远响彻世界！祖国的功臣，伟大的自由党首领，忠诚不渝的自由战士，青年学生的保护人，共和国宪法总统先生万岁！”

总统身边的官员正在振振有词地讨论去哪里吃一顿大餐。人民代表赞成去“豪华饭店”，好像是宣布了一条人人都务必遵守的法则，说是一举两得，有助于增加国家的税收。

费迪娜被关在一间仿佛墓穴般的牢房，她被从头到脚全身搜查了一遍。两个男人把她带到军法官那儿受审。远处，传来了一阵婴儿的啼哭声，军法官冷漠地说道："为你的儿子想想吧，他已经哭了两个小时了，如果你不告诉我将军的下落，他就要活活饿死了。"她扑向门口，却被他们踹倒在地，使她不得动弹。天快亮的时候，她在地牢里苏醒过来，发现垂死的儿子已经奄奄一息，身体渐渐变凉。她使劲地砸门，没有人回应，外面正在热闹地过着国庆节，大街上一片喧哗。

军法官收到一封信，里面提到："总统先生的女友，那家闻名的妓院老板娘琼太太，今天来我的事务所，她物色到一名年轻美貌的女子，愿意出一万比索赎出，到她的院里做生意。"那名年轻美貌的女子就是费迪娜。军法官把费迪娜交给了琼太太，但是丧失儿子的痛苦和在监狱里的折磨使她根本无法做这门生意。

卡纳莱斯将军随着坐骑，在暮色茫茫中走着。显然，坐骑已经累得筋疲力尽了。他来到一间印第安人居住的茅屋，里面住着一个孤独的老人。老人告诉他，自己从前有土地，八头骡子，还有老婆儿子。后来村子里来了政治特派员，他把骡子牵走为总统庆祝生辰，然后还把几头牲口瓜分了，儿子被拉去做了壮丁，土地也被骗走了。老人越说越激动，辱骂现实不是个样子，没有公平存在。

这些事情将军之前从未想过，他只知道想着那顶军帽。身为军人，却一直在维护一伙道貌岸然的剥削者和卖国贼。将军悔悟了！他提议要印第安老人跟他去国外。

指控卡纳莱斯将军和卡瓦哈尔两个人犯有叛乱、暴动和卖国等种种罪行的起诉书，整整有一大本厚。十四个证人异口同声地说是他们两个人杀死了

“小骡人”。法庭的判决让卡瓦哈尔觉得很不公平，而且荒谬至极。卡瓦哈尔决定向上级提起上诉，可是军法官却说：“别做梦了，这里没有什么上诉下诉的，定了罪就立即执行！”他被处死后，他的妻子却不知道仍到处打听他的消息，准备救他。

总统假装同意安赫尔与卡米拉的婚事，还为他们安排了婚礼。由于证婚人是总统先生，这件事自然上了报纸。逃亡中的卡纳莱斯将军，在路上目睹了人民的苦难生活，准备建立军队推翻独裁政权。但是刚刚组建好一支队伍，他却在报纸上读到了总统先生为自己女儿大办婚礼的消息，愤怒至极，导致中风死去了。

安赫尔掩饰不住内心的不安，因为有人告诉总统说他反对政权，拥护革命。总统假装劝慰安赫尔说：“在国内我固然需要你的帮忙，但是我更需要你到国外去协助我。我的政敌们正在国外施展阴谋诡计，进行恶意的诽谤宣传，这可能会破坏我的连任选举。”安赫尔以为这是他唯一的活路，可是当他将要离开边境的时候，总统安排埋伏在那里的少校法尔范将他逮捕了。

安赫尔被抓进了地牢，过着“两个小时的亮光，二十二个小时的黑暗，一只盛稀汤的铁桶，一只装粪便的铁桶，夏季口渴难当，冬季遍地雨水”的生活。他告诉自己：“你的体重一天轻似一天，等到风能吹得动你的时候，它会把你吹回到日夜盼望着你的卡米拉身边，她望眼欲穿，相比也瘦得不成样子了。”虚弱的他靠着这点意识支持着自己，虽然身体上受到了严重的摧残，可是只要想起卡米拉，就仿佛闻到一阵花香。

总统得知后，派人告诉他，卡米拉已经成为总统的情妇，安赫尔伤痛欲绝，不久便患传染性痢疾致死。

卡米拉因多方寻找丈夫未果，带着儿子回到了乡下。

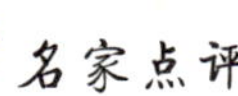

名家点评

《总统先生》这本高贵、典雅又略带讽刺的悲剧作品是用来控诉20世纪初在拉丁美洲各地兴风作浪的独裁者。这种独裁者现在还是阴魂不散，他们翻云覆、野蛮跋扈，使整个社会充满暴戾与猜忌，使千万生灵陷入人间地狱，生不如死。对这种情况，阿斯图里亚斯在字里行间显露了他的深恶痛绝。

雪国

1968 [日本]

The two pieces of beautiful and ruddy lips slightly closed, like flashing red light, looks very moist. If the cherry small mouth wide, with singing but quickly closed, very lovely. Like the charm of her body are. Under slightly curved eyebrows, those outside get neither cock, also not down, just like to draw up straight eyes, now going round and round, with a childlike. She didn't have the white powder, urban geisha life has left her pale skin, and penetrate into the mountains again today color, delicate new strip away like lilies or onion bulb, Even a pink on slightly, it is very clean.

那两片美丽而又红润的嘴唇微微闭上时，上面好像闪烁着红光，显得格外润泽。那樱桃小口纵然随着歌唱而张大，可是很快又合上，可爱极了，就如同她的身体所具有的魅力一样。在微弯的眉毛下，那双外眼梢既不翘起，也不垂下，简直像有意描直了似的眼睛，如今滴溜溜的，带着几分稚气。她没有施白粉，都市的艺妓生活给她留下惨白的肤色，而今天又渗入了山野的色彩，娇嫩得好像新剥开的百合花或是洋葱头的球根，连脖颈也微微泛起了淡红，显得格外洁净无瑕。

【获奖理由】

作者以敏锐的感受，高超的叙事技巧，表现了日本人的精神实质。

川端康成（1899—1972）

读起川端康成的文章，会感受到那纤细的忧伤。或许是与生俱来的悲情，抑或是儿时面临死亡留下的阴影。也许你会羡慕他的才情，却一定不会羡慕他的命运。他笔端渗透出的美，多少都有对世界的期盼，可是再美也不能使他摆脱心中的忧伤，所以他才会选择自杀。

1968年，川端康成凭借《雪国》《千鹤》《古都》三部著名作品获得了诺贝尔文学奖，这是印度诗人泰戈尔获奖之后，第二位荣获此奖的亚洲文学大师。他的致答辞讲得也是颇具哀愁，模仿紫式部的《源氏物语》对人生和文学做了相似的感悟。他说：“在我的少年时代，古文还不太懂的时候，就已经开始阅读古典小说了，大多都是平安朝文学作品。其中，尤其是《源氏物语》深深地铭刻在我的心中。《源氏物语》问世几百年来，日本小说无不在憧憬、悉心模仿或改编这部名作。‘群雀枝头闹，日影横竹梢。添得秋色浓，触目魂黯销。荻叶洒满园，秋风侵身寒。夕阳影在壁，倏忽已消沉。’这是镰仓末期永福门院的诗，象征了日本纤细的哀愁。我觉得跟我的心境颇为相似。”

说起川端康成的悲情，除了小说中渗透出的淡淡忧伤，还有身世中隐藏的无法撼动的命运。这位世界级文学大师出生在日本大阪，父亲是修养高尚的医生，在川端康成两岁时患肺病去世，一年后母亲也患肺病离开了他。他只好由祖父母抚养，唯一的姐姐芳子在姨母家寄养。上小学时，祖母病故，三年后仅见过两面的姐姐也夭折了。此后，他一直跟又聋又瞎的祖父生活在一起。然而，十六岁那年，祖父也奔赴黄泉，他成了真正的孤儿。

有人说：死亡是顺应大自然的规律，生老病死无需太在意。可是，对于川端康成来说，这接二连三的生死离别却像是对他的惩罚。他尝尽了少年不该有的悲哀，小小年纪，改变不了命运，也掌握不了生死。这让他逐渐养成了怪癖的孤儿气质，也正是现实对他的打击，让他把全部的情绪都倾注在文学上。

他从小博览群书，对古典名著最为喜爱。《源氏物语》更成为了他写作的目标和动力。上学期间，他多次将自己创作的稿件投出去，可都石沉大海。

《雪国》是川端康成最著名的代表作，也是他的创作达到高峰的凭证。它从1935年开始在杂志上陆续发表，直到1937年五月为止。战后，川端康成又对其进行了再三推敲，1948年由创元社出版。这部世界名作前后经历了十四年之久。

战后，川端康成在日本文坛的地位日益提高，不少人开始认识他。然而，正当他处于风生水起时，却于1972年4月16日在工作室含煤气管自杀，没有留下只言片语给后人。

遗憾归遗憾，死也许对于一直囚禁着自己的悲痛来说更潇洒。他没有说什么，是因为对世界没有任何留恋吧。而我们能做的，只能是细细品读文章中的深意，还他一份深情。

岛村是个东京人，很富有，对妻子孩子没什么兴趣，对事业也没什么打算。父母给他留下的遗产足够他生活，所以整天无所事事。可是，无聊的生活同样让他感到疲惫，有时就写写舞蹈方面的文章取乐。

他三次踏足雪国，面对不同的美景，有着不同的感情。行男、驹子和叶子生活在雪国这个地方，互相的爱恨痴缠，谁也说不明白。雪国这个地方，从此有了岛村的珍贵回忆。

【精彩赏析】

穿过县境上长长的隧道，便是雪国。夜空下，大地一片莹白。

为了解闷，岛村又坐上了去往雪国的车。三个小时前，他无意中将手指顶在玻璃窗上画了一条线，上面照见了一个女人的眼睛，吓得他差点叫出声来。等他平复了心情，才发现原来是对面座位上一个姑娘映在玻璃上的影子。天色垂暮之时，车中灯光明亮，玻璃窗就形成了一面镜子。

姑娘恰好就坐在岛村的斜对面，侧着脸就能看见她。其实在他们刚上车的时候，岛村看到这位姑娘的美艳冷傲，便暗自吃了一惊，但视线突然瞥见了一个男人青黄的手紧紧地攥着姑娘的手，岛村便觉得不好意思再看下去。

姑娘的身子微微前倾，聚精会神地照顾着躺在面前的男人，她的目光坚定、严肃，看得出她是真心诚意对这个男人好。镜子的衬底是空气中流动着的黄昏，人影似乎有些透明，背景则是朦胧逝去的日暮，这景象就好像一幅来自天上的仙境。尤其是姑娘清纯美丽的脸庞，在灯光重叠的刹那，美得无法形容，岛村的心灵为她震颤。

车厢里灯光昏暗并不明亮，岛村看得入迷的时候，忘却了玻璃的存在，竟然感到这位姑娘就是浮现在暮景中的仙女。

这时，她的脸庞上，亮起一盏灯火，镜子里的映像就消失了。灯火在她的脸上闪烁，却没能将她的面孔照亮。只有一点寒光，使她的眼睛周围若明若暗的闪亮。

岛村盯了她好一会儿，竟然忘记了自己的失礼，想必是镜中暮景的力量吧。

半个小时后，这个名叫叶子的姑娘竟然和他在同一站下了车，他感觉到好像有什么事情就要发生在自己身上。他回头看了一眼，瞬间被月台上的寒气入侵，他顿时为刚才在火车上失礼的行为感到羞愧。

初雪的岁暮，滑雪季节还未来临之前，温泉旅馆里的客人很少，岛村从室内温泉里出来时，整个旅馆都安安静静。在走廊拐角的账房处，一个女人亭亭玉立，岛村不由得一怔，心里想：她果然还是当了艺妓。

上次来雪国的时候，正逢雪崩危险期过去，初夏的登山季节。整天无所事事的岛村就想来这里逍遥快活。那天晚上，他下山来到这个温泉村，想叫人替他找个艺妓来，但是当晚的艺妓都忙不过来，所以女佣就带来一个姑娘。初次见到驹子，岛村很惊讶，因为驹子给人的印象是出奇的干净。让人觉得恐怕连脚丫子缝都那么干净。她打扮得虽然有些像艺妓，但是和服的下摆毕竟没有拖在地上，柔和的单衣穿得整整齐齐。

驹子说自己今年十九岁了，但是看起来像二十二岁的。聊着聊着，驹子也不那么拘束了，谈起歌舞、演技、风格和最新消息，她竟然比岛村知道得还详细。或许从未有人这样和她聊过天，所以她说得起劲的时候，露出了不拘形迹的样子。

第二天下午，驹子来他的房间玩，岛村请她帮忙找个艺妓来。她太洁净了，让人不敢往那方面想。

可是姑娘却说：“我做梦也没有想到，你会请我做这种事情。”

后来，女佣给岛村找了一个十七八岁的艺妓，可是岛村那种对异性的渴望顿时化为乌有。因为他的心里是那个洁净的姑娘。

那天晚上，驹子喝醉了，她大叫岛村的名字，闯进了他的房间里。毫无疑问，她爱上了岛村，这让岛村很意外。她像失了魂一样，一会儿安静一会儿又说些什么。直到旅馆的人快起来的时候，她才赶紧拢好头发，一个人匆匆地逃了出去。而岛村当天便回了东京。

这次来到这里，岛村进村碰到了驹子，也多少了解了一些驹子的事情。驹子请他进屋随便坐。正在这时，他听到有人在说话。

“驹姐，从这上面跨过去行吗？”这声音不是别人的，正是叶子的声音。

“不碍事。”驹子刚说完，叶子就穿着雪裤，轻盈地迈过了放在地上的三弦琴。岛村能感觉到叶子看他的眼神中带着一丝闪烁。他情不自禁地又想起了昨晚叶子映在窗子前的样子。接着又浮现起驹子那一片白雪之上绯红的面颊。

岛村从按摩女处得知，驹子的舞蹈老师的儿子行男，也就是叶子在车上照顾的病人，是驹子的未婚夫，驹子为他治病才当了艺妓。对此，岛村实在难以理解。他也问过驹子，她却说她和行男并不怎么样。

驹子在岛村的房间里弹了一曲《化缘薄》。岛村感到一股深深的凉意，他为一种虔诚的感情所打动，被一颗悔恨之心所抵挡。岛村知道驹子迷恋自己。从那天开始，驹子开始留下来过夜，并且不再那么急着走。

岛村又要回东京了，驹子来车站送他。这时，叶子慌慌张张地跑过来说：“哎呀，驹姐，行男他的样子不大对，快回去！”

驹子闭上眼睛，脸色刷白，然后断然摇了摇头说：“我在送客，不能回去。”

岛村说：“送什么，不必了。”

“那不行，我怎么知道你还来不来？”

“来，肯定会来的。”

可是，不管叶子和岛村怎么劝她，她就是不回去。岛村突然对驹子很厌恶。他说：“你们三个人之间，究竟是怎么回事，我不清楚。可是，那位少爷说不定马上就要死了。所以他想见你一面。你该乖乖回去，不然会后悔的。”

“不，你误会了。”她说道：“我是不愿意看着一个人死掉。”

火车开动了，驹子的脸在亮光里闪现了一下，就消失了。

岛村第三次来到这里，已经是飞蛾产卵的秋季了。驹子过了一会儿才来。她站在走廊上，看着对面的岛村。他原先失约了，到现在才来，驹子难免有些不高兴。但是很快，他们就和好了。

这次，岛村在雪国逗留了很久，几乎把家里的妻儿都忘记了。驹子越是苦苦地追求他，岛村越是责备自己。最终，决定非离开这里不可。

但是正当他打算再次离开的时候，村子里失火了。滚滚浓烟，火苗时隐时现。今晚，这里正在放电影，里面挤满了人。驹子被吓哭了，她的脸枕在岛村的手上，显得比平时还小。破旧的半边屋顶和墙壁已经烧掉了，柱子和房梁还冒着烟。突然，一个女人落了下来，是叶子。驹子大叫起来，岛村的心就像被刺刀直刺般的疼。

看着叶子的小腿不断地痉挛，岛村的脚尖也感到抽搐起来。叶子闭上了撩人的眼睛，不知道为什么，岛村根本没有觉得她死去。岛村突然想起几年前，在这个村子与驹子相会前，当时叶子的脸映在窗上，灯光就仿佛这火苗，一闪一闪地照着叶子的脸。一刹那间，仿佛也照彻了他和驹子共同度过的日月。

驹子拖着艺妓的下摆，磕磕绊绊地跑过去，抱着叶子就想往回走。岛村想走近她，却被人群挤得东倒西歪。当他站稳脚跟，抬头望去，天空上的星星仿佛坠落在他的心头，向岛村的心里倾泻下去。

名家点评

读他的文章，令人联想起日本绘画。因为川端康成极为欣赏纤细的美，喜爱用那种常带悲哀的笔端，兼具象征性的语言来表现自然界的生命和人的宿命。倘若把外在行为的虚无比作漂浮在水面上的荇藻，那么，在川端康成的散文中，可以说能反映出俳句这种玲珑剔透的纯粹日本式的艺术。

等待戈多

1969 [爱尔兰]

Let's go. We can't! Why not? We are waiting for Gordo.

咱们走吧。咱们不能！干吗不能？咱们在等待戈多。

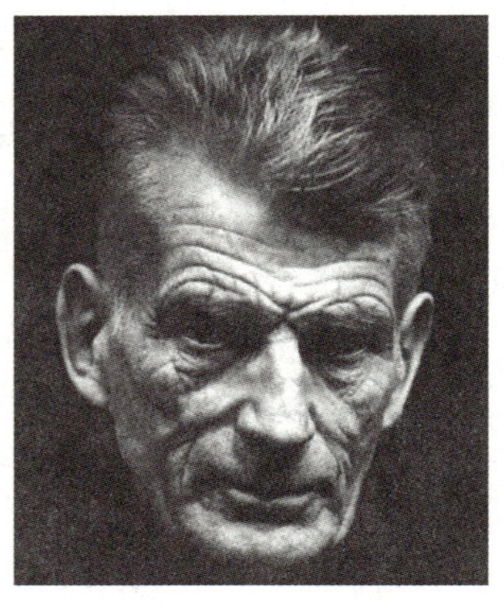

【获奖理由】

作者那具有新奇形式的小说和戏剧使现代人从贫困境地中得到振奋。

名人小记

萨缪尔·贝克特（1906—1989）

与加缪一样，萨缪尔·贝克特被人们熟知也是因为“荒诞”。他们有共同的个性，也有独特的风格。和大众流行文学不同，“荒诞主义”打破了人类常规的思维方式，创造了新的世界观、价值观。

原籍爱尔兰的戏剧家、小说家萨缪尔·贝克特出生在爱尔兰首府都柏林。学生时代，他游历巴黎时与侨居巴黎的爱尔兰现代作家詹姆斯·乔伊斯相识，并且担任詹姆斯的秘书。1932年后，贝克特漫游欧洲，并担任先锋派杂志的撰稿工作。因为对爱尔兰当时的“神权政体”“书籍检查”制度不满，于1938年定居法国。

由于第二次世界大战的爆发，巴黎被德国占领，他参加了地下反抗组织。后来被盖世太保通缉，他被迫逃到农村做了农业工人。战争结束后，贝克特再次回到巴黎，专心创作。

可能是亲眼目睹了两次世界大战的关系，他的文章中总是带有一丝黑色悲观主义色彩。他深受意识流文学和存在主义哲学思想的影响，认为悲观“在无法避免的悲惨境遇中，痛苦地面对现实而产生”，还认为一切事物全都没有意义。这些思想在其文章中均有体现。

与西方大部分作家不同，他所致力的区域并非涉及真实的社会生活，或者去挖掘世界大战发生的原因、具体存在的社会问题等。而是一心一意地去揭示人类生存的困惑、焦虑、孤独，或是在现代社会中丧失自主意识的悲哀。在存在主义的影响下，他的作品总是在宣扬一种荒诞和冷酷，宣称人生的毫无意义与孤独、痛苦。

1953年，《等待戈多》的上演，震惊了巴黎的观众。在那一晚，这出戏把传统的戏剧观念全盘打破。贝克特和他的《等待戈多》成了大街小巷谈论的对象。就连两个人见面打招呼也变成了：“嘿，你在干什么？”“等待戈多。”

看过这部戏的观众都会问同样一个问题：“戈多是谁？”原著作者贝克特却始终不肯为观众解答这个问题：“我也不清楚，否则我早就写在剧本里了。”人人都在研究分析他的《等待戈多》，他却拒绝参与。

就像1969年在斯德哥尔摩的颁奖，万众瞩目的盛宴中，唯独不见这个“主角”的身影。他怕被别人打扰了遁世的隐居生活，竟搬到偏远的村子去住。

萨尔缪·贝克特可以不为人所知，可以不在我们的视线中生活，可是他还有文学，这是我们与他之间的桥梁，有了《等待戈多》这样的介质，就不怕观众记不住他。

戈多是谁？谁在等待戈多？戈戈和狄狄站在只有一棵树的荒凉的路口，每天焦急地等待着他。“他”是人生中最重要的希望，可是总不来，或许等待他的人太多了。在苦闷、无聊、孤独的生活中，到底怎么生活才好？难道不是应该等待“希望”到来吗？

戈多，他是我们心中的希望，是憧憬，是渴望改变的现实。戈多，他是迟迟不来的上帝，是治愈疾病的良药，是生活中不确定的转机。戈戈和狄狄也不清楚是从什么时候开始站在路口等待戈多，或许已经过了半个世纪。

也许，他们还会等下去，也或许，明天戈多真的会来呢！

【精彩赏析】

乡间一条路，一棵树，黄昏。

爱斯特拉冈，即戈戈，正坐在一个低土墩上脱靴子。他的两只手使劲地拉着鞋帮，累得直喘气。一会儿，他停止拉靴子，显得有些精疲力竭，歇息了一会儿，又开始拉靴子。

弗拉季米尔，即狄狄，走过来和他一起拉扯鞋子。

他们是两个流浪汉，此时正站在一条乡间小路上，百无聊赖地聊着一些没有内容、杂乱无章、琐碎凌乱的事。

狄狄高兴地说道：“终于又在一起啦！我们应该好好地庆祝一番。起来，让我抱一下。”

戈戈却没好气地说：“不，这会儿不成。”

“昨晚，你在哪儿过的夜？”

“在一条阴沟里。”

“咱们在这里干吗？”

“等待戈多。”

他们的对话前言不搭后语，但是可以知道他们在等待一个叫戈多的人。狄狄若有所思地脱下帽子，向帽子里窥视，在帽子里摸索，然后还抖了抖帽子，重新戴在了头上。随后说了句“寒心”，又脱下帽子重复着往里面看去，敲了敲帽顶，好像要敲掉里面的什么东西似的。戈戈则用尽全身的力气把一只靴子脱了下来。他往靴子里瞧去，伸手摸了摸，最后又把靴子朝下倒了倒，往地上望了望，看看有没有什么东西从靴子里掉出来。但是什么也没有，于是他的两只眼睛出神地盯着靴内。

狄狄边把帽子脱下来，往帽子里瞧，边对戈戈说“你就是这样一个人，脚出了毛病，反倒是责怪靴子。”

他们昨天就等在这里，今天仍然等在这里，他们的唯一想法就是等待戈多出现。可是戈多并没有出现，他们也不清楚戈多究竟是谁，长什么模样，穿什么衣服，更不知道自己和戈多是什么关系，等待他到来又会怎么样。

波卓还有奴隶幸运儿从这里经过。波卓用绳子拴在幸运儿的脖子上，赶着他在前面走着。幸运儿两只手里提着一只沉重的口袋、一个折凳、一只野餐篮和一件大衣；波卓只拿了一根鞭子。

戈戈目不斜视地盯着这对过路人，低声地对狄狄说：“是他吗？”

狄狄也以为是戈多来了，随口说道：“戈多。”

波卓回应道：“我来自我介绍一下，我叫波卓。”

戈戈怯生生地看向波卓，问道：“您不是戈多先生吗？”

波卓：“戈多是什么人？”

戈戈和狄狄都说不上来，因为他们根本就没见过戈多，更说不上来为什么要在这里等着戈多。

过了一会儿，波卓抖动着绳子，控制着幸运儿，问他们："你们喜欢哪一样？咱们是要他跳舞，还是唱歌、朗诵，或者是思想演讲呢？"

在幸运儿的长篇演说中，狄狄和戈戈都聚精会神地谛听，波卓却垂头丧气。幸运儿说着一些乱七八糟的话。

波卓感觉厌烦得不行，就带着幸运儿离开了。这个荒芜的路口就只剩下他们两个人了。戈戈又提议离开，却被狄狄以"咱们在等待戈多"为由阻拦了。这时，一个孩子走了过来，两人同时看向孩子。孩子说自己是戈多的信使，这次到来就是为了告诉他们两个戈多今天不来了，可能明天会来。于是，他们相信戈多明天一定会来。他们开始谈论起自己的过去，谈论起他们在一起好像有半个世纪了。他们想离开这里，想分道扬镳，可是他们什么也做不了，总是在这里等待着，从未离去。

第二天，他们在这里继续等待着，路边光秃秃的树上已经长出了新叶，但是其他场景没有变，或许已经不只是第二天了。但他们并没有在意这些，只知道昨晚他们谈了一晚上，却又像是一场噩梦，而今天噩梦将继续做下去。

为了不让自己变得无聊，不想在沉默的环境下待着，他们开始烦躁地怒吼对方，并且把帽子脱下来再戴上，戴上再脱下来。倍感无聊至极，他们互相怒视对方，开始对骂。在一场毫无意义的对骂之后，又很快言归于好，热烈地握手、拥抱。他们拥抱，又分开，最后沉默。

波卓和幸运儿又回到了这里，可是波卓已经变成了瞎子。幸运儿不小心把东西掉了一地，就连波卓也倒在地上。他们扶着波卓站起来，没想到一松手波卓又摔倒。波卓已经不认识他们了，而"昨天"还在这里做演讲的幸运儿也变成了哑巴。

波卓和幸运儿走后，"昨天"那个小孩又来了。这让他们十分高兴，好像小孩的身后就跟着戈多。他们热情地向孩子打招呼，但是孩子却表示不认识他们，称自己是戈多的信使，第一次来到这里，从来也没有见过他们。这让他们很迷惑，但是又不知道从何说起。孩子再次告诉他们，戈多很快就要来了，或许就在明天。他们好奇地问孩子戈多是否长胡子，平时都干些什么。孩子什么都不知道。

他们发现自己的等待令人沮丧，还不如上吊了呢！他们想放弃等待，离开这里，可是又害怕戈多来了惩罚他们。他们想到在这里自杀，可是因为没有足够长的绳子而放弃了。于是他们决定明天再带绳子来上吊，除非戈多真的来了。

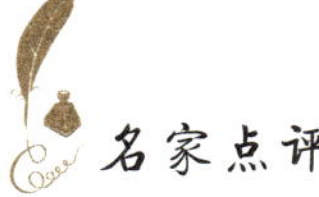

名家点评

我们见到了前人没见过的人的堕落，如果我们否定了一切价值，堕落的证明就不存在了。但是如果了解人的堕落会加深我们的痛苦，则我们更要认识人的真正价值。这就是内在的净化及来自贝克特的黑色悲观主义的力量。

癌病房

1970［苏联］

In the first quarter of you can lead the person's life. The second 25 years you will be working like a horse. The third twenty-five years you will tend to yell like a dog. There are 25 years, you will like the monkey was making fun of...

最初的二十五年你可以过人的生活。第二个二十五年你将像马一样干活。第三个二十五年你将像狗一样乱叫。还有二十五年，你将像猴子一样被人取笑……

【获奖理由】

为了表彰作者在追求俄罗斯文学不可或缺的传统时所具有的道义力量。

亚历山大·伊萨耶维奇·索尔仁尼琴（1918—2008）

“全世界成百上千万人把亚历山大·索尔仁尼琴的名字和创作与俄罗斯本身的命运联系在一起。他将科学研究和杰出的文学著作，事实上是他全部的生命，都献给了祖国”，普京在颁奖典礼上这么称赞他。

“俄罗斯的良心”是评论界和读者给他的评价，他是1970年荣获诺贝尔文学奖的苏联作家。说起他，很多人都遗憾，因为他与上上届获得诺贝尔文学奖的苏联作家帕斯特尔纳克都没能亲自参加颁奖典礼。因为他的文学得不到祖国的认可，竟要靠着在西方国家出版才获得这项荣誉，因为他和他的作品被无情地踢出文学界，时隔三十七年才重见天日。

1918 年，索尔仁尼琴出生在北高加索。苏德战争爆发后，他应征入伍，因为连续立了两大功，授勋而升为炮兵大尉。1945 年，有关部门发现他在与中学同学通信中出现了批评斯大林的言论，将他逮捕入狱，判刑八年、流放三年。1973 年出版的《古拉格群岛》就是作者根据服刑期间的真实经历改编而成的，被人们称为索尔仁尼琴最经典的著作。

赫鲁晓夫当政后的 1956 年，他才被释放出来，定居梁赞市，开始了文学创作。得到赫鲁晓夫批准的索尔仁尼琴出版了自己的处女作《伊凡·杰尼索维奇的一天》，这部小说反映了斯大林肃反扩大化的真实情况。在《新世界》主编和赫鲁晓夫的帮助下，这部中篇小说发表在《新世界》的杂志上，即刻引起轰动。作者一举成名，并且加入了苏联作家协会，赢得了国际性的声誉。

然而，好景不长，1965 年，勃列日涅夫政权开始对他的作品进行压制，除了极少数作品流传之外，其他作品都被禁止出版。这对作家来说，无疑是致命的打击。他曾努力争取机会，却未能实现，还被苏联作家协会开除了。

作家既愤恨又悲痛，就像自己多年孕育的孩子不被别人接受一样痛苦。在这里得不到支持，他便把目光转向别处。描绘莫斯科监狱故事的《第一圈》和著名小说《癌病房》在西方出版。1970 年，瑞典学院授予他诺贝尔文学奖，但是由于国内政府压制，他未能到场亲自参加颁奖仪式。他的致答辞却深入人心，打动了很多关注文学的人。

他发表的致答辞这样说道：“我曾为登上诺贝尔奖的圣殿而竭尽全力。能步入这一殿堂的并非我所有的同人们。有幸入内者，毕生也不过仅有一次机会。通往它的阶梯远非由三四层砖石垒起，而是百层、千层之多。它们直入云霄，巍然屹立在黑暗与寒冰之上。在这里，命运教会了我为生存而挣扎。此间，有不少比我出色、比我坚强之辈终未能逃出毁灭的厄运。我在古拉格群岛时，最令人痛心疾首的莫过于许许多多默默无闻的同志，生前竟没有发表作品的机会。整个民族的文学，因为缺少他们，而远远落后了。他们被淹没时，剥得赤条条的，自然什么棺柩和墓志铭都不可能有，仅仅是卸下了系在脚上的一块号牌而已。但是俄罗斯文学并未因此而断气。”

他不埋怨政府对他的不公平待遇，他不责怪世人对他的褒贬不一，他依然希望祖国的民族文学能兴盛，这样的度量并非几十年的压制就可以消失。有时候，一个人越是高尚就越单纯。

2007年俄罗斯国庆节，索尔仁尼琴获得2006年度俄罗斯人文领域最高成就奖。颁奖典礼结束后，普京立刻前往莫斯科郊外看望因病未能出席的索尔仁尼琴。普京感谢地对他说：“我特别想感谢您为俄罗斯所做的贡献，直到今天您还在继续自己的活动。您对自己的观点从不动摇，并且终身遵循。”

1955年，作者索尔仁尼琴在塔什干治疗癌症，他把期间的所见所闻编成小说《癌病房》，揭露了苏联当时极“左”路线对人性的伤害。

主人公科斯托格洛托夫被从监狱中流放出来，因为胃癌来到塔什干治疗癌症。心术不正的卢萨诺夫、清醒软弱的舒路宾、温柔多情的薇拉，在这里和他相遇。

在发生过很多事之后，主人公科斯托格洛托夫再也不能融入新的生活，就连看见动物园里的动物，也权当是在监狱里生活的囚犯。

【精彩赏析】

1955 年，雨夜，一个身材瘦高的男子突然闯进塔什干的一所医院。这所医院的主要项目就是医治癌症患者。

男子的闯入惊动了正在值班的医生薇拉，她本想上前制止这个擅自闯入者，可当她发现男子身患重病时，破例将他送进病房，安排住院。

原来，这位名叫科斯托格洛托夫的男子，今年三十四岁了。七年前，因为反苏宣传而被捕入狱，他是因为癌症转移而获准从流放地来此地就医的犯人。

入院之后，科斯托格洛托夫在医院护士和医生的精心照顾和治疗下，病情奇迹般地稳住了！在这里，他度过了一段平静而愉快的时光。

二月份的一天，病房里来了一位新病人，名字叫卢萨诺夫，是当地工业管理局的干部。病人们都不喜欢他，因为他一来到这里就开始抱怨自己没有得到应该有的特殊照顾。

不久之后的一个晚上，病人们都围在一起聊天，卢萨诺夫也在其中。正当一个病人讲述托尔斯泰写的一个民间故事时，卢萨诺夫十分反感，他觉得这些人简直就是在胡说八道。科斯托格洛托夫受不了卢萨诺夫这种道德败坏的行为和态度，于是反斥道：谈论道德修养的人们总是会刺痛那些道德败坏的人们。卢萨诺夫哪里受过这样的气？心里暗暗地记住了这个家伙，打算查查他的底细。

在这里治疗的日子里，科斯托格洛托夫已经和医学院的实习生卓娅熟悉了。他觉得和卓娅聊天很愉快，而卓娅也很欣赏这位男子。星期天，科斯托格洛托夫告诉卓娅，自己是个被判永久流放的犯人，就因为反苏宣传而已。被捕的时候，他还是个孩子，大一的学生，常和一些同学玩耍，偶尔也聊聊政治。他被抓的时候，还有几名同学也被抓了。在卓娅的心里，他就是个无辜的流放者。他没有杀过人，也没有结过婚，品质并不恶劣。况且时隔那么多年了，他一谈起自己的未婚妻还是一往情深，他是多么钟情的男子啊。他身上的刚强坚毅也是其他男子无法比拟的。科斯托格洛托夫也很喜欢卓娅，因为她长得漂亮，为人也很真诚。这让他觉得自己应该重新回到正常的生活中去，因为她点燃了他对生活的欲望。

卢萨诺夫的妻子前来探望丈夫，并且告诉了他一件非常不幸的消息：罗季切夫已经从流放地回来了，也已经恢复了名誉。听到这个消息，拉萨诺夫的脸色一下子就变了，因为他知道十八年前正是他诬告罗季切夫，才使其入狱服刑的。如今，罗季切夫已经被释放出来，他一定会来找自己报仇的！就算他不来，还有很多被自己迫害的人，他们一定不会轻饶自己的！卢萨诺夫越想越害怕，就连睡觉都连连做噩梦。

一天，病房里再一次爆发了激烈的争论，科斯托格洛托夫和卢萨诺夫早就互不顺眼了，借着这次机会，科斯托格洛托夫狠狠地指责了卢萨诺夫的观点是种族主义的观点，还说卢萨诺夫是一心想维护自己权益的寄生虫。有了大部分病人们的支持，科斯托格洛托夫占了上风。这是他有史以来做过最痛快的表达和辩论了，他几乎想要把所有的思想和观点一下子从心中掏出来。

因为科斯托格洛托夫受到严格的治疗，他的肿瘤明显在缩小，身体的生理机能也在

逐渐恢复。一种种欲望开始在他的心中产生，他为此感到惶恐不安。他还记得自己过去那么多年，见到女人从来不会失魂落魄。这几年的折磨更是接踵而来，年华已逝，悲惨的苦役生活，再加上癌症的折磨，自己根本没有时间和精力去感受生活。现在，他恢复了身体，情欲在心底萌发，在和薇拉、卓娅的交往中，这种欲望都时刻存在。后来，他和薇拉的关系有了很大的进展，使他们的感情有了更为丰富的内容。

放射科主任董佐娃是个二十多年来有着丰富经验的好医生，她把全身的精力全部投放在工作上，挽回了无数病人的生命。可是，最近她的工作不太顺利，原因是她的胃部总是隐隐作痛。她去访问老师奥列宪科夫，她的老师是个医术高明、为人正直的医生。早年因为出身和“历史问题”被剥夺了行医的权利。但后来因为偶然的机会，他救了当地一位至关重要的人物，才被允许继续行医。董佐娃患了胃癌，这使她被迫离开了自己的工作岗位。

卢萨诺夫的女儿也来探望父亲，她告诉父亲：莫斯科所有人都在谈复查的事，当年告发他人的人都被叫到法庭对质。卢萨诺夫听了这个消息，更加惶恐不安了。

科斯托格洛托夫在医院的花园里遇到了病友舒路宾，他是个共产党员，并且学有所成。但是在三十年代的大清洗过程中，为了自己的妻子和儿子，他违背了自己的良心和那些同伴划清了界线，往后的生活使他不得安宁。他每日都怀着对那些人的忏悔而活着，在上手术台之前，他还在和科斯托格洛托夫倾诉心中的悔恨。

科斯托格洛托夫终于康复出院了。他和薇拉的关系虽然已经发展到了相当微妙的地步，但是他想了想还是没有去打扰她的生活。

很多年来，他第一次以自由人的身份出现在社会上。他去百货店，好几次都遇到了尴尬的场面，他觉得竟然有人记得自己的领子号码，在劳动营里可没这个讲究。他受病友之托，去了动物园。然而，当他看见一动不动的山羊时，他想到的竟然是“具备这等性格，不愁经不起人生的波折。”当他看见笼子里的熊时，他却觉得“按照熊的尺寸，这里算是个隔离室了。”

他想不明白自己这些奇怪的想法为什么会冒出来，但就是克制不住自己。显然，新的生活在向他招手，可是对于他来说，适应这环境也不是什么轻松的事情。

名家点评

索尔仁尼琴奋起直追许多前辈大作家，同样继承了绝无仅有的俄罗斯传统。俄罗斯的苦难使他的作品充满了咄咄逼人的力量，闪烁着永不熄灭的爱火。故土的生活给他提供了题材，也是他作品中的精神实质。在这些雄壮的叙事诗中，中心人物便是不可征服的俄罗斯母亲，她以变化多端的名字、形形色色不同的面貌出现着。

二十首情诗和一支绝望的歌

1971 [智利]

I remember you as you were in the last autumn.You were the grey beret and the still heart.In your eyes the flames of the twilight fought on.And the leaves fell in the water of your soul.

我喜欢你是寂静的，仿佛你消失了一样。你从远处聆听我，我的声音却无法触及你，好像你的双眼已经飞离远去，如同一个吻，封缄了你的嘴。

【获奖理由】

作者的诗作具有自然力般的作用，复苏了一个大陆的命运和梦想。

巴勃罗·聂鲁达（1904—1973）

他爱这样寂静的深夜，远处唯美的景色，空灵的潺潺溪水声，还有那一片片安静掉落的树叶。他爱那样寂静的姑娘，如同远处唯美的风景，如同空灵的溪水潺潺，如同一片片树叶掉落。

口哨声轻扬地旋绕在上空，连同他的内心也变得轻盈。又是在这充满忧伤的夜晚，他的爱恋无处可归，从他的心中哼成了曲子，化成了诗歌。是那种“为什么当我哀伤且感到你远离时，全部的爱会突如其来的来临呢？”一般的忧伤和爱恋。

著名智利诗人聂鲁达早已被我们所熟知，在说起他的时候，便有了一丝亲切。他出生于智利中部的帕拉尔城，祖辈是靠种葡萄、酿酒为生。然而，他却似乎是为诗歌而生。13 岁那年就在《晨报》上发表了第一部作品，15 岁时，在乌莱省举办的诗歌比赛中，他以一首《理想夜曲》获得了大赛第三名。原名内夫塔利·里卡多·雷耶斯·巴索阿尔托的他在 1920 年正式以巴勃罗·聂鲁达的笔名发表诗作。

在诗人的生活中，诗歌占了很大的部分。1923 年，他发表了成名作《二十首情诗和一支绝望的歌》。整部诗集充满了忧伤、纯真、绝望，把人们对爱情的心思写得美如幻境。1927 年，他开始涉及政务，担任了外交界的领事。在马德里任职时期，他还创办了《绿马诗刊》。

西班牙内战爆发，诗人洛尔迦被杀，激起了聂鲁达的无比愤慨，他参加了反法西斯战斗。随后写下了一篇不朽的诗作《西班牙在我心中》，其中强烈地表达了自己对法西斯右派的谴责，宣布了拥护共产主义的思想。第二次世界大战期间，诗人奔走在各国发表激昂的演讲，呼吁全世界人民反对战争，写下了《献给斯大林格勒的情歌》。

1969 年，他接受了智利共产党总统候选人的提名，但是他非常欣赏人民联盟推举的阿连德，主动退出了竞选。1971 年，他以卓越的文学成就获得了诺贝尔文学奖。1973 年，由于智利发生军事政变，阿连德总统以身殉职，聂鲁达得知消息后悲痛欲绝导致病情严重恶化，仅十二天后便与世长辞，享年 69 岁。

单凭他的传记，很容易把他当做一个智勇双全的英雄来崇拜。他参加战斗、宣扬和平、反对法西斯，在政坛上拥有不可或缺的地位，他是智利人民的英雄。可是，他曾是那样柔情似水，面对心爱的姑娘也会一时兴起来上那么一两句诗作。当我们读到他的《二十首情诗和一支绝望的歌》时，便会忘却他在政坛上的一切，仿佛他只是个生活在乡间的帅小伙，面对美丽素雅的姑娘，爱得忘乎所以。

《二十首情诗和一支绝望的歌》使他一举成名。这部诗集是他为了抒发自己对两段爱情的情感而作，其中有对特木科黑人姑娘的眷恋不舍，也有对圣地亚哥姑娘的深情向往。

不需要什么曲调，不需要什么背景，只是单纯地读起他写的情诗，便会深深地被打动。他记得那姑娘“去秋的神情”“戴着灰色贝雷帽、心绪平静”，我们记得他痴情神往的心情。一首《我喜欢你是寂静的》打动了千千万万个姑娘，不知道那位诗中的姑娘是否也被打动了？

【精彩赏析】

白月光，照天涯的两端，在心上却不在身旁。山坡上，诗人望着白色的月光，孤独无处藏匿。这皎洁而明亮的月光，却那么冰凉。这里如梦境般，忧伤而虚假。

“我喜欢你是寂静的，仿佛你消失了一样。”诗人想起了她，心爱的姑娘。他其实是想说：“我喜欢你，却无法拥有你。”她就像这黑夜一般，让诗人感到孤独，想要靠近却无法触及。他喜欢她的寂静，就好像她根本不存在。可是，她并非不存在，只是诗人与她的距离太远，不足以让诗人感觉到真实的她，也不足以拥有她。

诗人说："你从远处聆听我，我的声音却无法触及你，好像你的双眼已经飞离远去，如同一个吻，封缄了你的嘴。"姑娘离他真的好远，就算她努力地想从远处倾听他的声音，却始终听不见。因为那是他内心的呼唤，是心中对她的爱意。她又怎么能听得见呢?

她的眼神如今已经远去，不再深情地注视诗人。他们之间没有任何的交流，就好像诗人的一个吻，封缄住了她的嘴，不再出声。他们的故事可能不会再继续了，默然地远去是她的选择。她没有再说一句话。

可是，人潮散去，缘分残留。过去的事物不会说忘记就忘记。"如同所有的事物充满了我的灵魂，你从所有的事物中浮现，充满了我的灵魂。"回忆中，那些和她在一起的日子成了他脑海中的全部。所有的事物都浮现在脑海中，她随着所有的事物也浮现出来，充满了他的灵魂。他是想念她的，可是她再也听不见他心中的呼唤，再也不会同他说什么爱与誓言了。"你就像我的灵魂，一只梦的蝴蝶，你如同忧郁这个词。"因为灵魂中只剩下她了，所以诗人的灵魂也就成了她。她就像是一只在梦中的蝴蝶，美丽、自然、虚幻。当诗人想用手去触及它时，它就逃开了，然后梦醒了。姑娘的出现像极了他的一个梦，但带给诗人的却是"忧郁"这个词。

"我喜欢你是寂静的，好像你已经远去。"诗人爱她的大方典雅，爱她的宁静端庄，可诗人觉得她离自己越来越远，不是现实中的距离，而是心中的距离。就好像，诗人站在原地，她却已经渐渐远离。

梦中，她化成一只蝴蝶，发出一种诗人无法理解的声音。也许是悲伤的诉说，也许是绝情的话语，只是这样的距离，诗人再难以体会。“你听起来像在悲叹，一只如鸽悲鸣的蝴蝶。”

她也试图从远处倾听诗人内心的想法，可是无论怎样努力，也无法实现。这段感情已经过去了，以后又不能在一起，听见了又如何呢？不也是痛心吗？还不如“让我在你的沉默中安静无声。”借着“你的沉默与你说话，你的沉默明亮如灯”点亮了诗人心中最后的希望，如果能在沉默中得到些许安慰，诗人一定会一直沉默下去。这“简单如指环”般的沉默，让诗人清醒、冷静。

他望着浩瀚的星空，仿似看着那位心爱的姑娘，“你就像黑夜，拥有寂静与群星。”星星在天上是不说话的，黑夜也是不言语的，所以诗人认定她和黑夜、星星属于同一类。“你的沉默就是星星的沉默，遥远而明亮。”

诗人喜欢她，并非她的沉默“遥远且哀伤”，而是因为她的离去让诗人确定了自己的爱有多么深，多么无法自拔。脑海中的她总是寂静的，不说一句话。这种沉默和思念，就好像她“消失了一样”“已经死了”。

谁能承受一个心爱的人从自己身边默然离开，心中的她还能用什么来替代？诗人多么希望她能对自己说句话，哪怕一个字！多么希望她能简单地回应一下，就算只是一个微笑！如果真是这样，诗人也会感到幸福满足，因她还在自己身边而感到极度幸福！

他说：“彼时，一个字，一个微笑，已经足够。而我会感到幸福，因那不是真的而感到幸福。”

可她还是那个戴着“灰色贝雷帽，心绪平静”的姑娘吗？还是那个“像藤枝偎依在我怀里，叶子倾听你缓缓安详的声音”的姑娘吗？现实就是现实，不会因为谁的痴痴迷恋而改变。所以即使“我的渴望在燃烧”，也无济于事。

“为什么当我哀伤且感到你远离时，全部的爱会突如其来的来临呢？”这就好像是拥有时总觉得她不会离开，很安心，却没想到没有谁肯永远留在谁身旁。她又凭什么偏偏会留下来？所以，当诗人需要她，想念她却发现她已经不在时，是多么的苦闷。不管当时是什么原因拆散了这对昔日恋人，思念和痛苦却造就了失恋者。

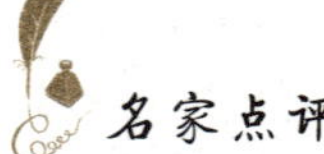

名家点评

一切都必须去叙述，必须去发现，必须去明朗化。如果要求用尺和容器来量度他的灵感，就好像向热带原始森林要求秩序与明亮，要阻止火山爆发一样。

女士及众生相

1972 [德国]

She picked up the cup, walked over to the faucet, thoughtfully to rinse, wash so carefully, this itself is a challenge, I believe, from now on, she was meant to be provocation. My gosh, you know, so a cup can clean soon, I think can also wash thoroughly, can wash her cup's appearance, as if it's a chalice-and then she completely reinvent the wheel-the glass wipe with a clean handkerchief, walk to her coffee pot, poured out from the pot of second cup-you know, is the kind of small pot can be filled with two cups of coffee-and put it calmly, end to the Russians, without looking Lemma Tome.

她拾起杯子，走到水龙头跟前，仔仔细细地冲洗，洗得那么仔细，这本身就是一种挑衅，我相信，从此刻起，她就存心进行挑衅了。我的天哪，您知道，这么一个杯子很快就可以洗干净，我认为也可以洗彻底，可她那洗杯子的样子，就好像那是个圣餐杯，接着她又完全多此一举——用一条洁净的手帕把杯子擦干，走到她的咖啡壶那里，从壶里倒出第二杯——您知道，是那种可以装两杯咖啡的小壶——并把它平心静气地端给俄国人，看也不看克雷姆普。

【获奖理由】

表彰作者的作品具有对时代广阔的透视和塑造人物的细腻技巧，并有助于德国文学的振兴。

海因里希·伯尔（1917—1985）

在海因里希·伯尔的生活中，战争一直是无法摆脱的恶魔。他出生于第一次世界大战期间，童年时代饱尝了战争带来的兵荒马乱。

伯尔说："1917 年 12 月 21 日，在科隆，我父亲当时在战时后备军守卫大桥，作为他的第八个孩子，我出世了。在此之前，他已有两个孩子夭折。我出生在父亲诅咒战争和笨蛋皇帝的时候。我出生在科隆，那里的人们一反德国各州通例，既不那么十分认真地看待世俗权力，也不把教会权力放在眼中。在那里，曾经有人向希特勒扔花盆，公开嘲笑戈林……"

他依稀记得当时家庭从小康一落千丈的情景，记得社会的恶性通货膨胀，记得家庭和生活环境所受到的影响。他从小就痛恨战争和军国。在科隆人民对军国纳粹的厌恶声中，伯尔决定用自己的方式来抗拒德国纳粹和战争。

中学时，恰逢希特勒上台，他是极少数顶住压力拒不参加希特勒青年团的学生。1939 年夏天，他被征入伍。数周之后，第二次世界大战全面爆发。他随军到过波兰、法国、苏联、匈牙利等国，可是无心打仗的他总是以装病的借口待在战争不激烈的区域。即便是这样，他还是受伤无数，甚至在 1945 年被美军俘获，数月后才得以被遣送回德国。他回忆道："我是在 1945 年 9 月 15 日被美国人释放的。"

伯尔在中学时就写过小说和诗歌，只是因为战争而一度搁浅。他非常热爱读书，十七岁时，他就认准了自己的职业，他说："我从十七岁起就确定了职业和工作——作家。"

1945 年至 1947 年的时间里，他大概在十几家报纸上发表了六十篇小说，可以称得上是个多产型作家。这是由于“小时候我在学校里也听到过‘战争是万物之父’这句格言；同时我也在学校和教堂里听到，爱好和平的人、温和的人，即不使用暴力的人，将会占有希望之乡。对我来说，通向这里的是一条漫长的道路。如同千百万人一样，我从战场上归来，除了插在口袋中的双手之外没有多少其他东西，区别于其他人的只是有一股渴望写作的激情。”

带着这份激情，作家不断创作，也不断地获奖。1972 年，瑞典学院考虑到“伯尔的作品对时代有广阔的视野，结合典型化的灵敏技巧，对复兴德国文学做出了贡献。”把诺贝尔文学奖颁给了这位西德著名作家。同时也借助这次颁奖，向世界表达瑞典学院对新德国文学的肯定。

1985 年，六十七岁的伯尔在朗根布洛伊希去世。

联邦德国笔会主席马丁·格里高尔·德林说：“伯尔去世后我们不仅丧失了一位为战后德国文学走向世界做出了贡献的作家和道德家，也失去了一位不知疲倦的人权捍卫者，国际笔会代表众多受迫害和受监禁的作家永远感谢他。”

联邦德国总统魏茨泽在给伯尔夫人的信中说：“随着海因里希·伯尔的去世，我们失去了一位德国文坛巨擘。无论自由思想在哪儿受到威胁，他总是奋起维护它。他好争吵，令人不快，他虽叫人反感，却又赢得别人尊敬。我们将因为再也听不见他那充满无畏精神、社会责任感和警觉性的时时告诫我们的声音而惆怅。他的作品永垂不朽。”

他就是既让人“反感”又让人尊敬的伯尔，也是“中国作家和读者的好朋友，他将永远活在我们的记忆中。”

《女士及众生相》被称为“伯尔小说创作的皇冠”，是伯尔写作的臻于巅峰。小说以独特的构思，缜密的故事情节打造了一个近乎真实的社会故事。原本虚构的小说因为通过笔者对其中人物的采访把一位叫“莱尼”的妇女的生活暴露在读者面前，好像真有这么一个人一般。

【精彩赏析】

女主角是个 48 岁的妇人。她是德国人，身高 1.71 米，体重 68.8 公斤。她有着一双时而深蓝时而乌黑的眼睛，一头浓密的金发中夹杂着几丝白发。她叫莱尼。

她在父亲的公司当过 5 年办事员，后来又当了 27 年的花圈厂工人。由于她在 1941 年和德国国防军的一名职业军人结婚，生活过三天，所以至今她还领取着一份阵亡士兵家属抚恤金。

现在，她的生活状况可以说是相当糟糕，不仅是经济方面。她的儿子莱夫因为帮助她偿还债务而伪造汇票入狱。眼下已经没有可以保护她的男子了。

莱尼有三间带家具的房间出租，因为不时更换房客，房客大多是一些男人，莱尼的名声很快就败坏了。

笔者对莱尼的全部物质生活、精神生活和爱情生活不曾亲眼目睹，但是为了收集更多莱尼的情况，笔者还是竭尽全力去掌握人们的客观资料。而下面报道的事情十拿九稳是属实的。知情人已经将情况提供得一清二楚：莱尼已对这个世界理解不了，她怀疑自己过去是否理解过这个世界；她不明白，为什么周围的人如此敌视她，为什么人们对她如此恼恨，对她这么坏；她没有做过什么坏事，也不曾得罪过别人。

最近，她为了购买一些生活必需品外出，却受到了公开的嘲笑。诸如“骚货”“破鞋”之类的话都算是比较客气的了。有些人甚至拿近三十年前的事情来辱骂她：“共产党的婊子”“俄国人的姘头”但是莱尼对这些辱骂从来都不理睬。

其实，莱尼的癖好不只是每天抽八支烟、旺盛而有节制的食欲、弹奏两支钢琴曲，也不只是一往情深地思念儿子莱夫，她还喜欢跳舞，是个舞迷。她一个人跳舞，有时候穿得很少，在卧室里跳，有时脱光衣服，在浴室里对着镜子跳。

在她还是个 16 岁小姑娘的时候，进入了父亲的办事处。父亲注意到女儿正从俊俏到美丽飞跃，尤其是鉴于她对男人们的作用，所以总是带着她参加重要的业务会谈。她的学习成绩不好，经过两次并非留级的“自愿重读”，她终于念完了小学四年级。据这所小学的教师透露，学校本来有段时间想让她转到辅助小学去，但是由于她的父亲很有钱，莱尼又获得了两届“全校最标准的德意志少女”称号而取消了这决定。

其实，莱尼的智商不低，她如饥似渴地求知，只不过向她提供的知识不适合她的智力，不适合她的天赋，不适合她的理解力而已。

上中学时，她还被剥夺了参加初领圣餐仪式的权利，因为她在课上多次迫不及待地追问：“请把那块生命之饼给我，干吗要我等这么久呢？”宗教课老师觉得莱尼很罪恶，不该有这种“肉欲”的表现，于是以“明显不成熟和不能领悟圣餐”为由，将莱尼初领圣餐的时间推迟了两年。等到莱尼 14 岁时，把圣餐放在嘴里，竟这样形容：“如今，放在我舌头上的竟是这个白不呲咧、软绵绵、干巴巴、不知什么滋味的玩意儿——我差点把它吐出来！”

毕业离校之前，由宗教课教师讲授性知识。这位教师是禁欲主义者霍恩。他在上课时，操着嗲声嗲气的声音、采用难以形容的纯属饮食方面的象征来讲授有关接吻和性交的难以形容的细节。莱尼有生以来第一次脸红了。在这所学校里，她结识了拉黑尔修女和她的同学玛格雷特。拉黑尔对莱尼的影响深远，甚至还教了她很多生理知识和生活常识。

十七岁的时候，莱尼对从部队回来休假的表哥艾哈德产生了好感。他们相互喜欢，却又异常敏感。不久，二战爆发，艾哈德和莱尼的哥哥海因里希一起被召回了部队，参加战争。正当莱尼在家乡等待爱情的降临时，却听到了艾哈德和海因里希因企图盗卖军用作战物资而被处决的消息。

他们这完全是自杀行为，企图把一门完整的高射大炮卖给丹麦人。于是，他们被枪决了。

莱尼对情人的死感到痛心，这使她变得郁郁寡欢。不久，在她父亲举办的舞会上，被“美男子”阿洛伊斯看中，稀里糊涂地失去了童贞。两个人婚后的第三天，丈夫阿洛伊斯就被征入部队，一个月后，在战场上阵亡。而此时，莱尼的父亲因为假造工资单而被没收财产，甚至被流放外地。

莱尼的生活不再优越，她来到花圈厂工作，老板佩尔策还算是一个有情有义的人，对她照顾得很周到。莱尼的双手很巧，她能扎出最好看的花圈来。在这个战争年代，死亡随处可见，花圈也就成了抢手的东西。从最简单的普通品种到用玫瑰花扎成的特大花圈，都成了重要的军用物资。

在花圈厂，有一个名叫波利斯的苏联人，他从 1943 年就来到这里干活了。他大概 1.76 米的身高，身材瘦削，金色的头发，带着一副红军军用眼镜。

一月初的一天，天气非常冷。莱尼给波利斯倒了一杯咖啡，送到他干活的桌子上去，在场的所有人都惊呆了，因为作为战俘的波利斯比犹太人的地位还要低。这时一个名叫克雷姆普的独腿纳粹分子从墙上的钩子处取下假腿，把波利斯手中的杯子打掉了。

莱尼拾起杯子，走到水龙头跟前，仔仔细细地冲洗，克雷姆普觉得她存心进行挑衅。接着她又用一条洁净的手帕把杯子擦干，走到咖啡壶那里，从壶里倒出第二杯，并把它平心静气地端给俄国人，看也不看克雷姆普。她还说了一声："请吧。"波利斯知道这个场面有多大的政治意义。他接过咖啡，用准确的德语清亮地说："谢谢，小姐。"

从那以后，莱尼就对波利斯表白了。她的胆子也越来越大，几乎每天都给他带点东西：香烟、面包、白糖、黄油等好东西。后来，莱尼怀孕了生下一个儿子。

战争结束了，莱尼和波利斯生活在一起，每晚都在莱茵河畔散步，那儿的景色确实美极了，他们直到宵禁才回家。可是，六月的一个晚上，波利斯被一支美军抓住了，因为他身上带着张德国士兵证。后来，他被卖给了法国人，死于一次矿井事故。

莱尼骑上一辆自行车，跑遍了市区、边境、所有营，向司令官打听波利斯的下落。可是，找到的却是一座坟墓。

她带着自己的儿子过着艰苦的生活。莱夫长大后，为了把母亲被别人骗去的钱挣回来而制造了假钞，被捕入狱。现在，她在等待他回来。

名家点评

联邦德国著名报告文学作家冈特·瓦尔拉夫对伯尔有过一段精辟的评述："海因里希·伯尔为联邦德国在国外赢得了它不配得到的信誉。他所代表的是在本国不值一文的处世态度……在具有鲜明倾向的西德作家中，伯尔名列第一。他的举止极为平凡，不强求于人，孜孜不倦诲人。他总是平易近人，全力以赴。他就是这样的人，如此鲜明，所以他成了具有象征性的人物。"

人类之树

1973 [澳大利亚]

The whole earth in motion, a kind of high winds and surging beautiful movement. He is at risk of swept away. The man saw his wife in the running. Her limbs and wind, and the wind tore at fight with. Each saw her tortured into he is unfamiliar with the victim has lost color in the appearance and her strange face, he suddenly felt that this is not especially ROM the girl to marry him and the church, the fall in love with him, with him also to quarrel with women. But he still force myself to stumbled ran to her and to touch her. They are standing in the storm, cuddle with each other.

整个大地在运动，一种狂风和奔涌的林海的运动。他处于被卷走的危险中。男人看见他的妻子在奔跑。她的四肢和着风，与风撕扯着的衣服搏斗着。看见她被折磨成一副他不熟悉的模样，以及她那毫无血色的古怪的面庞，他忽然觉得，这不是尤罗加教堂里跟他结婚的那个姑娘，那个跟他相爱、跟他吵架的女人。但他还是强迫自己踉踉跄跄地向她跑去，去抚摸她。他们站在暴风雨里，相互搂抱着。

【获奖理由】

为了表彰作者史诗般的作品，以及他擅长于刻画人物心理的叙事艺术，把一个新的大陆介绍进文学领域。

帕特利克·怀特（1912—1990）

诺贝尔文学奖的颁发总是伴随着轰动，要么是因为作者本身的文学特色而轰动，要么是根据作者生活的国家而轰动。毕竟，这是一项国际性的大奖，意味非凡。1973年，澳大利亚作家帕特利克·怀特得此殊荣，轰动了澳洲大陆。

帕特利克·怀特出生于英国，父母都是早年从大不列颠王国来到澳洲开拓新大陆的英国移民后代，家庭十分富裕。1912年父母回英国探亲，5月份时怀特在英国出世，半年之后才被父母带回澳洲。

怀特从小体弱多病，但酷爱读书，9岁时沉醉于莎士比亚的剧作中，自己还尝试写过剧本。他的童年在悉尼度过，直到读完小学。13岁时被送到英国接受教育，中学毕业后返回澳大利亚。这时，怀特的独立自主意识逐渐形成，不愿受束缚的他拜一位牧羊人为师。在两年的放羊生涯中，他听到了不少有趣的故事，而这些故事在后来都被他写进了小说中。

20岁时，他被再次送到英国读书，就读英国剑桥大学现代语言系，广泛地接触到了自己喜爱的欧洲文学。休假期间，他常常自费去法国、德国等地旅行。他十分爱好写诗，大学毕业时，他就自费出版了第一部诗集《农夫及其他》。这部诗集并没有给他带来惊喜，反而让他觉得自己不适合搞诗歌创作，从此不再写诗。

他曾一度希望自己成为一名出色的演员，为此他还专门去剧院找工作。可是，剧场经理觉得他只适合在剧团打杂。大学毕业之后，他留在英国开始了自己的写作生涯。

其实，早在他念完中学时，就已经有了写作这个打算。他在自传《镜中疵斑》中写道:“我在离开深恶痛绝的英国中学回到时刻怀念的澳大利亚之后，逐渐意识到自己的愿望是成为一个作家。不，与其说是逐渐意识到，倒不如说是一种需要。我周围是一片真空，而我的天性正需要这样一个天地，以期待可以满怀激情地生活。”

1939 年，他的第一部小说《幸福谷》出版，英国评论界并未重视。两年之后，第二部长篇小说《生者和死者》的出版也没受到任何重视。第三部长篇小说《姨母的故事》的发表，是怀特颇为得意之作，却没想到评论界反应照样冷淡。

怀特一时心灰意冷，在好友的农场里干活，搁笔埋名，不再涉足文学。可是，他就是为此而生，怎么能在文坛上销声匿迹呢？时隔七年，他携带新的作品《人类之树》重回文学殿堂，该书一出版，随即得到了英、美、澳等国评论界的一致认可，确定了其在澳洲文学界的重要地位。

这场文学宝座的角逐，轰动了澳大利亚，轰动了怀特的心，也轰动了历史。从此，那个对文学有着执著意念的文学家成了我们的榜样，永垂不朽。

斯坦·帕克娶了一位失去父母的孤女，来到丛林深处生活。他们相互鼓励，相互支持。在经历了干旱、林火、洪水等自然灾害后，双方也有过一段貌合神离的日子。最终他们在荒凉的丛林中建立了自己的家园。

随着时代的发展，来这里定居的人们越来越多。在大城市和工业化的影响下，帕克一家的两个孩子有了不一样的人生，他们都不再甘心生活在丛林中。女儿塞尔玛靠着社会的阶梯，移居到了城市，做了律师的妻子，儿子因为抵挡不住城市生活的诱惑，误入黑社会，最后被枪杀。

帕克一家的农庄变成了工业城市的郊区，渐渐衰老的他安静地死在了自己的花园。

【精彩赏析】

斯坦·帕克是一位勤恳的拓荒者。他驾着一辆大车来到两株高大的树中间停了下来。他举起斧头，朝树干砍去……

许多天之后，斯坦清理了属于自己的土地，他打算在这里建造一所房子或者小木棚。可能这样的日子使他感到孤单，又或者他觉得家里需要一个女人。于是，有一次他把一个女人带了回来，她从车上下来时，男人养的狗伸着脖子，颤抖着爪子，警惕地嗅着她。

斯坦和艾米的婚礼就在尤罗加教堂举行了。当艾米提着行李准备爬上丈夫的车时，她的姨夫和表弟妹们都哭红了眼睛，难舍难分。她是个无父无母的孤女，多么可怜的姑娘啊。“还好这些亲戚对自己非常好。”想到这里，艾米再也忍不住，哭泣起来。

这是一条漫长的路，猛烈的风把一根树枝刮断，顺着姑娘的脸颊划了一下。姑娘大叫了一声，一只纤细的手摸着受伤的脸颊。斯坦迅速用那相当丰满的、被风吹粗糙的双唇吻她，洁白的牙齿粘着她面颊上那个小伤口的血，以表示安慰。

直到傍晚，他们的脸色都开始变暗时，才来到那片居住的地方。在此之前，他没有对她讲过什么情话，可她还是被斯坦迷住了，因为她能感觉到他的身体是如此结实。

清晨，他出去了。她一个人躺在床上，觉得肩膀有些冷。斯坦有时候要在外面待上一整天，她就拿起那本在婚礼上牧师的妻子相送的《圣经》，一页一页地翻看着。

过了一段时间，这里搬来了其他的人。有一位年轻的妇女经常头疼，她走进艾米的家坐了一会儿，她说：寂寞简直太可怕了。艾米不知道该如何回答她，因为艾米根本不懂得寂寞是什么。那株紧靠在门廊旁的白玫瑰已经枝繁叶茂，形成了参差不齐的花丛，那位妇女连连称赞艾米养花的手艺真不错。

一天晚上，阴云蕴藏着巨大的灾难缓慢地弥漫在这里。大团大团的阴云膨胀、拥挤，奔涌而来。狂风呼啸着撞击着艾米家的房子。艾米此时正在屋子里，因为害怕，嘴张得大大的。大地在剧烈运动着，狂风无情地破坏着他们赖以生存的地方。丈夫斯坦正在另外一处新盖的小木棚旁边，他也处在被狂风卷走的危险之中。

斯坦看见妻子艾米害怕地在风中奔跑。她的四肢和着风，和被风撕扯着的衣服搏斗着。看见她被折磨成一副他不熟悉的模样，以及她那毫无血色的古怪的面庞，他忽然觉得，这不是尤罗加教堂里跟他结婚的那个姑娘，那个跟他相爱，跟他吵架的女人。但他还是强迫自己踉踉跄跄地向她跑去，去抚摸她。

其实，他自己也害怕，可是斯坦觉得自己这么抚摸着她，会使她感觉好一点儿。冰冷的雨水打在他们身上，就好像他们根本没穿衣服。他们在大雨里偎依，幸亏新盖的木棚还未被摧毁。丈夫找到一些干木柴后，炉灶中终于升起了令人温暖的火苗。

最近，在斯坦家不远的地方，新盖了一个杂货铺，还添了个邮政局。这块原来被人们忽视的地方也有了名字——杜瑞尔盖。在这里，开始有了打从娘胎里就生活在这里的小孩子了。他们从未开垦的丛林里跑出来，走上蜿蜒最终汇合成条条大道的小路，很快就变成个子细长的姑娘和小伙。

当艾米也有了自己的孩子，邻居们纷纷来表示祝贺，但没人觉得艾米伟大。毕竟生孩子是一件很普通的事情，很多女人“经常洗完衣服，或者烤完面包，或是在炎热的早晨到教堂做完祈祷之后，躺在那儿就生下孩子。”可是艾米却觉得颇为得意。她给孩子取名为“雷”，整个屋子都充满了婴儿温馨的气息。

当男孩子从惹人疼爱变得让人讨厌的时候，艾米怀上了第二个孩子。这是个体弱多病的女孩儿，艾米为她取名塞尔玛。艾米和斯坦对孩子们的未来也有过很多设想。艾米说：“我希望雷在政府机关谋个职位，或者当个有名的外科医生，或者成为什么人物。穿着黑色的礼服，我们能从报上读到他的消息。”斯坦却笑着说：“那些奶牛怎么办？”

盛夏原本就燥热如火，大地干枯得仿佛不会再重生，树叶也蜷缩在一起。而大火的来临，刚开始并未得到大家的关注。直到荒火烧起来而且无法控制，沿着溪谷蔓延开来，烧到家禽的围栏，钻进窗户，柔软的窗帘变成一团团邪恶的火，人们才终于惊醒过来，意识到他们并不想死。

在这场荒火烧来之前，富翁阿姆斯特朗派人买了四只鸭子。艾米正是在这个傍晚送了过去。在这个富翁的家里，艾米看见了马德琳小姐，男人们的目光全都在她的双肩、胳膊和乳峰间的曲线上游离。艾米回到家，告诉丈夫外面失火了。

男人们开始聚集在一起，他们装好水袋，带着干粮，准备以防万一。一只狐狸惊叫着，从一片矮树丛中跑出。它身上的火比它本身还凶猛。大火确实来临了。艾米告诉丈夫，楼上还有一位小姐。斯坦原本不打算听妻子的话，可他还是决定去救那位小姐。

斯坦抱着马德琳挣扎着穿过大火。进入了一种痛苦的状态，失去了部分知觉。马德琳醒来后，发现自己的头发全部被烧光了。

大雨倾盆而下，让原本熊熊的烈火失去了气势。斯坦和艾米在雨中穿行，艾米渴望知道当时丈夫在找到马德琳的时候，说了些什么，毕竟马德琳小姐太诱人了。

斯坦后来被部队招募，一家人呆板地把他送上了去营房的大车。不久，那充满泥泞与炮火的岁月终于过去了，斯坦很少谈起在部队里的事情。他的两个孩子也已经长大了。

雷不愿意和父亲待在一起。他自己有主意，被父亲送到鞍具匠那里没多久，就不辞而别了，说是到东海岸找了个轮船上的厨师的工作。塞尔玛学习成绩不错，她的工作干得出色，最终在初级律师那儿找到了一份比较满意的工作。后来，塞尔玛同福斯迪克律师结了婚，搬进了城市。塞尔玛依旧是那样面色苍白，瘦骨嶙峋，不久后，她生了个儿子。

老去的艾米和斯坦终于在报纸上读到了雷的消息，但是这个消息几乎让他们伤痛欲绝。报纸上说雷在某家夜总会被人开枪打死了。除此之外，报纸还报道了他是出名的窝藏者，因为入侵他人住宅行窃而蹲过好几次监狱。

老两口像是受到了晴天霹雳，身体越发僵硬。

斯坦去世那天，一直在后花园摸摸索索地干点杂活，或者坐下来休息。

这么多年过去了，唯一不变的就是那片树木，依然屹立在这幢房子后面，除了细弱的藤蔓之外，没有其他东西。不一会儿，一个小男孩走进了这片丛林，因为他再也受不了那幢死了人的房子。他的祖父死了，他很喜爱的那个老头。

他想写一首诗，一首包含了所有的生命，包含了那些不曾相识又曾相识的生命的诗。他低着头沉思，瘦小的身躯正在变得茁壮。

人生就像那些繁茂又枯萎，枯萎春又绿的树，经过岁月的呼啸，新的生命之树又会开出绚烂的花朵。老去的艾米和斯坦已经“枯萎”，孙子的“树枝”已经开始生长了。

名家点评

由于他的文学创作，帕特利克·怀特已扬名四海，并在这一领域内，成为澳大利亚首屈一指的代表，他的作品取得了永垂文学史上的地位，他向人们提供这样的信念：人生的价值必然超过当前迅速发展的文明所能提供的一切。

湿地带断章

1974［瑞典］

Into the Arctic Circle, some people have the nose frostbite; fingers numb, nails like to put into the meat. In the cold wind and snow weather, must stay awake, absolutely can't sleep. But much more comfortable in summer, most of the passengers is a row of ten people, often sleep sitting in the car.

进了北极圈，有些人的鼻子会冻伤、手指麻木，指甲像要倒插进肉里似的。在严寒风雪的天气里，一定要保持清醒，绝对不能睡。夏天却舒服多了，乘客多半是十个人一排，经常坐在车上打瞌睡。

【获奖理由】

表彰作者那高瞻远瞩和为自由服务的叙事艺术。

名人小记

埃温德·约翰逊（1900—1976）

1974年，瑞典学院第四次把诺贝尔文学奖同时颁发给两位作家。而这一年，也是瑞典学院第五次把此殊荣颁发给本国作家。埃温德·约翰逊和哈瑞·马丁逊这两位被选中的“幸运儿”却意外地没有赢得瑞典报刊的赞美，相反，瑞典对其的评价都是些讽刺和批评。

埃温德·约翰逊出生在瑞典北部北极圈附近，原名乌洛夫·厄尔纳尔。其父亲是新是普通的铺轨工人，家境贫穷。约翰逊幼年丧母，父亲又劳累多病，他一直寄养在叔婶家。他的童年生活就是在饥饿和冷眼中度过的。由于家庭经济实在困难，约翰逊只念到小学毕业就没再受过教育了。

十四岁的他在外边流浪，靠打零工为生，甚至只身到了更寒冷的北极圈工作。少年时期的约翰逊做过拉车工、搬煤工、伐木工等深受资本主义剥削的工作。五年之后，约翰逊孤身来到斯德哥尔摩，一有机会就如饥似渴地读文学作品，并且结识了一群有文学素养的朋友。

1920 年，他与这些朋友合办了杂志《我们的时代》。第二年，他偷渡到欧洲大陆，他自学了法语、德语、英语等语言，还对这些国家的文学作品进行了深度的研读。他从这些作品中找到了人生的方向，汲取了众多小说家身上的艺术技巧和勇气，开始了自己的文学创作。

1924 年，约翰逊发表小说《四个陌生人》，从此标志着他正式走向文坛。他早期的作品都带点悲观主义色彩，由于作品中总是揭露社会的不平等，具有明显的社会主义倾向，他又被评论家称为“瑞典无产者作家”。

由于他受到了各种现代文学思想的熏陶，在创作主题和人物形象上都能紧紧地把握现实主义原则。三十年代，他创作了《乌洛夫的故事》，以自己本身的经历为写作的素材，完成了《1914》《这里就是你的生活》《不堪回首》《最后的青春》四部曲。这部长篇小说中还穿插了不少独立的小故事，运用传统的北欧写法，为约翰逊在瑞典文学史上奠定了稳固的地位。

三十年代末期，法西斯的势力开始蔓延整个欧洲，尽管瑞典属于中立国家免受灾难，可是约翰逊还是亲眼目睹了欧洲的惨状。他很快就积极地加入了声讨法西斯主义的斗争中去。战后，约翰逊已经名闻欧洲，当选为瑞典学院院士。他发表了数篇长篇和短篇小说，全都很出色。

1974 年，他同马丁逊获得诺贝尔文学奖，这给了约翰逊很大的鼓励。但他更希望能生活在一个充满关爱和温暖的世界。他说："在我们这个时代，我们感受到的痛楚、郁闷与精神、肉体的悲苦，都达到了史无前例的程度，因此有不少科学家及诗人，都在不断地努力，以期创造出一个最适宜于人居住的世界。"

为此，他和他的文学一直在努力着……

一辆装满矿石的列车又要开了，一个刹车手却莫名其妙地从车上跳了下来。任凭司机和站长对他的咆哮，他只是说："各位，我决定要留下来！"什么处分、什么前途，这个叫克夫伊斯特的男人此刻才不会在乎这些呢！因为他决定过自己觉得开心的生活。

他从村子里借来了一个千斤顶，越过山沟，爬上山崖把一块看着不顺眼的大石头推了下去。这就是他觉得开心的事情，他抛弃世俗，获得了自由。谁能说他是不幸福的呢？尽管已经丢了工作。

【精彩赏析】

《湿地带断章》是选自约翰逊短篇小说集《七生》。这部小说集出版于 1944 年，集合了作者从第一次世界大战到第二次世界大战期间创作的短篇小说。关于"七生"这个标题，作者这样解释："之所以采用《七生》这个标题，并不是说作者打算活多长久，我个人的生命没有那么衰落，也没有那么强韧。我的生命到了现在，仅止于一生而已，但我打算写的至少有七个种类。”写这部小说集的目的则是体现对人的尊严、人的价值的肯定。

湿地带这儿是列车交汇的中转站，来往运输矿石的列车常常要在此处停车。挂上几节车皮后，这些列车就要驶往几英里外的矿山去了。刹车手们爬上自己的位置，敷衍般地向站长行举手礼，站长也还礼。事实上，这个小的车站，是不用设站长的，而像这样的列车在北极圈来回行驶着30几辆。

谁要是进了北极圈，才会明白别处的寒冷根本算不了什么。在这里，有些人的鼻子会冻伤、手指麻木，指甲像要倒插进肉里似的。在严寒风雪的天气里，一定要保持清醒，绝对不能睡。要是在夏天，这里就显得舒服多了。乘客多半是十个人一排，坐着打瞌睡。火车爬坡的时候，遇上红灯，睡眼同样惺忪的刹车手便会赶紧刹车。而到了下坡时，他们又全都瞌睡起来。这一路上，就好像在梦中度过一般。

其实，刹车手这个工作很适合懒人去做。因为整个夏天，他们固定在同样的路线，在车站建筑物的方向，他们的姿势就像飞在一条电线上的鸟，从不同方向飞来，恰巧落在这列车上。

这种生活并不是所有人都向往的。有的人对这个工作感到满意；有的人却抱怨北极的夏夜明亮得叫人睡不着觉；有的人耐不住漫漫旅途的寂寞……总之，每个人都有自己的想法，谁也控制不了。对于他们中间的大部分人来说，刹车手这个工作只不过是一时情绪不佳找的临时工作而已。

世界大战爆发的前一个夏天，这里正有一辆准备出发的列车。它装载着满满的矿石。忽然，一个刹车手从车上跳了下来，只见他毫不犹豫地翻过铁轨，爬上月台，站稳之后就不动了。司机着急地冲着他大喊："喂，你这家伙，别迷糊了，火车就要开了。"司机挥舞着手臂，恨不得直接把他抓上去。站台边的站长也挥舞着红旗向他打着手势。可是，别人说什么也没用，他就是不动，他冲着那些人说："各位，我决定要留下来！"他叫克夫伊斯特，此时他望着车站红红的墙壁，就像是催促自己下定这样的决心一般。

"这个混蛋！"司机怒骂道，汽笛鸣了两声就开走了。有管理员好心地提醒他："你这样做是会被记过的。"站长整理好黑制服，挺了挺身子说道："你怎么不和大家一块走，待在这儿干吗？"克夫伊斯特轻蔑地回答说："我就想留在这里。"

"你这样是会被记处分的。"

"处分就处分呗！"他回答得干脆利索。

站长的火气越来越旺，看着眼前这个身材高壮、肌肉结实，穿着蓝色短上衣、戴着帽子，闪烁着快乐光彩的蓝色小眼睛的男人。站长真是气坏了，这不是好好的前程被自己给毁了吗？简直可耻极了，这么大个人了，这样做是不会有好果子吃的。

站长厌恶地说道："说真的，你现在一无所有，这儿什么也没有，没有旅舍、没有道路，一无所有。"

克夫伊斯特离开站长，沿着铁路往北走。他走了差不多四公里远的地方，看到一栋养路工人的小屋。他原本只是想进去喝口水，却意外地得到了咖啡和饼干。养路工人很热心地听着克夫伊斯特的打算，并且考虑让他在这里住下。可是克夫伊斯特却说："我还没有决定要不要留下，在山上能借到千斤顶吗？"养路工人很诧异，因为他以为克夫伊斯特是要去山上挖金子。在借给克夫伊斯特千斤顶之后，养路工人不放心地跟随他一起来到了山上。在这儿，有一条弯弯曲曲的小路，可以通车的那种，从这条小路就可以到达山顶的采石场。可是克夫伊斯特并不是想去采石场。他爬上最险恶的斜面边缘，那上边有一块非常大石头，他就坐在上边。

他发现养路工人正在下方奋力地挥舞着手。这下，养路工人可算是明白了，他是想把这块大石头推下去。现在，克夫伊斯特正把千斤顶放在石头下准备工作，这家伙还哼着小曲呢！

养路工人惊慌失措地抛下手里的铁锹，没命地沿着铁路跑去。他听见石头滚落的声音，他便忍不住停下脚步回头看去，那块大石头滚了两转，又向上弹了几下，最后穿过草丛，砸断几根细枝，一路碰擦、反弹，最后在什么地方停了下来。

克夫伊斯特坐在山顶，一副得意的样子。养路工人大声地对他说："你会被逮捕的！"可他不在乎这些威胁，因为他做了真正开心的事情。克夫伊斯特沿着铁路又优哉游哉地走回了车站。他把千斤顶竖在养路工人的小屋前，因为养路工人已经生他的气了，根本不给他开门，还躲进了仓库劈起了柴火。

站长在这里等着克夫伊斯特，他说道："你回来啦，你不是一直在山上吗？找不到工作吗？"克夫伊斯特只是说："我做了我喜欢的工作。我平时就在想，如果那块又大又重的石头，能够滚下去的话，那肯定是挺有趣的事！"

后来，谁也不知道克夫伊斯特究竟是乘坐南下的火车还是北上的火车，反正他是坐火车离开这里的。而后来，在这里关于他的传说越来越神奇。一年之后，站长甚至这样说："克夫伊斯特那家伙，威胁着说要把我杀死。那家伙还提了一个包袱，我猜里面肯定是炸药，他本来是想炸铁道的！"世界大战爆发那年，克夫伊斯特还被说成是一个苏俄间谍，可以一口气喝下十公斤水，说这家伙原本是想要毁掉整座山的，就是为了不让这个国家再有筑要塞用的花岗岩，幸好站长及时制止了。而一个月之后，举行的全国总动员，更是把这个传说散播至整个瑞典，吹走了夏天本有的欢喜。

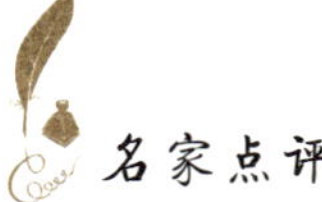

名家点评

埃温德·约翰逊在文学上的成就即是他能够把全欧洲一个极为成熟、丰富时期的特性演绎得淋漓尽致，这项成就十分具有影响力。

后 记

完成《诺贝尔文学奖名著全编（导读版）》上、中、下三部，用了 1 年的时间，对于我来说，这是生命中尤为重要的日子。当我看到每一位诺贝尔文学奖获得者的作品、授奖词、获奖词及个人经历的时候（从一个不起眼的小人物变成世界瞩目的大人物），我都心存感激与感动，我视他们为亲人，是带领我找到人生意义的亲人。

即便现在，我还是觉得没能从中脱离出来。我假装一位富有生活阅历与广阔视野的老人，穿梭在 1901 年至 2013 年的时空中，企图一直陪伴在他们左右。我贪恋这想象与现实中的美好。请原谅我的贪婪，因为那伟大、壮观的文学盛宴，光明正大地把我变成了饕餮。时光流逝，而他们仍然都在。我曾无数次幻想自己是他们，该如何站在文学的顶端向世界说出自己的心声。我承认自己是渴望并且羡慕着他们的，那来自灵魂深处的感情，绝对是纯净且真挚的。

都说任何时候不能忘了感恩，我要在此感谢帮助过我的朋友和老师们。感谢金跃军、李丽、高红敏三位老师对我的支持和鼓励，在我完成书稿过程中为我提供了生活上和工作上的帮助，不断激励我，让我充满自信。感谢刘作越、龚学刚帮我整理撰写思路，调整写作计划，让我更加顺利地完成书稿。感谢王晓曼、陈艳丽、李锦平、才永发、李鑫、王帅、王云强、孙海鹰、金跃雷、陶也、张丹、王志艳、吴春雷、王勇峰、马海峰、高海友、张雪松、杨忠等人为我整理资料，为我减轻了很多的负担。最后感谢彭欣老师策划了这套书，并一直陪我战斗到最后时刻。

在完成全部书稿的这个夜晚，我苦思冥想，还是没能寻得个恰当的词语来表达我此刻的心情。但转念一想，那种被荣耀和伟大感动了的心情，本来就说不清楚。